D1176609

LES ÉDITIONS
DU CRAM

Montréal

Danse à trois temps

Roman

Du même auteur

MUTANCES, lithographies et poèmes, (à compte d'auteur),
Paris, 1980

GERBES DE CHEVANCES, POÈMES, (à compte d'auteur),
Paris, 1985

Catalogage avant publication de Bibliothèque et Archives
nationales du Québec et Bibliothèque et Archives Canada

Cholette, Thérèse B.
Danse à trois temps (Roman)
ISBN 978-2-923705-04-0

I. Titre.

PS8555.H635D36 2009   C843'.54   C2009-940574-1
PS9555.H635D36 2009

Il est illégal de reproduire une partie quelconque de ce livre
sans l'autorisation de la maison d'édition. La reproduction
de cette publication, par quelque procédé que ce soit, sera
considérée comme une violation du droit d'auteur.

Les Éditions du Cram inc.
1030, rue Cherrier, bureau 205
Montréal (Québec) Canada, H2L 1H9
Téléphone 514 598-8547
Télécopie 514 598-8788
www.editionscram.com

Tous droits réservés
@ Copyright Les Éditions du CRAM inc. 2009

Dépôt légal - 2ème trimestre 2009
Bibliothèque nationale du Québec
Bibliothèque nationale du Canada

ISBN 978-2-923705-04-0

Imprimé au Canada

Conception graphique et couverture
Alain Cournoyer

Mise en pages
Patrick Viens

Illustration de couverture
"Danse à trois temps", huile, Thérèse Bourbeau Cholette

Gouvernement du Québec - Programme de crédit d'impôt
pour l'édition de livres - Gestion SODEC.

Les Éditions du CRAM sont inscrites au programme
de subvention globale du Conseil des arts du Canada.

Les Éditions du Cram bénéficient du soutien financier
du gouvernement du Canada, par l'entremise du ministère
du Patrimoine canadien, dans le cadre de son programme
d'aide au développement de l'industrie de l'édition (PADIE).

Conseil des Arts
du Canada

Canada Council
for the Arts

Société
de développement
des entreprises
culturelles

Canadian
Heritage

Patrimoine
canadien

Québec

Pour le Québec :
Diffusion Prologue
1650 Lionel-Bertrand
Boisbriand (Québec)
J7H1N7
Téléphone: 450 434-0306
Télécopieur : 450 434-2627

Pour la France :
D.G. Diffusion
Rue Max Planck B.P. 734
F-31683 Labege
Téléphone : 05.61.00.09.99
Télécopieur : 05.61.00.23.12

Pour la Suisse :
Diffusion Transat SA
Route des Jeunes, 4ter
Case postale 125
CH-1211 Genève 26
Téléphone : 022/342.77.40
Télécopieur : 022/343.46.46

Pour la Belgique :
Société de distribution du livre
CARAVELLE S.A.
Avenue de Tervueren, 214
1150
Bruxelles, Belgique

THÉRÈSE BOURBEAU CHOLETTE

Danse à trois temps

Roman

À mes petits-enfants, Franchesca, Cassandra, Dahian,
William, Jérémie et Nicolas.

Pour qu'ils s'intéressent à leur histoire.

Du haut de la grande côte, j'entrevois mon village natal blotti au creux de la vallée. Comme un oiseau frileux dans son nid. Le clocher de l'église pointe entre les feuilles des érables pressées de s'épanouir. Les cloches carillonnent dans ma tête : c'est le baptême de ma petite sœur, le départ de mon frère pour le juvénat, la mort de ceux que j'aime le plus au monde. J'arrive à la maison que maman nous a léguée. En tournant la clef dans la porte, j'ai un pincement au cœur. Même si elle souffre de solitude, cette maison a une âme. Les meubles jaunes comme du beurre, fabriqués par les mains d'homme à tout faire de papa, ont gardé leur senteur, leur douceur invitant aux caresses. Je retrouve ses traces. Sa signature. Résonne encore à mes oreilles sa parole : « Notre premier salaire, c'est de faire du bel ouvrage. »

Après plusieurs cavales à l'étranger, j'ai passé proche de crever. Un séjour avec mon colley à la maison de maman réchauffera mon vieux cœur. Il avait eu si froid lors de mon opération, l'an passé. Mon cardiologue m'avait assuré qu'après quelques mois je serais sur le piton.

Je reviens à Saint Éloi-gné. Enfin ! Adolescent, j'avais baptisé ainsi mon coin de pays. Ça me semblait impossible de m'en sortir. C'est frisquet et sombre ici. Tirer les rideaux. Faire un feu de foyer ! Comme autrefois, il pétille, craque, pète. Les flammes s'enroulent autour des rondins qui s'emboîtent. Elles m'envoûtent. Du rouge partout. Le feu ravive les vibrations d'amour de mes parents. Vibre en moi l'image souriante de maman. Elle attise les tisons avant d'emplir l'âtre de bûches pour la nuit. Elle m'embrasse. Me borde dans mon lit. « Je t'aime, Homère. Dors bien. Fais de beaux rêves ! »

Je m'assois sur le coffre. Il trône encore au pied du lit. Poussiéreux. J'époussette doucement ce trésor couleur bleuet : le cadeau de fiançailles de papa. Fabriqué avec une telle minutie, il transpire encore son amour pour maman. C'est comme si je touchais leurs mains travailleuses. Amoureuses. Une moulure délicate fixée à six pouces du haut se termine en V, au centre avant. Papa y a gravé l'initiale de sa fiancée : H. C.

Ce coffre conservait les choses précieuses de la famille. Que renferme-t-il ? Je soulève le couvercle. Une odeur de cèdre s'en dégage aussitôt. Je l'ai déjà exploré mais sans déballer le contenu. Que peut-il bien contenir ? Des couvertures de laine tissées par maman. Une courtepointe piquée à la main. Sa robe de bal. Le trousseau de baptême brodé de ses mains minutieuses et de vieux souvenirs.

Surprise !

Tout au fond reposent les trois albums de photos classées par maman pendant sa bronchite. Mon cœur s'emballe. Je les effleure en tremblant. La chair de poule sur les bras. Le souffle court, j'ouvre le premier album. J'aperçois un mémo glissé entre les pages de garde. Pourquoi m'est-il adressé ? Le trac m'envahit. Le cœur sur les lèvres, je lis.

« Mon cher Homère,

Observe la structure des albums : entre deux pages collées au pourtour, est intégrée la photo dans l'ajour prévu à cet effet. Au verso,

14

j'ai collé un pli sur lequel j'ai écrit mes impressions. C'est une partie de mon histoire, de notre histoire : une danse à trois temps de notre amour.

Si tu le désires, tu pourras dévoiler certains de mes secrets à ton frère, Antoine, et à ta sœur, Aube. Je ne veux pas vous quitter en emportant dans la tombe certains nondits qui pèsent lourd sur mon cœur fatigué.

Reconnaissante de ton dévouement à mon égard, ta mère t'embrasse tendrement.

Héloïse »

Un trouble s'empare de moi... Ses confidences m'aideront-t-elles à mieux saisir ce qui animait nos deux familles : les Chopin et les Beaubourg ?

Chapitre premier

1

Je me suis levé avec le soleil. Après une grande marche avec Fidèle, j'ai fait mon marché : des fruits, des légumes, des pâtes et du poisson. Au risque de découvrir des aspects troublants du destin de mes chers parents, Abélard et Héloïse, j'ouvre le premier album. Sur cette photo, signée Jeanne, les teintes de brun et d'ambre contrastent avec la lumière qui se dégage de la figure de ma mère à un an. Elle est assise sur les genoux de son père. Une vraie poupée enrubannée, rieuse, inconsciente du drame de sa naissance. Le 11 mars 1901, le médecin avait préféré la vie du bébé Héloïse à celle de sa mère, nous a raconté tante Jeanne. Avant son mariage, elle couvrait des évènements publics pour des journaux de Montréal.

J'effleure la feuille de papier jauni collée au dos de la photo. Mon vieux cœur palpite. Cristi, je suis bien vivant : je vibre encore ! Avec maintes précautions, je glisse la lame de mon couteau de poche sous la boule de cire rouge. Au toucher, le papier est un linceul rempli des traces d'une main sensible et forte, celle de ma maman. Sans sa permission, j'aurais l'impression de piller une tombe. J'entrevois son message. J'ai un motton dans la gorge en lisant.

« Je me suis longtemps sentie coupable de la mort de ma mère, Rhéa Forgesson. C'était comme si

19

je l'avais tuée et je risquais de devenir une criminelle plus tard. Cela m'effrayait. Jeanne, ma presque mère, a deviné mon angoisse et elle m'a fait comprendre que je n'étais responsable de rien.

Le médecin n'arrivait pas à arrêter l'hémorragie et, se sentant mourir, maman avait balbutié : "Sauvez mon bébé !" Mourir en donnant la vie, quel drame ! J'ai failli vivre cette catastrophe-là. L'enfer attendait la femme qui empêchait la famille même si elle n'en pouvait plus.

Selon Abélard, préférer la vie du bébé à celle de la mère était "une interprétation erronée du message du Christ par les pères de l'Église qui éloignent les femmes des décisions qui les concernent". Pour mieux les dominer ? Pourtant, le Christ nous a livré une religion d'amour.

❀

Jeanne m'a toujours comblée et je lui garde une reconnaissance éternelle. Grâce à elle, j'ai accumulé des milliers de photos prises depuis plus d'un demi-siècle. Maintenant, j'ai envie de les classifier. Avec mes textes, elles seront le film muet de notre démarche vers l'amour ; elles feront partie de notre patrimoine familial.

Si étudier l'histoire favorise la compréhension de son époque, mieux connaître celle de sa famille permet de faire plus ample connaissance non seulement avec sa lignée, mais avec soi-même. La petite histoire ne s'inscrit-elle pas dans celle des Canadiens français? Mes petits-enfants seront reconnaissants des efforts de leurs ancêtres pour libérer les consciences. Ils sauront d'où ils viennent; ils comprendront mieux leur présent et ce qui les anime. Envisageront-ils l'avenir avec confiance? Je l'espère. »

2

Vraiment, elle était spéciale, la première auto de grand-papa Chopin. Tante Jeanne a noté : c'est une Old Curved Dash Roadster, 1904. On dirait un boghei sur quatre roues avec un toit en cuir noir au-dessus du siège. Dessous se trouvait le moteur. Cristi, ça devait être cuisant pour le fond de culotte. Tout est à découvert : pas de pare-brise, une simple plaque à l'avant et la manivelle sous le plancher pour crinquer le char. Le grand luxe, dans le temps, pour transporter les marchandises.

Selon maman, son père avait la bosse des affaires. Son moulin à scie fonctionnait à plein pouvoir. Le premier des alentours. Il ne devait pas acheter ses autos à crédit. Il est appuyé sur sa deuxième auto, une Ford Speedster, modèle 1910. Les deux mains dans les bretelles devant la preuve qu'il est solide comme la banque, grand-père Alphonse fait le jars. On le croirait sorti de la cuisse de Jupiter. Oh ! Je viens de parler comme mon père, jadis.

Qu'a écrit maman après avoir intégré cette photo de son père dans son premier album ?

« Ce matin-là, l'air sentait le printemps malgré un ciel gris jaune rempli d'énigmes. Pour respirer à l'extérieur, Jeanne et moi avions quitté le comptoir de son magasin où flottait la fumée des fumeurs de pipe.

J'étais si heureuse de mes 11 ans. Avec Jeanne, j'avais décoré la maison pour la visite de papa qui arriverait bientôt de Montréal dans sa nouvelle auto pour mon dîner d'anniversaire. Chose rare, sa compagnie, la Canadian Wood, se passerait de lui.

Dans l'après-midi, je servirais à mes amies mes galettes au gruau cuisinées avec ma sœur. Mon immense joie se transforma vite en cauchemar. Juché sur ses longues jambes, "emmanché d'un long cou", mon frère Lucien nous annonça d'une voix aussi sèche que lui : "Notre père vient d'a, d'a, d'avoir un a, a, a, accident mortel". Je criais, pleurais, me désespérais. Je me sentais comme emportée par une tornade, envahie de noirceur... À ce moment-là, le ciel ouvrit ses écluses, puis, trempée jusqu'aux os, j'angoissais davantage avec Jeanne qui se prenait la tête à deux mains. Elle entra au magasin, elle arpenta l'allée de long en large avec moi. De grosses larmes roulaient sur sa joue pâle comme de la craie et sa voix tremblait :

— C'est terrible ! Allons vite le sortir de là.

J'étais estomaquée par l'attitude de Lucien : "Il cache sa peine ou il n'a pas de cœur ?" Je me blottis dans les bras de ma presque mère en criant :

— Non ! Non ! Jeanne, dis-moi que c'est pas vrai.

Elle me serra fort sur son cœur qui palpitait. Sa voix hachurée me glissa à l'oreille :

— Ma noire, c'est la volonté du bon Dieu. Je vais t'aimer pour deux.

Je trépignais, me révoltais.

— Dieu n'a pas pu vouloir sa mort, s'il nous aime.

Jeanne tenta de me raisonner ; elle caressait ma figure de ses mains potelées, douces comme elle, mais le regard de Lucien était plus gris, sa voix plus froide et sa pomme d'Adam se débattait, avec son index condamnateur.

— Héloïse, c'est pé, pé, péché de par, par, parler de même. Il tenta de me serrer sur lui.

— Laisse-moi tranquille ! et j'ai couru derrière le comptoir.

Mon frère engueula l'employé de M. Beaubourg qui entrait au magasin.

— Vous vous vous autres, les habitants, on di di dirait que l'chemin vous appartient. Vous êtes pas dans dans dans vos champs, baba baptême ! Ça restera pas pas pas là. On va poursuivre le père Georges Beaubourg. Y a

25

besoin de ven ven vendre des ton ton tonnes de briques pour s'en sortir.

Les yeux sortis de la tête, Napoléon, le mari de Jeanne, renchérit :

— P'tit Christ, si t'avais conduit du côté droit du chemin, ça serait pas arrivé.

L'employé des Beaubourg riposta en tremblant :

— C'est c'que j'ai fait, bon guieu ! M. Chopin a frappé l'côté gauche d'la charge qui a foiré dans l'champ. Les ch'vaux y ont pris l'mors aux dents, y ont galopé à pleine épouvante. J'ai réussi à les arrêter rien qu'à deux arpents plus loin.

Retenant son souffle, la voix brisée, Jeanne mit fin aux insultes.

— Ma grand foi, mon mari, tu parles au travers de ton chapeau.

— Maudit, Jeanne, ferme ta gueule ! vociféra Napoléon en s'approchant d'elle.

Allait-il encore la frapper ? J'avais peur. Curieuse façon de consoler sa femme en deuil. Je n'avais plus de père et ce ne serait pas le beau-frère qui le remplacerait. Loin d'avoir de l'affection pour Napoléon, je le détestais. Il avait beau être riche, il demeurait un gros rustaud. Quant à mon frère Lucien, je le fuyais : ses caresses n'avaient rien de fraternel.

❖

Dans son testament, papa léguait à mon frère Philippe, le futur millionnaire de Montréal, sa manufacture, ses actions et ses comptes en banque. À Lucien revenaient toutes les terres à bois du voisinage et le moulin à scie du village. Jeanne héritait du magasin général et de sa petite sœur.

Elle ne m'a jamais semblée jalouse de nos frères.

Souvent, ma presque mère me répétait : "Tu es ma seule fille, ma consolation. Te garder a toujours été un cadeau du ciel pour moi."

À ce moment-là, les hommes géraient l'argent. Pour les transactions de son commerce, Jeanne devait demander la signature de Napoléon, même pour l'opération de son appendicite. S'il avait refusé, elle serait morte?

Pendant toutes mes années vécues sous la tutelle de ma sœur, le manque de respect dû aux femmes vouées à servir leur mari, à leur obéir, de même que la violence verbale et physique me troublaient. L'inégalité des sexes dans les familles fréquentées me révoltait. Privées du droit aux décisions, et même de voter, les femmes promettaient obéissance à leur mari. Je m'étais juré que je me marierais par amour.

Le féminisme germait en moi avant la publication du *Deuxième sexe*, de Simone de Beauvoir, et avant *Ainsi soit-elle*, de Benoîte Groult. »

Maman avait horreur des commérages. Même si elle ne parlait jamais en mal de ses frères, je ne les aimais pas. Elle avait commencé jeune à développer sa force de caractère comme je peux voir.

Moi également, mais à l'hôpital, je ne me sentais pas très courageux. Honteux de ne pas être fort comme maman. Je m'accusais d'un manque de volonté. Je n'arrivais pas à me reposer. Le bruit des pas et le roulement des civières dans le corridor me rendaient fou. Jour et nuit. Je voyais mon grand corps sec comme une coquille vidée de tout tonus vital. Inutile sur terre. Sans espoir, sans révolte. Misérable !

Une infirmière, Mme Gisèle, m'a aidé à me lever. M'a roulé jusqu'à la fenêtre. Les branches des érables se débattaient comme des squelettes dans le ciel noir. Ça m'a rappelé les damnés du grand catéchisme illustré de l'école du rang.

Malgré les visites assidues de ma famille, je me sentais seul au monde. Mme Gisèle, que j'appelais mon ange, m'a dit : « Vous n'êtes pas seul : vous êtes avec vous-même ! » Rieuse, elle faisait planer des idées heureuses au-dessus de ma tête, mais je ne faisais aucun effort pour les rattraper.

Ressuscitait mon mal d'amour depuis la mort de Paule, ma chère femme. La rejoindre au paradis aurait peut-être été préférable, que je me disais. Faut croire que je n'étais pas prêt pour le grand voyage.

J'ai passé proche de péter au frette, mais je suis chanceux de ne pas traîner de grands membres inutiles et insensibles, de ne pas être complètement perdu. Chanceux de ne pas devenir une entrave à la vie de ceux que j'aime, un poids lourd pour le système de santé. J'aurais pu sortir du crématoire réduit en quelques poignées de poussières. Même pas une mince couche au-dessus des cercueils de mes chers disparus.

3

Le temps s'est morpionné depuis le matin. Dans le moment, la pluie tombe dru. La rue est déserte. Les enfants du voisinage sont à l'école et les adultes au travail. Fidèle s'empiffre comme un glouton. Moi, j'avance lentement dans notre histoire.

Tante Jeanne à noté au verso de cette photo : « De chaque côté de la grande allée de l'église paroissiale, Héloïse et Abélard ouvrent la procession lors de leur communion solennelle. Ils sont les deux plus jeunes. » J'ajouterais : les deux plus beaux.

D'un noir aux reflets de jais, la longue chevelure de notre future mère tombe sur ses épaules droites, enchâssant sa figure ovale aux traits fins. On dirait la Joconde de Léonard de Vinci. Ses yeux bleus ont toujours gardé cette douceur. Cette sorte de rêverie intrigante. Le pas en avant fait onduler sa robe d'organdi brodé. Comme un ange qui s'envole. Les mains jointes sur sa poitrine, elle glisse un œil tendre vers le bel adolescent de l'autre côté de la grande allée.

Blond, épaules équarries, menton volontaire, notre futur père camoufle un sourire un peu timide, tournant son regard noir et perçant vers la belle en tête du défilé. La lumière des vitraux se confond avec celle de ces deux figures vibrantes.

Mes grands-parents, Georges et Azilda Beaubourg, avaient transformé leur aîné en petit prince.

La nef est bondée de parents et d'amis endimanchés Vraiment, cette communion solennelle portait bien son nom !

❋

« J'étais animée par l'immense désir de purifier mon âme mais, quand Abélard a frôlé mon bras en disant : "Héloïse, je t'aime !", la musique divine de sa voix dépassait la mélodie de l'orgue. Mon cœur s'est presque arrêté de battre ; gênée, la tête un peu rentrée dans les épaules comme une tortue menacée, j'ai répondu : "Moi aussi, Abélard. "D'un coup de tête, il a replacé sa mèche rebelle qui ondulait sur son front large. Comme il était beau ! Je tremblais en avançant en tête du peloton des communiantes. Les mains moites, je frissonnais et le cœur voulait me sortir de la poitrine. Pour la première fois, je ressentais des réactions nouvelles au ventre et plus bas encore ; à cet endroit où le plaisir était défendu par M. le curé. Était-ce une mauvaise pensée à chasser pour ne pas faire un péché mortel ? Impossible de me confesser avant d'aller communier.

Coupable !

Je me sentais coupable. Ma tête tournait et la panique s'emparait de moi. Si je ne communiais pas, que diraient Jeanne et les autres ? Larmes aux yeux, l'hostie sur la langue, j'ai supplié Dieu de me pardonner.

Ce jour-là, j'avais décidé qu'Abélard serait mon amoureux.

Plus tard, il m'a avoué s'être interrogé lui aussi : "Était-ce mal de te désirer plus que l'hostie ? Sûrement pas, puisque le Christ a dit : "Aimez-vous les uns les autres"." Le père de mes enfants a toujours eu cette disposition inestimable de sortir vite de la culpabilité. »

❋

Marcher au catéchisme. Un long mois lors de ma sixième année scolaire ? Marcher matin et soir à plus d'un mille du village. Enlever mes souliers pour ne pas les écharogner sur le gravier. À la fin, j'avais de la corne aux pieds. Des jours à marcher ma solitude sous la pluie, fouettée par le vent du nord. Parfois sous le soleil cuisant. Marcher ! Marcher !

Répéter des numéros du dogme et des interdits du petit catéchisme. Plus de cinq cents à apprendre par cœur. Répéter en automate. Retenir des formules qui ne m'apprenaient rien de plus que les croyances de mes parents : « Jamais nuire à personne. Aimer son prochain comme soi-même. » Pas toujours facile ça. « Commencer par s'aimer si on veut être capable d'aimer les autres », soutenait papa. Ai-je toujours agi pour l'amour de Dieu ? Souvent, je lui dis : « Je vous aime. Aidez-moi. Merci. » Je pense le lui avoir prouvé même si je n'ai pas toujours été mangeur de balustres. Se nourrir du Christ le dimanche et manger son prochain le reste de la semaine. Non ! Pourquoi m'en faire ? Les gestes comptent plus que les paroles. Agir selon ma conscience et elle n'est pas élastique.

Les bondieuseries m'ont toujours horripilé. Comme mes parents, je crois en une force supérieure. J'essaie d'agir positivement. Je me fous du nom qu'on donne à l'Être suprême. Je ne répète pas des A*ve*, mais j'envoie de l'amour, non de la haine.

❖

« Pas faire de péché mortel ! » clamait M. le curé Claire. Il nous exhortait à chasser les mauvaises pensées. À éviter les mauvais touchers. Trop heureux d'utiliser les outils de papa pour un bricolage, mon frère Antoine avait retenu une grosse envie avec sa main avant d'aller à la bécosse. Il s'était cru en état de péché mortel. Longtemps. Quand il s'est confié à un religieux au juvénat, celui-ci a pleuré. « Pourquoi tourmenter ainsi ton âme si pure ? Te sentir coupable d'un geste qui n'avait rien de mal ? Pauvre enfant ! »

La piété de mon grand frère m'édifiait. Les genoux rouges à force de prier. Impossible de l'imiter. Il avait le pardon facile. Pas moi !

4

L'automne glisse sur leurs bras musclés. Un bel automne. Un soleil clair. Des couleurs éblouissantes. Des gammes de rouges et de verts chantent dans la montagne derrière eux. Mille odeurs. Mille chants d'oiseaux !

Le passé resurgit.

Des mèches de bois dansent sous leur rabot qui se cale facilement dans leurs mains larges aux doigts courts. La sueur suinte sur leur front d'hommes à tout faire. Heure après heure, des rigoles coulent sur leurs tempes jusqu'à leur noble poitrail. Comme l'eau du baptême. Ils sont fiers. À eux, fils de la nature, elle leur inocule une transfusion d'énergie. L'état de grâce. L'amour.

Les deux hommes que j'admirais le plus au monde portent avec fierté leur tablier d'ouvrier et leur coffre d'outils. Souriants, leur geste large montre leur dernier chef-d'œuvre. Nous invitent-ils à l'admirer ?

Comme je les aime, ces deux-là ! Je veux tellement leur ressembler. Grand-père Georges, une carrure d'homme bâti comme un pan de mur aux assises bien ancrées au sol. Exigeant pour les hommes du gros œuvre qu'il dirige. « Prudence ! Exécution des plans tels qu'indiqués ! Pas de jasette pour rien ! » Il économise même ses mots. Si le travail ne le satisfait pas, il tourne vite du talon et tous savent qu'ils doivent recommencer. « Qu'ça vous arrive pas trop souvent, maudit ! » grogne-il. Respectueux, mon aïeul et mon père. Des outils en ordre. Des moments de repos. De la nourriture en masse.

Papa travaille calmement mais sûrement. Il est responsable de la finition. Grand, la tête fière, l'œil aux aguets, le masque volontaire aux contours arrondis. « Avoir le sens du bel ouvrage donne d'la satisfaction. C'est notre premier salaire », qu'il me répète souvent. Toujours il chante en travaillant.

« La nouvelle que M. Beaubourg retirait Abélard de l'école pour l'aider dans ses constructions m'avait complètement bouleversée. Comment un si bon monsieur pouvait-il exiger un tel sacrifice de son fils et quel serait l'avenir de mon ami, si intelligent ? Le cœur me faisait mal ; j'avais envie de pleurer et j'éprouvais des difficultés à dormir. La vie me semblait si injuste et cruelle pour les gens peu fortunés. Comment l'aider à s'instruire malgré tout ?

Le dimanche suivant après la grand-messe, j'avais décidé de servir au magasin général de Jeanne espérant voir mon bel Abélard. Dans ce lieu de rassemblement des gens qui faisaient leurs emplettes après la messe, des odeurs de toutes sortes me faisaient éternuer : le tabac qu'on venait de trancher, des épices, des pommes de terre qui avaient commencé à germer, le cuir des attelages neufs, la boucane de vieilles pipes, le linge mouillé des gens de la campagne qui se plaignaient de la température. Les Beaubourg faisaient leurs provisions et mon bel Abélard furetait sur les tablettes où s'étalaient des livres, mais il n'en achetait pas. Malgré la pénombre, je distinguais nettement ses traits accusés et je voyais briller son regard unique et magique. J'aurais voulu le serrer dans mes bras pour le consoler. Une larme a roulé sur ma joue et vite, j'ai couru à ma chambre ; j'ai glissé dans un sac les derniers contes reçus de Jeanne et je les lui ai remis.

À partir de ce jour-là, en sourdine, je lui prêtais des livres. Chez ma sœur, les bibliothèques en étaient pleines, mais peu de familles en possédaient. Chez les Beaubourg, *Robinson Crusoé* et *L'enfant perdu et retrouvé* étaient défraîchis à force d'être lus et relus.

Abélard assimilait à une vitesse vertigineuse. Après quelques années, il avait digéré les légendes de l'abbé Casgrain, les contes de Fréchette, de Lemay et de Beaugrand. Il en faisait une analyse et une synthèse surprenantes et il m'a dit : "Cesser d'être des porteurs d'eau, des *yes men*. Cristi, être fiers de nous autres !"

Comme j'aurais aimé qu'il me serre dans ses bras !

J'admirais sa soif de culture, sa perspicacité et sa force de caractère ! Sa compagnie me comblait, quelle différence avec les fils de Jeanne ! Mes neveux : deux fainéants blasés qui n'aimaient pas l'étude.

Des gens fortunés ont fait avancer la culture au Québec, mais ce n'était pas la préoccupation des enfants de ma sœur. »

Les générations se succédaient et se ressemblaient dans notre famille ! Après ma huitième année, j'ai quitté l'école. Enterré mon rêve d'étudier l'ébénisterie à Montréal. Comme papa, je me réfugiais dans la lecture, mais je m'endormais dessus. Je travaillais si fort pour aider ma mère.

Dire que maintenant, je me creuse la caboche pour tuer le temps. Avant de lever les pattes.

5

Ma belle maman! Grande et élégante sans être guindée dans ses vêtements de fille de bourgeois de l'époque. Manches bouffantes. Collet de dentelle retombant sur les petits plis de sa chemise satinée. Jupe longue à carreaux et bottines boutonnées.

Dans la grande bibliothèque de tante Jeanne, des cisailles à la main, l'adolescente est assise à la table victorienne, remplie de journaux : Le Devoir, La tribune, Le Bulletin des agriculteurs, j'imagine.

« Même si le papier journal me salissait les doigts, j'aimais cette senteur d'encre un peu acide qui parfumait certains éditoriaux. Souvent, j'avais l'impression d'être transportée au pupitre d'Henri Bourassa. Comme invitée à la table des penseurs, à voir le monde avec les reportages du Devoir.

Mes horizons s'ouvraient sur notre responsabilité de citoyens.

Seule Jeanne savait à qui je destinais mes coupures ; elle me dénichait de jolies boîtes pour les ranger, nous étions deux complices vouées à la même cause. Ce geste d'amour compréhensif a développé en moi une fascination pour ces objets : de petits bonheurs tangibles encore vivants dans ma mémoire. Dans un coffret barré à clef, sculpté par Abélard, je cachais mes bijoux et ses belles lettres d'amour.

Très souvent, je les relisais et cela m'aidait, non pas à chasser ce trouble, cet appel de plus en plus pressant auquel il ne fallait pas répondre, mais à rêver du moment où nous pourrions en jouir pleinement.

❉

Depuis longtemps, je désirais inviter Abélard chez nous, mais j'hésitais : Napoléon était si imprévisible et parfois grossier. En son absence, j'ai fait monter mon bel Abélard en haut du magasin. Il s'est exclamé :

— Héloïse, je rêve ! d'où viennent tous ces livres de luxe ?

— Après la mort de papa, tout ce qui était à l'intérieur de sa maison revenait à Jeanne. Comme notre père avait beaucoup de sous, notre mère, Rhéa, se gâtait en commandant les livres entrés au port de Montréal grâce aux navires anglais.

De sa main large aux doigts courts d'artisan, Abélard caressait la tranche dorée et les pages de garde. Il se pâmait en récitant comme une prière des poèmes d'Hugo et souhaitait lire les autres romantiques français. Chez ces auteurs, les intrigues aux rebondissements multiples se promènent entre le miracle, les crimes mystérieux et les passions déchaînées des personnages : de l'orpheline vertueuse à la prostituée repentante, de l'aristocrate au socialiste. Jeanne a réalisé que, sans le savoir, nous lisions des livres à l'index et elle les a retirés de la bibliothèque en me sermonnant : "L'Église en défend la lecture. Ils présentent un danger de pervertir nos âmes et le risque d'être excommuniés. Faut pas y toucher, tu m'entends bien, Héloïse."

❀

Ensuite, nous sommes partis nous promener

Je sens encore ma main dans la sienne. Nous marchons dans un sentier puis, assis près de l'orme rabougri, nous lisons un roman d'amour. Jurer de nous aimer toujours en tournant les pages ; palper la texture du papier, sentir les effluves de pulpe encore présente et traduire nos émotions. Rêver sur les mots du livre si bien articulés, avec des images neuves qui retentissent jusqu'à l'âme : celles de notre amour. Le désir me brûle, la brise me glisse à l'oreille les menaces de M. le curé et les recommandations de Jeanne : "Tu es belle et intelligente, sois prudente !"

❉

Lors de notre retour au village, Lucien nous surprend en flagrant délit ; il arrête sa camionnette, sort en vociférant, la bave au menton comme un bouledogue. Les baguettes en l'air, il pointe son index vers moi comme un pistolet.

— Héloïse, que j'te, j'te, j'te r'vois plus avec ce beau parleur !

Sa pomme d'Adam se débat avec lui. Je sens son cœur coti comme le vieil orme dont les branches sèches fouettent l'espace au-dessus de nos têtes. Séparés par un grand nez mince en bec d'épervier, son regard dur louche vers mon ami qui serre les dents. Mon frère a la main molle quand il la présente à quelqu'un mais, cette fois, de sa paume, il me flanque deux grosses gifles en plein visage et une sur l'oreille. Je cherche à l'éviter et je recule en titubant. Pire que les coups, j'ai le cœur en mille miettes.

Abélard bondit, se plante devant lui braquant ses poings sur ses hanches, prêt à l'attaque ; bâti tout en muscles comme un chêne, va-t-il le démolir ?

— Y a toujours ben un boutte à toute ! Monsieur, à partir d'asteure, r'commencez jamais ça !

— Pour qui te te te prends-tu, grand avorton ?

Comme une méduse en colère du Musée de Naples, les cheveux d'Abélard s'affolent pendant qu'il fusille mon frère de ses yeux perçants.

— Monsieur, vous saurez que la valeur d'un homme se mesure pas à sa grandeur physique, ni à la grosseur de son compte en banque, pas davantage à vos schnolles qui font votre orgueil et le sujet de vos conversations. La valeur d'un homme se prouve à partir d'ici (la main sur le cœur, il la porte à sa tête) jusque-là.

Une vraie tirade! Encore et encore, entièrement livré au besoin de me protéger, de me venger moi, sa bien-aimée, il lui lance des mots tranchants comme un dard.

— J'suis pas un chaud lapin, moi. J'respecte Héloïse. On juge les autres d'après soi comme j'peux voir. Avez-vous peur que j'fasse comme vous, vieux tâteux? Faut-y vous mettre les barres sur les t et les points sur les i? On s'aime, c'est-y assez clair?

— Abélard, arrête, je t'en supplie, lui dis-je en pleurant.

Les yeux apeurés, la joue enflée, je me jette dans les bras grand ouverts de mon sauveur. Mes gémissements étouffés sont ceux d'une enfant perdue et je crie:

— Lucien, t'es pas mon père, c'est Jeanne ma tutrice. Fiche-nous la paix !

Il fonce vers nous deux, c'est alors que mon ami le repousse comme une vieille savate, jusqu'à ce qu'il tombe dans les chardons au fond du fossé. Rouge comme une tomate, mon frère vocifère ; tous les vases sacrés y passent. Il tente de replacer ses lunettes rondes, si vieilles que la corne noire est craquelée ; elles pendent toujours au bout de son nez aux narines épatées. Il se relève difficilement, reprend son souffle, fusille Abélard de son œil noir comme le diable.

— Pour qui que tu t'prends ? Ba ba baptême ! Un jour, tu vas m' m' m' payer ça !

— Ça m'fait ni chaud ni frette. Héloïse, on s'en va. On va toujours pas l'aider à arracher les *croquias* d'son fond de culotte.

Nous enfourchons notre bicyclette en vitesse et nous filons au village.

Le soir même, il paraît que Lucien s'est gratté au sang, il avait attrapé l'herbe à puce, mais je ne regrettais rien.

Le scandale a galopé jusqu'au magasin, puis au presbytère et, le lendemain, il a pris le train à Richmond jusqu'à la Ville aux cent clochers pour s'arrêter à la rue Bloomfield. Au téléphone, la voix de Philippe a rebondi dans le tuyau de l'oreille de Jeanne avec une litanie d'interdits et de menaces à m'adresser. »

6

Fidèle se lamente. À l'heure de l'angélus, les sons du carillon dégringolent du clocher sur le toit de l'école publique. Elle a remplacé le Couvent des Sœurs-de-l'Assomption. (Maintenant, les enfants aiment-ils être transportés comme des bidons de lait dans une école centralisée?) Lors de sa démolition, j'avais eu l'impression d'être coupé d'une partie de mon environnement mais, face à la photo de graduation de maman, à la fin de sa neuvième année au couvent, il se rebâtit dans ma mémoire.

J'ai encore envie de pouffer de rire en imaginant la tête de tante Jeanne sortir du drap noir qui recouvrait son appareil photo posé sur un trépied. Une vraie corneille ébouriffée!

Les cheveux d'un noir jais enchâssent la figure grave de celle qui sera ma mère. Une boucle blanche les retient sur sa nuque avant de glisser sur ses épaules droites. La tête altière, elle est svelte, mais le collet romain blanc de sa robe en flanelle semble l'étouffer. Coincée par le règlement. Coincée par la religion? Une médaille brille sur sa poitrine. Je l'ai retrouvée dans le tiroir de son coffre d'espérance. Dommage, ses lettres d'amour n'y étaient pas. Par contre s'y trouvait le petit cochon rose et vert en porcelaine de maman reçu de tante Jeanne quand elle était enfant. Je l'ai caressé. Un malaise de pauvre m'a dardé la poitrine : cette même souffrance muette de méprisés d'autrefois. À la fin de la crise, cette petite banque était souvent vide chez nous.

Je vais offrir ces deux reliques de notre passé à ma chère Aurore.

Mes parents se sont imposés. Ils ont construit leur amour malgré les préjugés et les abus de pouvoir. Ils ont bâti leur domaine de leurs mains crevassées. De leur dos esquinté. Du petit matin aux étoiles. Je suis vraiment fier d'eux.

❀

« Le matin de ma graduation, les religieuses s'activaient pour accueillir leur bienfaiteur, M. Philippe Chopin, le multimillionnaire de Montréal. On lui avait réservé la place d'honneur, à côté de M. le curé, et Jeanne occupait le siège près de la mère supérieure. L'absence de mon frère Lucien, l'aîné de la famille, ne m'a pas étonnée : d'après Jeanne, il n'avait même pas trouvé le temps d'assister aux funérailles de notre mère.

Après le discours du pasteur : une exhortation à demeurer fidèles aux enseignements reçus, à notre foi et à notre langue, commença la distribution des médailles. De sa voix ostentatoire, M. le curé Manseau déclara : "La médaille d'excellence est attribuée à une jeune fille exemplaire en tout : mlle Héloïse Chopin."

L'assistance applaudit à tout rompre. Décidément, les religieuses n'auraient pas trouvé mieux pour susciter la jalousie des finissantes. Comment oublier les yeux éteints de ma compagne Fernande qui s'allument : "T'es la chou-chou des sœurs parce que ta famille est riche." Troublée, je m'accroche dans les livres reçus en cadeau et empilés à côté de moi. Je passe près de tomber en me détachant du peloton. Je pense : toujours les premiers rôles dans les séances, toujours les solos au chœur de chant et cette médaille, je la mérite ou est-ce une injustice ? Pâle à m'évanouir, je m'avance vers M. le curé.

— Je ne suis pas certaine de la mériter plus que mes compagnes.

— Mademoiselle, vos scrupules vous honorent, mais ne justifient pas un refus.

Monsieur le curé me l'a glissée au cou, Jeanne était estomaquée et mon frère très très contrarié. Après avoir interprété Mozart à la fin de la cérémonie, Philippe me prend à part : "Écoute-moi bien, Héloïse, les Chopin ne sont pas des perdants, il te faudra prendre confiance en toi. L'an prochain, je t'amène à Montréal. Le Collège Royal Victoria t'attend en septembre. En plus des matières académiques, on y donne des cours d'éducation physique et de musique ; tu pourras perfectionner ton piano et ton anglais. En passant par ce collège, tu seras mieux équipée pour devenir journaliste, même si je ne pense pas qu'une femme ait déjà occupé cette fonction ; je connais les cadres des journaux, ça t'aidera peut-être."

❧

Poursuivre mes études à Montréal, quelle joie ! De plus, Antoinette, la femme de Philippe, m'attendait à bras grands ouverts.

Bonté de la vie que j'étais chanceuse de vivre un tel conte de fées ! Mais, comment pourrais-je passer des mois loin d'Abélard, l'amour de ma vie ? Au moins profiter de mes vacances avec lui malgré le grand nez de putois de Lucien fourré partout et le mauvais œil de Napoléon. Si je voulais étudier à Montréal en septembre, il nous faudrait être prudents.

❧

Après la grand-messe du dimanche, Abélard et moi trouvions le moyen de nous esquiver. Échanger nos idées concernant nos lectures ; partager nos joies et nos peines ; rêver de notre avenir ensemble étaient si merveilleux, sans oublier le petit bec de la fin. Nos rencontres pouvaient aussi bien avoir lieu derrière le charnier, sous les arbustes conduisant à la croix de la colline, au verger dense des religieuses, parfois au fond des entrepôts du magasin. J'oubliais la senteur de bois rabougri poussé par le vent qui sifflait entre les planches. Même si je sursautais au passage d'une souris, même si l'odeur de lait sûr de la fromagerie empestait, je me bouchais le nez : éternuer éveillerait les soupçons. Je tenais tellement à rencontrer mon cher Abélard.

À ce moment-là, l'influence de la modernité manifestée dans les grandes villes déménageait en campagne. J'avais frisé mes cheveux, je portais des vêtements sport et un grand chapeau de paille : je devais protéger ma peau sensible, mais non pas en vue de ne pas ressembler aux campagnardes. Cela me semblait tellement méprisant.

Me revient un souvenir inoubliable.

Lors d'un passage étroit entre les tablettes remplies de boîtes en réserve pour le magasin, son corps heurte le mien. Il est près de moi... la gorge sèche, pas un mot ne sort de ma bouche qui voudrait s'ouvrir sur la sienne. Subjuguée, hypnotisée par son regard de feu, je l'admire, je le désire.

— Héloïse, j'aimerais t'embrasser.
Et toi ?

La réponse ne vient pas. Je bal-
butie :

— Oui...

J'ai peur qu'on vienne chercher
des boîtes quand son corps à l'allure
d'un prince se colle au mien. Il se
penche, pose ses lèvres brûlantes sur
les miennes. Si près de son cœur qui
bat, un frisson terrible et irrésis-
tible m'envahit ; son baiser vient me
posséder, me troubler dans toutes les
fibres de mon être. Comment renoncer
au mal et au bien fusionnés en moi ?
Sa belle chemise blanche du dimanche frôle mon décolleté, effrayée,
je prends mon courage à deux mains
pour retirer la sienne qui descend
vers mon sein. Il s'excuse pendant
qu'un vertige s'empare de moi, ébran-
le ma conscience. Il ignore que mon
sexe frémit. Tout se passe dans le
silence et le mystère. J'éprouve une
si grande sensation de bien-être :
je me sens désirée, aimée, en vie.
Il m'est impossible de refuser cette
chaleur humaine qui me donne des
ailes.

Je flotte au-dessus des interdits
jusqu'à son départ. Ensuite, je me
vois impure de ce péché qui mène à
l'extase et que je dois repousser.
Un si fabuleux péché !

— Abélard, pourquoi est-ce si mal d'aimer, de me sentir si bien avec toi? Dis-moi, est-ce un crime?

Il avait la parole facile et c'était pour cela que Lucien l'avait surnommé "Le beau parleur". Il avait le don de faire éclore des rêves impossibles dans ma tête. Alors, il m'a débité son plaidoyer avec assurance:

— Ma belle Héloïse, rien de mal à s'aimer. Le vrai crime est de détester, de se fermer à l'autre, de lui nuire. Je te ferais du mal si je t'agressais, si j'abusais de toi. La vie bouillonne en nous. Le mal, c'est de se fermer à la vie. Assassiner notre amour serait le plus grand des péchés. Le Christ nous ouvre ses bras, pas seulement à l'église. Écoutons-le: "Aimez-vous les uns, les autres."

— Ce n'est pas la même chose, Abélard. Pour les amoureux, c'est dangereux.

Le soleil plombait sur ma jeunesse.

Abélard était mon soleil qui me réchauffait, illuminait ma vie terne en compagnie de Napoléon et de mes deux neveux aux regards louches. Avec eux, j'avais si froid à l'âme et Jeanne était tellement souvent au magasin.

Revenue à la maison, réfugiée dans ma chambre, ses paroles remémorées calmèrent ma crainte jusqu'au prochain rendez-vous, et je continuais de penser : nous faisons partie de la nature et elle nous offre tellement de plaisirs. En profiter et louanger l'Être suprême. Tout nous vient de lui ; je suis une de ses créatures parmi tant d'autres. Je n'imaginais pas me fermer à l'air frais qu'on respire, à la chaleur du soleil qui danse sur ma peau, aux cascades de l'eau de la source sur les pierres rondes comme des œufs de pies avant de s'émietter sur la rive, aux couleurs flamboyantes de l'automne, à la neige étincelante sur la croûte.

Serait insensé de me fermer aux chants des oiseaux, aux bercements du vent, à ses voix qui charrient des romances de liberté. Pourquoi me refuser le plaisir ressenti dans les manifestations de notre amour ? Pourquoi est-ce si mal de nous faire du bien ? Aimer chaque humain même s'il n'est pas toujours aimable, même s'il nous fait souffrir ? Cependant, ce n'est pas nécessaire de souffrir pour aimer le bon Dieu. Pourquoi refuser le plaisir ressenti en présence de l'être aimé, par peur de la froideur des autres qui nous méprisent ? Non, merci !

❀

Semaine après semaine, nous nous retrouvions, plus amoureux que jamais. Nous nous faufilions à l'extérieur entre deux hangars pour mieux respirer nos odeurs, mieux nous coller l'un à l'autre. Nos gestes se passaient des mots et mon cœur battait la chamade. Je voulais et je ne voulais pas : la crainte de le perdre si je refusais ses caresses et la peur du péché de la chair qui semblait le plus énorme des péchés me tenaillaient l'esprit. Abélard a saisi mon désarroi et il m'a réconfortée :

«Ma douce, j'aime ta senteur de rose, ta chaleur, ton amour plus grand que toi-même. Je suis prêt à souffrir de ne plus te toucher si je te trouble pour te sauver des griffes de ceux qui veulent te posséder. Soyons fiers de nous : nous sommes faits pour aimer.»

Nous nous embrassions passionnément avant de nous quitter pour une autre semaine et les tourments recommençaient. Désirer ce rapprochement, entendre son cœur battre pour moi, ressentir la sécurité en me collant à son corps chaud et fort, était-ce un vice qui augmentait la souffrance des plaies du Christ ? Je perdais ma pureté…, étais-je déjà une pécheresse comme Marie-Madeleine ? Le Christ la comprenait et la protégeait. M. le curé, non. Comme Abélard, je me révoltais ; pourquoi me refuser à ma propre vie?

Après chacune de nos rencontres clandestines, nous fixions le prochain rendez-vous. Être condamnés à nous cacher m'enrageait. Nous contenter de nous tenir par la main ne nous suffisait plus depuis longtemps. Souvent, je me sentais en état de péché et je me blâmais : je provoquais mon amoureux? M. le curé m'a dit : " La femme est la tentation personnalisée. " Non, je ne pouvais pas croire ça!

❊

Mes amours inquiétaient Jeanne. Elle m'a prise à part, m'a serrée fort sur son cœur qui battait à tout rompre, sa voix enveloppante annonçait une remarque sérieuse.

— Ma noire, écoute-moi bien. Je veux pas te faire de peine, mais je dois te recommander de pas trop t'attacher à ce garçon, même s'il est très bien. T'ennuyer de lui à Montréal pourrait perturber tes études. Pense à ton avenir.

Blottie dans ses bras comme lorsque j'étais enfant, je retenais mes larmes.

— Pleure, ma chérie. Comme autrefois, tu me fais don de ton chagrin. Je t'en remercie. L'expérience de l'amour est normale. Je veux seulement t'éviter de souffrir.

— Jeanne, je suis responsable de mes choix et je veux les assumer.

Elle caressa ma figure, essuya mes larmes, attendit sagement.

— Je suis capable de choisir mes amis toute seule. Tu dois me connaître assez pour savoir que je tiens à devenir journaliste, accorde-moi ta confiance, je ne la trahirai pas et je te serais reconnaissante d'avertir Lucien et Napoléon d'oublier leur rôle de chien de garde. Je t'en prie, ne m'en parle plus.

Ce soir-là, j'ai entrevu l'ampleur de ma difficulté de la quitter pour Montréal. Elle m'a chouchoutée depuis toujours comme aucune autre mère n'aurait su le faire. Je voulais trouver des mots assez beaux, assez forts pour l'assurer de mon grand amour et de ma reconnaissance sans borne.

Je voulais savoir comment elle s'expliquait la désapprobation de mes frères vis-à-vis mon amoureux! Avaient-ils raison? Avaient-ils peur que ma vie au milieu d'une classe inférieure, à leurs yeux, m'apporterait le malheur? Je tenais à savoir pourquoi ils détestaient autant mon cher Abélard!

Je voulais comprendre mais, à mes questions, elle n'a trouvé aucune réponse satisfaisante. J'ai vu ses yeux mouillés briller, sa bouche trembler, sa gorge étouffer ses vieilles blessures. Elle était debout, face à la fenêtre pleine de nuit, enveloppée dans son châle campanule et ses cheveux d'argent brillaient sous des reflets lunaires ; un sourire de sagesse mêlé de tristesse se lisait dans ses yeux plus que sur ses lèvres ; elle m'a enlacée tendrement dans ses bras. De sa poudre rose émanait la sécurité qui m'a si souvent réconfortée. Elle m'a enlacée tendrement et je me suis sentie inondée de son amour.

Dans ma chambre, elle m'a bordée comme autrefois et elle m'a dit doucement : "Ma noire, il y a des choses qu'on doit pardonner même si on ne comprend pas ; c'est la façon de vivre en paix. Lucien a peut-être des raisons pour se montrer si malcommode. On ne pénètre pas les secrets des autres si on n'y est pas invité. Ma chérie, protège-toi : nos frères ont la mémoire longue."

Une force étrange se dégageait de ma presque mère, et cette même force s'infiltrait davantage dans mes veines, exigeait de grandir en moi.

❀

Lors de ma dernière rencontre avec Abélard, nos adieux ont été déchirants et ma bouche a défilé les remontrances de Jeanne.

— Nous sommes trop jeunes pour nous attacher autant l'un à l'autre, nous exposer à commettre de grosses bêtises et à les regretter toute notre vie. Qu'en penses-tu, Abélard?

— Ma très, très chère Héloïse, je veux bien respecter ton point de vue, mais il me semble que si notre amour est assez fort, il résistera à la séparation. Au moins, continuons d'être amis.

— Très certainement! Je t'écrirai souvent et je t'enverrai des livres, mais l'envie de refuser l'invitation de Philippe ne me quitte pas.

— Héloïse, fais pas ça. Nous devons être courageux et penser à notre avenir. Si tu abandonnes tes études, tu le regretteras plus tard. Y a ben assez de moi qui suis condamné à ce sacrifice-là.

Après un long baiser, je l'ai quitté en courant et les larmes me coulaient jusqu'au menton. Vivre loin de lui m'affolait et j'ai pensé : "Souffre-t-il autant que moi? A-t-il cette déchirure en plein cœur?" J'ai chassé à grands coups de volonté l'envie de le retrouver : je voulais devenir journaliste.

Avant de quitter Abélard, je lui avais prêté le roman *Angéline de Montbrun*. Après l'avoir lu, il a trouvé les mots pour ne pas blesser ma pudeur. S'il avait su que, l'été précédent, je l'avais échappé belle avec l'aîné de Jeanne, il aurait été plus à l'aise. Difficile d'oublier les agressions de mes neveux plus vieux que moi ; chacun leur tour, ils cherchaient à me tasser dans les coins. Je les repoussais avec ce qui me tombait sous la main et je les menaçais de les dénoncer, mais je n'osais pas prévenir ma sœur de peur de la peiner. J'étais si troublée : mon âme était-elle en état de péché mortel ? Me confesser d'un mal que je n'avais pas commis ? C'était si gênant que j'en avais mal au ventre. Si j'étais moins belle, j'aurais peut-être la paix ; je me couvrais de la tête aux pieds pour ne pas provoquer les hommes qui m'entouraient.

Cette nuit-là, une chance que je portais un pyjama pour dormir : un de ces géants s'est jeté sur moi comme un fauve agrippé à sa proie, me bâillonnant la bouche d'une main. J'ai mordu ses doigts et tenant ma culotte, je me suis débattue en lâchant des cris de mort.

— Jeanne, au secours !

Elle l'a attrapé par le chignon du cou :

— Ça parle au diable ! Qu'est-ce que tu fais ici, mon crapet ? Vite dans ta chambre !

Elle m'a rassurée, s'est couchée avec moi.

— Dors maintenant, ma noire ! Comme de bonne raison, demain je vais régler ce problème-là. Tu verras.

Dès le lendemain, elle s'est imposée.

— Napoléon, pour l'amour du bon Dieu, tu vois bien que ça n'a pas d'allure ce qui se passe ici.

Il a répliqué :

— Elle est une tentation pour nos gars. Entre hommes, on se comprend.

Alors, Jeanne s'est indignée et ma peur qu'il la frappe m'a rapprochée d'elle.

— Es-tu malade dans la tête ou quoi ? Nos fils sont majeurs, ils n'ont pas voulu étudier, ils doivent quitter la maison et gagner leur vie. Philippe s'offre à leur trouver un petit logement et un travail à sa manufacture, mais la Conscription étant signée, ils devront s'enrôler dans l'armée bientôt.

❖

Même si mes neveux combattaient sur la ligne de front, pendant des mois j'ai fait des cauchemars épouvantables. J'avais peur qu'un vicieux entre par la fenêtre de ma chambre : le toit d'un entrepôt était juste en bas. Mes rêves étaient redondants :

j'étais attaquée par les hommes de
mon entourage ; je me débattais : ils
déchiraient mes vêtements, voulaient
enlever ma culotte, je cherchais une
position pour leur donner un coup
de pied à la bonne place, mais je
n'y arrivais pas : ils étaient trop
forts. Je voulais crier : "Non, non !"
Mais les sons s'étouffaient dans ma
gorge. Je me réveillais en sursau-
tant, toute en sueur. Ma grande sœur
me rassurait, me serrait fort sur sa
poitrine si confortable. Je sentais
son cœur battre d'un si grand amour
pour moi. Elle me chantait les ber-
ceuses de mon enfance :

"Dors, dors, le jour à peine a
lui." Je finissais par m'endormir.
Mais les jours suivants, quand je
croisais les hommes vus en rêve, je
courais à la maison en tremblant.

Subir un viol doit être terrible :
avoir l'impression d'être salie, in-
fectée d'une maladie vénérienne ;
n'être qu'un objet de plaisir in-
capable de se défendre contre une
brute qui veut dominer sa victime
jusque dans sa chair, quelle horreur
et que dire de la culpabilité qui
peut s'ensuivre ?

"La femme est une occasion de péché", prônaient certains théologiens.
"Pourquoi la respecter", pensent encore plusieurs hommes, inconsciem-
ment ; on peut donc la considérer

comme un objet : l'injurier, la frapper, la violer, la tromper avec une autre, même la tuer. On peut détruire un objet...

Mes pensées se bousculaient dans ma tête, se heurtaient à la pierre angulaire de l'Église.

❀

Nous sommes en 1967, mais des viols se produisent encore. Pauvres hommes ! Sont-ils vraiment le sexe fort, à jeter le blâme de leur instinct animal sur l'être dit faible ? Heureusement, les luttes des féministes éclairent lentement les consciences. Les deux guerres mondiales ont ouvert nos horizons. Néanmoins, combien de temps encore avant que nous soyons à l'égal des hommes ? Nous avons pourtant obtenu le droit de vote ; le droit de penser par nous-mêmes, d'agir selon notre conscience. »

❀

Maman ne m'a jamais parlé de cette agression. Par pudeur peut-être. Par crainte d'envenimer mon antipathie envers mes cousins. Espérons qu'ils n'ont pas violé de femmes là-bas, avant d'être abattus sur le champ de bataille. Ah le viol ! Comment un homme peut-il agir ainsi ?

Ma sœur Aube a accueilli les confidences de centaines de femmes et d'enfants sans défense. Des histoires horribles de malades qui courent les rues. Qui pitonnent les pitounes dans Internet. Dans certains pays, on lapide encore les femmes violées. Comme si elles étaient les responsables. C'est la victime qu'on punit, non le bourreau. Même ici, les doutes planent souvent au sujet de la femme agressée.

Ma chère Paule se défiait des hommes. Longtemps, je me suis demandé pourquoi.

❀

« À mon arrivée chez Philippe, Antoinette est passée de la déprime à l'exaltation. Elle a quitté sa tête d'enterrement et sa robe de chambre qu'elle traînait à longueur de journée. Le coiffeur a teint les repousses blanches de ses cheveux ébouriffés, lui a fait une coupe à la mode qui redonnait vie à sa figure pâle et l'esthéticienne a complété la transformation : manucure, pédicure, petits pots de crème, crayons et rouge à lèvres.

Ses yeux langoureux couleur de pluie s'éclairaient de plus en plus. Je lui ai dit : "Regarde-toi dans le miroir. Antoinette tu as un corps de déesse, vois comme tu es belle." Elle s'est mise à sourire autant qu'elle avait pleurniché précédemment. Philippe était au septième ciel.

Vraiment excitante ma vie en ville : concerts, visites d'expositions, théâtre. Philippe me parlait de la grande Sarah Bernhardt, qui avait fasciné notre père en 1880. Malgré l'anathème, sa venue avait provoqué une onde de choc qui avait fait avancer le théâtre américain ici. Les créations de Fréchette ont donné une certaine impulsion à notre théâtre mais, selon Philippe, à la fin du XIXème siècle, celui des variétés attiraient le grand public. Il m'offrait des billets pour les activités culturelles et un garçon pour m'y accompagner.

Je me sentais partagée entre ma chance de poursuivre mes études et mon ennui de mon cher Abélard. Enfermée dans ma chambre, je pleurais souvent ; je dormais mal. Dans mes rêves, je le voyais s'éloigner de moi, danser avec d'autres filles. Je me disais : "Non, ce n'est pas possible, il m'aime trop." Son image dans ma tête, il m'embrassait et ses bras se serraient davantage sur ma taille de libellule. Sa bouche sur mon cou, son souffle brûlant et sa main sur mon sein ; mon mamelon gonflait de désir ; je flottais de bonheur, puis je calais dans la culpabilité. Je devrais me confesser. Mon Dieu, éloignez de moi ces mauvaises pensées." Même loin de lui, la tentation me gagnait ; la tentation c'était Abélard.

J'occupais la chambre de ma petite cousine Rose, emportée par la grippe espagnole à un an. Ses toutous, ses poupées, ses photos occupaient tout l'espace. Le lit à baldaquin où elle avait dormi, où elle était morte sous les dentelles de couleur pastel, me plongeaient dans un passé lugubre. Rose était partout : elle couchait avec moi, troublait mon sommeil. Je me réveillais en pensant qu'un bébé mort était à côté de moi.

Avec précautions, j'ai expliqué à Antoinette mon besoin de me sentir un peu chez nous et elle m'a déménagée dans une des chambres d'invités ; j'ai demandé qu'on remplace les draps de satin pour d'autres en coton. J'ai installé les photos de ceux que j'aimais et j'ai rempli ma table de travail de livres. J'ai ouvert la fenêtre : j'avais besoin de changer d'air.

Ma belle-sœur m'aimait trop. S'imaginait-elle que je remplacerais son bébé Rose ? Elle me suivait partout ; me comblait de caresses et de cadeaux. À la fin, c'était aussi lourd à porter que le décor de cette maison victorienne aux tours nombreuses dont les murs bourrés de peintures étouffaient avec moi. Philippe collectionnait les œuvres de Walker et de Watson. Étonnant que ces grands paysages le passionnaient autant. À me vouloir loin d'Abélard, ce n'était sûrement pas par amour du paysan.

Au salon, des draperies de brocart à plis français, surmontés de valences garnies de passementeries au fil d'or, se prolongeaient sur le tapis en demi-cercles de deux à trois pieds de diamètre. Les roses sculptées de l'ameublement m'impressionnaient moins, cependant, que la copie de la table Louis XIV aux appliqués d'or, achetée au prix minime de 10 000 $, selon mon frère, lors d'un encan. Le mauvais temps avait fait fuir les amateurs. Que dire des candélabres et de la lampe torchère soutenue par un David coulé en bronze?

La salle à manger ressemblait à une salle de réception d'un grand hôtel avec sa table longue à n'en plus finir et ses buffets remplis de porcelaine et de cristal. Deux domestiques travaillaient à longueur de journée pour asticoter tout ce luxe et les bibelots qui ne laissaient aucun espace pour le repos de l'œil. Incroyable en ce temps de crise qui suivit la Première Guerre mondiale, alors que des familles gelaient dans leur taudis et crevaient de faim. Cependant, mon frère faisait la charité. Quand les Petites Sœurs des pauvres sonnaient la cloche de leur couvent, Philippe comprenait qu'elles n'avaient plus de nourriture à servir à leurs démunis. Aussitôt son chauffeur leur portait de gros paniers d'épicerie accompagnés d'un chèque substantiel.

Les semaines passaient lentement.

Mes études m'accaparaient, mais il m'était impossible d'oublier mon amoureux. Bonté de la vie, me séparer de lui était le prix à payer si je voulais devenir journaliste un jour.

L'automne se prolongeait avec mon ennui. De l'unique fenêtre de ma chambre, l'horizon était bouché par des pans de murs sombres. Je me sentais enfermée comme dans une prison dorée. Philippe m'a aidée à me sortir de ma torpeur en me présentant aux directeurs de certains périodiques. Sans être payée, j'ai publié quelques articles sous un pseudonyme masculin. Ma plume déterrait des sillons remplis des difficultés vécues lors de la Première Guerre mondiale et de la crise que nous subissions : du support apporté aux pauvres par les communautés religieuses et du clergé, des infirmières et des médecins qui soignaient les malades de la grippe espagnole en risquant leur vie, du sort des femmes moins payées que les hommes pour un travail égal dans les manufactures, du dévouement des dames bienfaitrices dont Antoinette faisait partie. Philippe soutenait ces bénévoles, sa charité envers elles m'émouvait et j'ai pensé : "Comment se fait-il qu'étant si généreux, mon grand frère que j'aime comme un père refuse-t-il mon bel Abélard ?"

Oui, ma vie à Montréal était enrichissante mais, depuis l'an passé, je m'inquiétais pour Abélard: il avait eu 20 ans avant la proclamation officielle du 13 octobre 1917, qui appelait sous les armes tous les célibataires et tous les hommes mariés sans enfants de 20 à 34 ans.

Lors de la déclaration de la Conscription, Lucien ne s'était pas gêné pour traiter de lâches ceux qui refusaient de s'enrôler, et cela, devant tout le monde sur le perron de l'église. Abélard m'avait écrit:

"Avant de me cacher, j'avais rouspété: si à 20 ans, nos Québécois sont assez vieux pour s'enrôler, c'est leur droit de dénoncer cette guerre qui ne nous concerne pas. Le gouvernement fédéral improvise, manifeste son incompétence face à cette guerre de l'Angleterre. Ce n'est pas la nôtre."

Mon brave ami affirmait tout haut ce que d'autres pensaient tout bas. Alors, la guerre des vieux pays envahissait la radio et les journaux. Abélard se cachait dans le grenier au-dessus de l'étable des Beaubourg. Il avait creusé un trou dans le foin non loin de la trappe afin de profiter de la chaleur des bêtes. Même s'il se couvrait d'une peau d'ours et si sa famille voyait à l'alimenter, il allait risquer de mourir, non par lâcheté mais par conviction, comme il me l'avait expliqué dans sa lettre.

"Je n'accepte pas de servir de chair à canon pour un pays qui n'est pas le mien. Des soldats arrêtent ceux qui ne se présentent pas à l'entraînement ; souvent retrouvés grâce aux délateurs : des Canadiens français comme nous. L'armée est peu accueillante pour eux et tout fonctionne en anglais. Pas de problème pour moi, à vivre au French Village, je suis bilingue. J'aurais même défendu les fils de Jeanne qui ont été ridiculisés lors de l'embarquement.

Lomer Gouin a eu beau prêcher l'autonomie du Québec, il a eu beau s'opposer à la Conscription, la ruse des conservateurs a fini par triompher avec le plébiscite. Leur ruse ou sa propre faiblesse !

Napoléon et Lucien doivent applaudir leurs chers bleus. Comme Bourassa, voter contre Gouin, s'il le faut ! Je ne suis pas teinté rouge, moi. Je défends le gros bon sens."

❋

Même si nous étions rationnés, la production industrielle et agricole connaissait une forte hausse et tout le monde en profitait, sauf mon cher Abélard, toujours malade et isolé dans sa cachette. Une grippe n'attendait pas l'autre et il souffrait davantage de maux d'estomac. "Tabaslac qu'j'ai hâte au printemps!" m'avait-il avoué dans une de ses lettres en me répétant son attachement.

Bonté de la vie! L'amour ne devrait-il pas être plus fort que la guerre?

"Ma chère Héloïse, comment te remercier pour tes bonnes pensées à mon égard et pour tes livres? Le papier est usé à force de relire tes lettres, mais pas mon amour pour toi. Je garde espoir qu'un jour, nous serons réunis.

Je partage l'idéal d'Henri Bourassa. Ce n'est pas assez d'avoir fondé *Le Devoir* consacré à la défense des Canadiens français ; il devrait former un parti politique."

En effet, rien ne peut diminuer autant un homme que de menacer la langue de ses ancêtres. La pire des tragédies en soi serait de se promener avec un regard vidé de sa mémoire.

❈

Philipe me demandait souvent de lui jouer une sonate à la lune à son piano à queue. Avec Chopin, mon âme bouillonnait de mots d'amour. Je les chantais pour mon amoureux, le futur père de mes enfants qui avait incendié tout mon être. Je les voulais de sa race. Il me donnait force et honneur de vivre dans l'attente. J'empilais mes lettres d'amour dans le précieux coffret qu'il m'avait sculpté. Bientôt, il déborderait et son amour déteindrait peut-être sur les parents qui m'accueillaient et le refusaient. »

7

Aujourd'hui, des convois de nuages cotonneux traversent le ciel en lourdes bouffées blanches. Le soleil printanier réchauffe mes vieux os. Il éblouit les champs, disparaît, revient par éclats, éclaircit la grisaille en moi qui me guette parfois.

Ma future mère est vraiment superbe dans sa robe plus courte qui souligne la finesse de ses jambes. Sur la pointe des pieds, elle embrasse passionnément celui qui sera mon père. Tante Jeanne avait saisi le pathos de cette rencontre. Elle a noté : « Avant le départ d'Abélard pour l'enrôlement. »

En tournant les pages de l'album, souvent, la joie danse en moi comme une plume au vent avec le souvenir de Paule et de maman : les deux femmes de ma vie. Parfois, des moments tristes se bousculent dans ma tête dure, mais j'arrive à les assumer.

❈

« Mes vacances des fêtes chez Jeanne achevaient et, de connivence avec elle et Monsieur Beaubourg, j'avais eu le privilège de revoir Abélard. Il s'était camouflé dans le voyage de paille destinée aux litières de la renardière, située au bout du village. Monsieur Georges avait arrêté sa charge face à la porte d'un hangar du magasin, ouverte au préalable. Quand j'ai vu mon amour bondir à l'intérieur avec la souplesse d'un écureuil, mon cœur s'est presque arrêté de battre... Quelqu'un l'avait-il vu? Il s'est jeté dans mes bras, et les mouvements insensés de mon corps m'ont inondée de sensations intenses à souhaiter qu'elles ne s'arrêtent jamais.

❀

Qui ouvrait la porte avec fracas en vociférant? Deux soldats armés sont entrés comme des voleurs de banque. J'étais désespérée, je tremblais comme une feuille secouée par le nordet, je criais: "Non! Non!" Accrochée à mon cher Abélard, ils m'ont repoussée sans ménagement et ils l'ont bousculé dans l'escalier pendant qu'il me criait:

— Héloïse, je t'aime! Aie confiance, j'vais m'en sortir.

— Je t'en supplie, Abélard, reviens vite, il faut te soigner.

Mon vœu serait-il exaucé?

Comme Napoléon s'était absenté pour la journée, nous avions pensé n'avoir rien à craindre, mais personne n'avait prévu qu'ayant oublié son porte-monnaie, le beau-frère reviendrait à la maison située au-dessus du magasin. À l'entrée, il avait vu des bottes de travail et, se doutant qu'Abélard était avec moi, comme un loup, il avait hurlé chez Lucien qui s'était empressé d'avertir les recruteurs de l'armée. Était-ce pour la prime accordée aux dénonciateurs?

Ah, le beau-frère! Gras comme un moine, un mangeur de balustre étouffé dans sa graisse! Plus que jamais, je lui en voulais, et nous vivions dans la même maison.

Je m'inquiétais tellement pour mon ami, et ma colère grandissait envers Lucien. Des recoins les plus sombres de son cœur, il avait réveillé les feux de vengeance du dragon couvés en lui depuis qu'Abélard l'avait affronté pour me défendre. En riant de ses dents aussi croches que lui, il les avait lancés sur mon amoureux avec hargne: "Lui fai fai, faire payer l'humiliation qu'il m'a fait su su subir l'été dernier!" Comment dominer ma rage envers mon frère qui m'avait lancé son venin en plein cœur en nous séparant aussi méchamment? J'aurais voulu le griffer, le couvrir d'ecchymoses, lui lancer à pleine figure les cancans qu'on disait de lui, les publier dans les journaux pour qu'il aille en prison, le salaud! Crier sur le perron de l'église après la grand-messe: "Mon frère est un avare, un hypocrite, un vulgaire trousseur de jupons, un usurier."

Je le détestais à m'en confesser.

L'entrée d'Abélard dans l'armée avait transporté de joie Philippe, mon frère aimé : "Je souhaite qu'il y reste ! Que ferais-tu de tes diplômes avec lui ? J'espère qu'enfin tu vas comprendre". Il venait de m'inoculer la défiance même envers lui. Je regrettais ces mois à m'ennuyer de mon fiancé chez lui. Mes études à Montréal terminées, j'aurais voulu lui poster mes diplômes.

Une fois de plus, ma presque mère m'a bercée de toute sa tendresse ; j'ai fini par me calmer, mais l'écorchure de mon cœur a mis bien du temps à se cicatriser. L'est-elle vraiment ?

❀

Bonté de la vie ! Mon vœu de revoir Abélard bientôt fut exaucé : à l'examen médical, affaibli par les grippes mal soignées pendant les mois d'hiver, il faisait une pneumonie et l'armée l'a refusé. C'était à la fois une bonne et une mauvaise nouvelle : il fallait le guérir vite. Toute sa famille s'en est mêlée, Jeanne et moi également l'été arrivé, mais ses maux d'estomac revenaient trop souvent.

❀

Nous devions de plus en plus nous serrer la ceinture pour fournir notre effort de guerre et la main-d'œuvre était orientée vers la production.

L'article d'Henri Bourassa, paru dans *Le Devoir*, nous avait horripilé ; il dénonçait l'effort disproportionné du Québec, en particulier. Des millions de livres de fromage envoyés en Angleterre pourrissaient sur les quais de Liverpool alors que des millions de Belges crevaient de faim et que des Canadiens avaient à peine de quoi manger. Le directeur du Bureau impérial des munitions avait réalisé d'énormes bénéfices seulement en s'occupant des vivres des militaires.

❧

Enfin ! Le 11 novembre 1918, l'Armistice fut signé et les réjouissances s'ensuivirent, mais personne n'imaginait le fléau à venir : la grippe espagnole affligerait les familles. Les premiers signes de la pandémie se manifestèrent avec l'arrivée du navire *Somali* en provenance de l'Inde, à Grosse-Île. Le 23 septembre, on note l'apparition de la grippe à Victoriaville, à Arthabaska, à Trois-Rivières et à Richmond, l'épidémie allait gagner presque toutes les régions du Québec, en particulier le Saguenay et le Témiscamingue. Des églises et des écoles fermèrent pour empêcher la contagion, les médecins ne fournissaient pas à soigner les malades et, malgré les sanatoriums créés à cet effet, partout on pleurait ses morts. »

8

Était-ce un ami de maman ou un ex-amoureux, cet énergumène aux épaules étroites et tombantes ? On dirait une plante anémique qui inspire le dédain, non l'appétit. C'était sûrement l'oncle Philippe qui lui avait imposé ce cavalier-là. Planté sur ses grandes cannes dans un pantalon serré, il transpire l'arrogance à sa façon de porter haut le menton. L'atmosphère est lourde. Bourrée de meubles de velours aux roses sculptées. Ça sentait sûrement le renfermé. Notre mère devait étouffer dans cette maison-là.

Vêtue d'une robe de bal en satin jaune, garnie d'appliqués pailletés or, elle est juchée sur talons hauts. De sa coiffure torsadée, glisse une guirlande de roses blanches minuscules. Transformée en princesse, elle est pâle et croule sous le bras gourd du gringalet appuyé sur elle. Comme s'il la possédait déjà ? Chère future maman : ce visage triste et résigné ne lui ressemble pas.

❋

« Ce bon parti selon Philippe et Antoinette, ne l'était pas du tout. Lors de notre rencontre, il m'avait tendu une main molle qui ne m'inspirait pas. En plus d'être laid et boutonné, il n'avait aucune culture ; il me marchait sur les pieds en dansant ; ne parlait que des coups d'argent de son père. De sa bouche empâtée, il projetait sur moi des postillons qui me levaient le cœur.

❊

La préparation de cet évènement avait pris des proportions démesurées pour Antoinette, une femme de la haute société. Elle était aux petits oiseaux ; rien n'était trop beau ni trop cher pour moi. Voulait-elle me prouver son affection ou m'acheter? Je refusais d'être négative. Je comprenais son mal à l'âme, j'usais de diplomatie avec elle, mais elle ne remplacerait jamais Jeanne. Chère belle-sœur, elle m'avait charriée dans tous les grands magasins ; elle avait même commandé des souliers sur mesure assortis à ma robe, mais j'avais refusé ses bijoux: je porterais le collier de perles de ma mère Rhéa.

Jeanne, ma presque mère, est une femme simple et humble. Elle m'a transmis des valeurs profondes : je n'avais pas envie de les troquer pour une vie superficielle, et mon fiancé me manquait tellement. Cet apparat qui aurait comblé toutes les jeunes filles me laissait indifférente ; plus encore, me dérangeait. Ce qui m'aurait emballée aurait été de fêter avec mon amoureux.

Avant de partir au bal, face à mon miroir, je n'ai pas reconnu la fille mondaine et pomponnée. Je me suis dit : "C'est la première et la dernière fois que j'assiste à un bal, le mien. Pourquoi ne pas en profiter?"

Je ressemblais à la Belle au bois dormant. Mais j'étais bien réveillée. Éveillée à l'amour par mon cher Abélard. J'ai imaginé que c'était avec lui que je suivais les envolées des valses de Strauss.

❖

Mes études à Montréal terminées, l'inquiétude hantait mon esprit : "Que deviendrait Antoinette et pourrais-je vivre du journalisme au Québec? "

Après la guerre se développait un intérêt pour l'éducation et la culture. J'avais peut-être une chance. Je présenterais des textes traitant des sujets d'actualité au *Devoir* et à la *Revue moderne*. Accepteraient-ils de les publier? Des problèmes sociaux devaient être exposés et nous avions le devoir de trouver des solutions pour aider ces gens. Lentement le chômage diminuait, mais la misère était encore le lot de milliers de familles, en plus du fléau de la grippe espagnole qui s'étendait partout.

J'ai alors décidé d'enseigner. L'école du rang 7 m'attendrait en septembre, mais elle fut fermée en hiver pour éviter la propagation de la pandémie.

Une autre question me tourmentait : "Devrais-je attendre ma majorité, pour réaliser mon rêve de m'unir à mon cher Abélard?" »

9

Hier, je suis allé voir Aube et Antoine à Montréal. Fidèle est venu avec moi. C'est un compagnon enjoué. Il m'a sorti de ma torpeur quand j'ai quitté l'hôpital.

Ils sont contents de constater ma bonne forme. Ils ont hâte de recevoir les albums de maman. Nous avons tous l'impression de la retrouver. En fait, c'est moi que je retrouve.

Le repas en famille était réconfortant. Le menu santé, excellent. Pas si difficile que ça de changer mes habitudes alimentaires. Même si je suis un grand Jack pas bedonnant, je veux penser à mes artères. L'atmosphère était agréable : ma sœur joyeuse comme un pinson, Dominique, son mari, rassurant, et Antoine si attentionné. Une musique d'autrefois accompagnait nos conversations détendues. Vivaldi nous rappelait nos saisons vécues dans l'amour avec nos chers parents. Nos fredaines d'enfants. Nos taquineries. Les tours qu'on se jouait nous ont fait bien rire. Être choyé par l'amour de ses parents est le plus beau cadeau à offrir à un enfant.

Avant de quitter Montréal, j'ai rencontré un jeune mendiant paraplégique. Son sourire m'a questionné quand il m'a remercié de mes quelques piastres. Je lui ai dit : « C'est moi qui vous remercie. Vous me gardez en vie. Présent à ce qui se passe chez nous. » J'ai décidé d'accrocher un sourire à mes lèvres pour de bon.

Je suis tellement chanceux d'avoir une famille qui m'aime. Je reprends goût à la vie. Allège. Presque heureux. Chanceux de profiter encore des joies qui m'attendent si je sais les reconnaître.

Au retour, la rivière Saint-François me redonne mes yeux d'enfant. Comme un paradis ! Les conifères de nombreux îlots se mirent dans les eaux calmes. Assis paresseusement dans leur chaloupe, un homme et un enfant tirent une ligne. Ils échangent un très beau sourire de fierté et de bonté. Loin du bruit. Juste pour le plaisir d'être ensemble. Le poisson doit être pollué par le moulin à papier de Windsor Mills. Les beautés de ma campagne m'attirent. Les petits bonheurs tangibles de mon enfance me réjouissent encore.

Mon auto stationnée sur la rive, j'écoute le silence en marchant au tournant de l'eau. La menthe sauvage chatouille mon nez gourmand. J'en cueille à pleines poignées. Je mâche une feuille. Elle goûte la tisane de maman. Les lycopodes s'étirent lentement sur les galets. Les trilles et les sanguinaires font les belles sur un lit de feuilles séchées. La vie grouille dans le sous-bois. Les chants d'amour des oiseaux et des grenouilles viennent de partout. Ils s'excitent, se font la cour, s'enflamment et s'accouplent. Des nids se bâtissent à la fourche des branches. Des corneilles jacassent au-dessus de ma tête. Je m'éloigne de l'octogénaire, je bascule dans mon enfance. Le printemps renaît en moi. En déterrant l'ail des bois de l'humus noir, des souvenirs bondissent avec leurs douleurs que j'assume mieux maintenant. Pour me sentir bien. D'autres me reviennent avec leurs frémissements d'allégresse. Des mémoires chaudes. Papa disait : « La tête se souvient, mais les sens enregistrent les mémoires qui bâtissent un homme. » Il parlait comme un poète. Il lisait beaucoup. Surtout, il pensait à longueur de journée en travaillant aux champs. Les habitants sont souvent des sages.

Pour mieux m'enraciner, j'ancre mes pieds au sol. J'ai l'impression qu'une partie de la force de papa lui venait de l'énergie de son domaine non pollué. La mémoire de la terre entière m'a presque « écrapouti ». Cristi de cristi, il faut absolument atteindre l'objectif de Kyoto !

❀

Hier, j'ai écouté *La semaine verte* à la télévision. De nos jours, même si les fermiers sont de gros entrepreneurs, leur vie n'est pas toujours facile. La difficulté d'une relève. La vache folle. Les embargos des Américains. Les pluies acides. La terre qui se venge de notre pollution dont ils se sentent, en partie, responsables à cause de leur élevage. Pourtant, ce sont eux qui nous nourrissent.

Il me semble que les changements climatiques devraient faire réfléchir tout le monde. Ma prochaine auto sera hybride, je vais continuer à marcher, à recycler. Et pourquoi ne pas composter? Au moins, je ne fume pas. Faire ma petite part pour sauver la terre de nos pères. Les petits efforts personnels comptent, mais ce sont les gouvernements qui peuvent dicter les lois en mesure de protéger la planète. Quand prendront-ils leurs responsabilités sans peur de perdre le pouvoir? Eh! Monsieur Harper, la nature, on la magane en sacripant. Les yeux ambitieux des sables bitumineux, ça vous rend aveugles ou quoi?

Quand je suis allé en Amazonie, j'ai eu tout un choc: la forêt tropicale subit des coupes à blanc et la faune disparaît. On m'a amené en pirogue pour pêcher le piranha, prout! Aucune bête ne s'y trouvait.

J'entonne *Le credo du paysan* chantée par papa. Sa voix de Caruso est un cadeau.

« L'immensité, les cieux, les monts, la plaine,

L'astre du jour qui répand sa chaleur

[…]

Je crois en toi, Maître de la nature. »

Maître de la nature ! Que m'importe le nom qu'on lui donne ! Ce qui m'horripile, ce sont les extrémistes qui tuent nos rêves sous prétexte d'enrayer les infidèles de la terre. Les guerres ne sont pas des questions de races, mais de places. L'espérance est proche de la naïveté, mais je chante encore avec Raymond Lévesque :

« Quand les hommes vivront d'amour,

Il n'y aura plus de misère

[…]

Mais nous nous serons morts, mon frère. »

❀

Revenu à la maison, le jour tombe, mais la lumière s'infiltre de plus en plus en moi. Au vide ressenti lors de mon séjour de trois semaines à l'hôpital fait place l'héritage que m'ont légué mes parents. Forts de leur grand amour, ils ont poursuivi positivement leur rêve malgré l'attitude négative des oncles maternels. Ils ont assumé leur décision. Leur souffrance me faisait mal et je prenais leur défense. Mais je n'étais qu'un petit garçon. Des plaques de silences sombres cristallisées en moi s'éclairent. Se diluent. Coulent sur mes plages intérieures. Comme une eau salvatrice.

Maman a fait le ménage de ses photos. En les regardant, il se fait en moi. Aujourd'hui, je me sens libéré. J'ai l'impression de venir au monde une autre fois.

Je vais me canter de bonne heure. Mme Gisèle, de l'hôpital, avait raison : je ne suis pas seul, je suis avec moi-même. L'univers est en moi. Je suis bâti des mêmes composantes. Mon cœur est rétabli. Je suis heureux de vivre et d'aimer. Conserver les souvenirs heureux qui me font sentir si bien !

Dormir avec le bonheur !

10

Rendre hommage à la valeureuse lignée des Beaubourg !

À l'arrière-plan, mon grand-père, Georges, et deux de mes oncles triomphent devant les hauts fourneaux de la bricade construite par la famille. Ils sont alignés comme les rangées de briques grises qui sèchent au soleil.

Au premier plan, papa enseigne à son frère Arthur comment conduire le cheval. Harnaché au câble il fait tourner la vis sans fin qui malaxe la terre glaise de leur champ.

Autour de quatre ans, j'avais piétiné une rangée de belles briques qui séchaient au soleil. Antoine m'avait crié d'arrêter, mais j'avais continué. Quel plaisir de sentir la glaise molle chatouiller mes orteils ! J'avais reçu une petite tape de papa sur les fesses. La première. J'avais eu si mal à l'âme. Allait-il m'aimer autant ? Mon père était mon dieu, mon modèle. Risquer de perdre son amour était une catastrophe pour moi. J'avais pleuré tout l'après midi. Maman m'avait découvert caché au fond d'un entrepôt.

— Viens vite souper, mon petit homme. Ton père te cherche lui aussi. Il est inquiet. Qu'est-ce qui t'a pris ?

— J'ai peur qu'il ne m'aime plus.

— Quelle idée! Il t'aime pour toujours, mais retiens bien qu'il faut respecter le travail des autres.

Le soir venu, papa avait tout oublié. Il nous avait raconté l'histoire de ses ancêtres. Pour éviter la potence, nos arrières grands-parents paternels avaient fiché le camp aux États-Unis lors des troubles de 1837. Ils défendaient les idées de Papineau. C'est au Vermont que mon grand-père Georges était né, il avait épousé Azilda Desroches. Mon père, Abélard, vint au monde là-bas, le 5 octobre 1897. Quelques années plus tard, la famille revint au Québec. Mon grand-père avait appris la technique de la fabrication de la brique. Il était donc en mesure de bâtir des hauts fourneaux et de diriger ce qu'on appelait une bricade.

Les affaires allaient *full speed* chez les Beaubourg. Les frères de papa avaient grandi, les nombreuses familles constituaient une main-d'œuvre à bon marché. La courte crise économique d'après-guerre était traversée. La grippe espagnole contrôlée. La brique se vendait bien. Les constructions pointaient de partout et papa économisait ses bidous. C'est alors qu'il avait acheté la terre du rang 8.

« La guerre avait eu des aspects positifs sur la libération des femmes. En février 1922, pour la première fois, une délégation féminine se présenta au Parlement pour réclamer le droit de vote. Parmi les manifestantes se trouvaient Marie Gérin-Lajoie, Ida Saint-Jean et Thérèse Casgrain. J'aurais 21 ans en mars et j'étais avec elles de tout cœur.

Cette même année, l'École des
beaux-arts de Montréal venait d'être
fondée. Je me disais : "Mon amoureux a tellement de talent. S'il suivait ces cours-là, il deviendrait un
grand sculpteur."

La guerre avait presque fait disparaître le chômage. Même si nous
étions rationnés, la production industrielle et agricole connaissait
une forte hausse et tout le monde en
profitait.

Un vent de prospérité soufflait
aussi sur la famille Beaubourg. Leur
briquerie fonctionnait à plein pouvoir et mon bel Abélard avait payé
sa terre. C'était pour nous deux un
chant profond d'une force douce et
intense. Depuis des années, nous
avions cru en notre rêve de vivre
ensemble, et l'univers nous aidait à
le réaliser. Enfin ! Grâce aux revenus du commerce de la brique et de
la fermette, tous les espoirs nous
étaient permis et, comme toujours,
Jeanne nous soutenait au grand
désespoir de mon frère Philippe surtout.

— En mariant ce gars-là, c'est
une vie de misère qui l'attend.

Jeanne lui a servi tout un plaidoyer. Ils ignoraient que je les
entendais dans la pièce voisine du
salon.

— Philippe, sauf le respect que je te dois, la plus grande misère n'est-elle pas une vie sans amour? J'en sais quelque chose, moi. Jamais je ne me suis plainte, mais je connais une union misérable. Pour plaire à mon père, j'ai marié Napoléon qui avait hérité de ses parents. Héloïse a vécu dans un foyer sans amour, habitée par la peur. Peur de mon mari, déçue de mes deux garçons. Peur du péché.

Napoléon est violent avec moi. Je me tue à l'ouvrage du petit jour à la brunante, mais ce n'est jamais assez pour lui. Les hommes sont les maîtres. Servir au magasin. Courir préparer les repas. Redescendre en vitesse. Me priver de la présence de mes enfants ; les voir mal tourner... Monsieur ne lève pas le petit doigt sinon la main en bousculant tout, moi y compris, si je ne me plie à ses caprices. Il a le talent de la violence des mots qui brisent, qui enlèvent l'estime de soi. Héloïse ne veut pas courir ce risque-là avec un de tes bons partis. Elle opte pour l'amour. Même si tu es riche à craquer, tu ne peux pas tout contrôler. La petite s'appartient. Si c'est ta manière de l'aimer, je n'y peux rien, mais tu ne la feras pas changer d'idée ; son choix est sérieux: Abélard se débrouille bien, il est actionnaire de leur briquerie, c'est un excellent ouvrier. Sa terre est payée et la construction de leur maison est presque terminée. Il est fort et tellement tendre avec elle.

— Empêche-la de faire cette bêtise-là. Sinon...

J'en avais assez entendu. Je sortis de la pièce voisine et, à la façon d'Abélard, je me suis plantée devant lui.

— Sinon, quoi? lui dis-je en refoulant mes larmes.

— Si tu veux pas comprendre le bon sens, je te renierai comme ma sœur.

— Tu es mon grand frère adoré, Philippe. À Montréal, je t'ai vu comme mon père rempli d'amour pour moi. Ces paroles-là ne te ressemblent pas. J'espère que tu vas les retirer quand ta colère va tomber. J'ai beaucoup d'amour et d'admiration pour toi, mais là, tu me déçois et ma peine est sans nom. C'est comme si je perdais mon père une autre fois.

Et Jeanne poursuivit :

— Philippe, pourquoi te préoccuper autant? On ne peut pas décider de la vie des autres et chacun est responsable de ses choix. J'ai manqué de force de caractère en me mariant sans amour véritable. Je me suis souvent imaginé le bonheur que j'aurais connu avec un autre homme, mais il était trop tard. Pourquoi n'essaies-tu pas de respecter la décision d'Héloïse même si c'est difficile pour toi de la comprendre?

— J'ai dit ce que j'avais à dire.

Il est parti, l'air courroucé, comme un animal enragé.

Dans les bras de Jeanne, orpheline pour la deuxième fois, j'ai pleuré tous mes pleurs, mais je n'ai pas changé d'idée.

❀

Dans tout ce que mon cher fiancé disait, il y avait de la passion, de l'enthousiasme. Intelligent et fort, une sorte de halo impalpable l'illuminait. Sa vivacité impétueuse me projetait dans une admiration sans borne. Impossible d'être à ses côtés sans sentir la chaleur de sa parole et l'effet produit sur son entourage. À mes yeux, il était plus riche que ma famille entière. Ce n'était pas l'argent que je refusais, mais le manque d'amour de mes frères.

Mon amoureux était un être vrai : authentique et honnête. Un être fort de caractère. La vraie force ne consiste-t-elle pas à se dominer, à s'exprimer poliment? Abélard était un homme franc, un homme de cœur, beau en dehors comme en dedans, beau et attaché à son bourg.

Beaubourg, il portait bien son nom.

Un extrait d'une des lettres d'amour de votre père qui parle de notre future maison achèvera en beauté le premier album de notre famille.

"Je terminerai bientôt la construction de notre maison. Depuis longtemps, j'avais sélectionné les grands pins de ma terre à bois. Ils ont grandi ensemble comme du monde qui s'aime. L'hiver dernier, je leur ai parlé avant de les abattre. Le vent du nordet agitait leur tête ébouriffée. Les craquements de leurs aiguilles écrivaient leurs paroles dans ma tête : 'Nous sommes honorés de vivre une deuxième vie dans les structures, pièce sur pièce, de ta future demeure.' La forêt entière oscillait. La neige dansait au rythme de leur voix. Sous mon poitrail d'homme musclé, un jeune cœur battait dru, comme à sa communion solennelle quand je t'ai dit : 'Héloïse, je t'aime.' Un peu intimidé, j'allais poser des gestes sacrés.

Quelle est la différence entre les gestes d'un curé, des parents, d'une institutrice, d'un commerçant et les miens? Les miens, bâtisseurs de notre maison. Bâtisseurs de sécurité. Il n'y en a pas. Seul l'intensité de l'amour compte. L'amour de soi, de son prochain, de son Dieu.

Quand j'ai enlevé ma tuque pour secouer la neige, le vent m'a murmuré une musique divine. Douce, comme une invitation à rêver de bonheur. Je touchais au cœur de la forêt. Je le sentais battre dans les grands troncs. Mes frères et moi, nous les avons ébranchés avec ardeur. J'ai flatté leur peau jaunâtre et humide. L'écorce enlevée, j'ai écouté dans leur flanc les mots d'amour de la Terre pour nous. Ils se sont abandonnés comme un don. À bras d'hommes, nous les avons chargés sur le bobsleigh. Mes deux percherons ont traîné la charge jusqu'au bas de la montée. En coulant mon regard sur les troncs, j'ai deviné les murs de notre future maison : solides, épais, protecteurs des grands vents. 'Vous allez vous réincarner chez nous. Vous entendrez les rires de nos enfants et nos musiques dans le labeur', que je leur ai dit. L'air était pur. Pur comme notre amour. Le silence parlait fort de notre vie future ensemble.

Au printemps, à coups de hache, de ciseaux à bois et de sacres : 'Saint giboire de tabaslac.' À grands coups de cœur, nous avons taillé les queues d'arondes. Je suis bien sûr que les billes de bois recevaient nos gestes comme des caresses et nos sacres comme une prière pour que dure notre amour. Ma belle Héloïse, dans les mortaises, j'ai imbriqué des mots passionnés. Des mots de feu qui me cuisent les entrailles pour toi, ma douce. Des vœux de bonheur pour nous deux. Des mots ouverts sur le monde à chacune des fenêtres aux 12 carreaux des côtés non fouettés par le nordet. Le toit à deux eaux se termine en larmier appuyé sur des colonnes de cèdre tournées à l'atelier de mon père. Bientôt, mes frères et moi nous le recouvrirons en bardeaux de cèdre qui sèchent dans la grange depuis longtemps.

Après ma remise en liberté de l'armée, j'avais sculpté des frises que je fixerai aux lucarnes et en bordure du toit sur toute la devanture de la maison. Les soirs d'été, à la brunante, nous bercerons nos bébés en leur chantant les chansons douces de nos ancêtres. J'ai tellement hâte que tu voies notre cheznous ! Il est le résultat de notre ténacité à nous aimer malgré les oppositions. Ce sera notre maison aux fondations bien ancrées dans notre terre. Nous vivrons notre histoire qui s'inscrira dans celle d'un 'peuple sans histoire' pour faire mentir Durham. Nous l'arroserons de nos sueurs, nous y laisserons nos traces. Eux aussi se souviendront... "

J'entends encore mon fiancé qui me chante :

"Aux marches du palais

Aux marches du palais

Y a une tant belle fille, lon la

Y a une tant belle fille !

[...]

La belle, si tu voulais, nous dor-mirions ensemble

Dans un grand lit carré

Dans un grand lit carré, couvert de toiles blanches

[...]

Au beau mitan du lit, la rivière est profonde...

[...]

Et nous serons heureux jusqu'à la fin du monde." »

Chapitre deuxième

11

Ils sont unis. Enfin ! « Pour le meilleur et pour le pire. »

À 21 ans, maman réalise son rêve de vivre avec papa. Tirée à quatre épingles, elle est radieuse dans sa robe de noces blanche. Toute simple, sans le fla-fla de sa toilette de bal à Montréal.

La mine de papa est celle d'un vainqueur. Il a maîtrisé son toupet rebelle qui, d'ordinaire, glisse sur son front large et intelligent. Sa tenue est impeccable : habit gris pâle, chemise blanche et nœud papillon. Il enlace la taille de sa femme. Elle caresse un bouquet de roses magenta cueillies au jardin des Beaubourg. Paraît-il !

Leur sourire occupe tout l'espace.

Le grand blond a l'allure virile. Les traits accusés mais jamais durs. On dirait le David de Michel-Ange. Il passe l'anneau d'or au doigt effilé de la plus belle fille du village, selon les dires des commères pour une fois positifs. Son regard noir brille des feux de son amour pour elle.

Tante Jeanne et grand-père Georges leur servent de témoins.

Du côté des Chopin, le premier banc est occupé par Napoléon, le mari de tante Jeanne. Gras comme un moine. Gros comme des œufs, ses yeux sortent des orbites. Sa figure de pleine lune semble étouffée par une cravate mal nouée. Sa tête est rentrée dans ses énormes épaules tombantes. Son ventre rebondi force les boutons de son veston qui menacent de péter.

Derrière lui trône oncle Lucien, droit comme un piquet. Son grand nez arqué fend l'air. L'œil excité, tourné vers les futurs mariés, aimerait-il être à leur place ? À côté de lui, tante Blanche. Plus blanche que jamais dans sa robe noire au collet chinois. Plate comme une planche. Le regard haut sous sa voilette à pois. Impassible. Tout est impassible chez elle : les mains, le visage, les gestes, les pas, le corps figé, la bouche pincée. Une vraie momie ! Adolescent, je me demandais si elle était autre chose qu'une statue. Pas une vraie femme.

Derrière papa, tous les Beaubourg assistent au mariage. Toilettés de la tête aux pieds. Robes à volants étagés Dentelles au cou. Chapeaux à plumes avec voilette. Gants en haut du coude pour les femmes qui ont des manches courtes. L'église est pleine de curieux. Du rire plein les dents, des têtes pointent entre les épaules des gens en avant d'eux.

Tante Jeanne a dû obtenir une permission spéciale pour photographier dans l'église. Il ne fallait pas profaner ce lieu sacré.

❀

Cette photo-ci présente la mariée encore en robe de noces dans les bras de papa. Elle semble flotter en face de la coquette maison qu'il avait construite pour elle l'année précédente. L'auto de tante Jeanne, une Chevrolet de l'année, est stationnée sur le parterre. Les rubans blancs contrastent avec les vieilles casseroles attachées au pare-brise arrière. Elles traînent jusqu'au chemin de gravier battu.

Ils devaient être au pinacle de leur bonheur. Comme moi, lors de mon mariage avec Paule.

Cristi que c'est court, la vie ! Presque tout ce monde est maintenant disparu.

❂

« Cher Abélard, tout porte l'empreinte de la force en lui : une charpente osseuse, un menton volontaire, des yeux de feu. Les arêtes de son nez, de ses sourcils, de ses maxillaires sont précises et catégoriques comme lui. Avec le temps, soumis à son caractère audacieux et quelque peu révolté, il a appris à tempérer sa parole. C'est vraiment cet homme que j'ai tellement aimé, nous avions besoin l'un de l'autre. Une bouffée de chaleur montait à mes joues devant ses yeux amoureux qui ne savaient pas mentir.

Nous étions comme des fiancés dès notre adolescence.

La mode des voyages de noces commençait, mais notre seul désir était de nous retrouver enfin seuls, chez nous. Ce moment est toujours présent dans ma mémoire. De toutes les pièces de notre petit paradis émanent des fragrances de cire d'abeille fraîchement appliquée sur les larges planches de pin des planchers. Ça sent le neuf, la propreté. Tout m'émerveille : la longue table en pin pourvue de six tiroirs, les chaises *arrow-back* légèrement inclinées, tel-

lement confortables et les graphismes du dossier de la berceuse en
chêne qu'il a fabriquée pour moi.
Mon mari me prie de m'asseoir, et
du bouquet de marguerites blanches
entourées de menthe qu'il avait déposé au centre de la table, il en
retire deux, il en fixe une à ma
tête, effeuille la deuxième, égraine
le pistil, pose les semences sur le
dos de sa main, la secoue et cinq
des semences s'y agrippent : nous aurions cinq enfants. Ce n'est qu'une
superstition, mais j'espère un destin magnifique.

Elle est douce et jaune comme du
beurre, la rampe de l'escalier aux
poteaux élégants et sensuels tournés
par mon cher mari. À l'étage, deux
chambres éclairées par des lucarnes
profondes attendent d'être meublées
avec la venue des enfants. Ouf! Je
suis si émue.

Nous terminons la soirée au salon
où trône mon piano.

— Ma chérie, joue pour moi, me
demande Abélard.

— Je veux bien si tu m'accompagnes
au violon.

Avec moi, il a appris à lire la
musique. Habitué aux rigodons, il
suit assez bien la mélodie d'une
sonate. Ensuite, il pose sa main
chaude sur mon épaule et la glisse
lentement sur ma taille. Ses yeux

luisants s'enflamment davantage encore, ses lèvres épousent les miennes et glissent sur mon sein nu. Nous roulons sur la causeuse victorienne offerte par Jeanne en souvenir de maman, jamais connue. Avec Chopin, la jeune fille qui vient de perdre son nom donne libre cours à son romantisme.

Avant d'aller au lit, mon cher mari infuse de la camomille cueillie au champ. C'est notre digestif accompagné d'une litanie de compliments. Il me porte dans ses bras et me dépose, telle une rose, sur le lit de nos amours. Les étoiles de la courtepointe me semblent un présage d'une vie lumineuse. Serrés l'un contre l'autre, je palpe la moiteur du sol grouillant de vie sur sa peau et les effluves marins de son corps, long comme un fleuve, me baignent l'âme. Tout est capitonné, arrondi par la brunante qui poudre d'ambre nos nudités belles à ravir les dieux du ciel et de la terre réunis. "La nuit descend mystérieuse dans le silence et dans la paix..." me fredonne Abélard. Il m'embrasse partout, lentement, il a tout son temps.

"Ma vie durant, j'veux mériter ton amour. Tu es mon oiseau rare, mais jamais, au grand jamais, je voudrais étouffer ton chant, ma bien-aimée", me dit-il d'une voix tremblante.

Habité par un cœur de flamme, il porte en lui tous les éléments réunis ; il est l'oiseau de feu de ma rivière ardente.

Nos racines terrestres et célestes psalmodient avec la musique des insectes et le chant des oiseaux de nuit. Au moment où la lumière du jour bleuit, vire à l'indigo, au mauve, puis au rose, mon corps vibre de toutes ses fibres. Avec lui je connais l'incroyable fusion des corps et de l'esprit, ces moments proches du divin de notre première nuit de noces.

J'apprends à voler.

Au réveil, la journée se blottit tout entière dans le rire de mon mari qui résonne comme les cloches du village en fête. Je l'enlace de mes bras encore endormis et mon souffle fait frissonner les poils de sa poitrine. C'est un moment de tendresse paisible à la suite des jeux osés de l'amour ; un moment extraordinaire de confiance, d'abandon et d'appartenance pour la vie. Avec lui, je savoure la paix ; il veille sur moi comme un ange gardien : il sait dédramatiser les peines et rendre concrets les espoirs. Depuis le début de nos rencontres amoureuses, il a trouvé les mots en mesure de me rassurer, de me déculpabiliser, de lutter au lieu de nous sentir victimes et coupables. J'apprécie sa tournure d'esprit, son univers est rempli de petits bonheurs quotidiens qu'il m'apprend à reconnaître, à m'arrêter pour les savourer : le vol d'une hirondelle fidèle construisant son nid sous le larmier, la beauté d'un coucher de soleil, la senteur des foins d'odeur. Il sourit à la vie et toujours il chante ; on dirait qu'il n'a retenu que les joies de son enfance.

Semaine après semaine, nous filons le parfait bonheur à notre campagne invitant à l'amour. Après le soin donné aux animaux, souvent nous marchons en direction des sources qui jaillissent de la grande côte et coulent dans la rivière.

Bercés par la musique de l'onde, inondés de parfums et de brises, étendus sur les fougères, nos corps s'enroulent comme des têtes de violon ; les vocalises du frisson s'allongent en nos vies. »

❀

J'ai mis du temps avant de retourner à leur première maison. Comment la pelle mécanique avait-elle déconcrissé mes souvenirs d'enfant ?

Maintenant, la grange est déménagée de l'autre côté du chemin. La maison est juchée sur la côte où on allait glisser. Des lucarnes qui crèvent le toit se terminant en larmier sur la devanture, maman surveillait nos jeux et nous soufflait des baisers de la paume de sa main. Dans l'attente du courrier, elle s'est sou-

vent appuyée aux colonnes de la galerie tournées par
papa.

❀

Pour moi aussi, la campagne a toujours été mon
refuge. Paule et moi, nous aimions marcher au bord
de la Saint-François. La paix autour de nous était
miraculeuse. Comme les colonnes d'un temple, les
arbres d'un certain sentier nous protégeaient des
écornifleux. Des rayons de soleil traversaient le feuillage des arbres, dansaient sur nos corps. Comme une
caresse. Plus éloquent que les mots, notre amour
silencieux nous enveloppait. La tombée du jour
m'embrasait de tous ses feux pour elle. Je me sentais
béni des dieux en sa compagnie. Même si elle sursautait, quand je la frôlais. Elle en perdait presque le
souffle. Je me contentais de la tenir par la main. Avoir
patience est payant. Ne pas l'effaroucher si je voulais
la marier un jour.

Comment Antoine peut-il se priver indéfiniment
de l'amour d'une femme ? Il n'est pourtant pas homo.
Je l'attends bientôt, il me dira peut-être s'il sublime
où s'il est comblé par son bénévolat, maintenant
retraité de l'enseignement.

Suis-je trop vieux pour aimer une autre fois ?
Après Paule, j'ai connu plusieurs femmes, mais les
ai-je vraiment aimées ?

❀

Qui passe sur le trottoir de l'autre côté de la
rue ? Ça ressemble à l'allure paisible et au pas ferme
de Mme Gisèle, mon ange de l'hôpital. Je l'intriguais :
elle voulait connaître ma vie. Me faire parler était
sûrement une autre manière de me soigner. Si c'est
elle, elle viendra peut-être me saluer

Ah ! Elle frappe à ma porte.

— Pas mon ange ! Comme c'est gentil de vous souvenir de moi ! Comment allez-vous ?

— Très bien, merci ! Et vous, monsieur Homère ?

— Beaucoup, beaucoup mieux ! J'ai suivi vos conseils et les gens d'ici sont tellement gentils pour moi.

— On vous l'avait dit que, bientôt, vous seriez sur la voie de la guérison.

— J'vous dois une fière chandelle. Vous avez eu l'don de me r'mettre sur la *track*. Mais qu'est-ce qui vous amène dans les parages ?

— J'ai pris ma retraite et je me paye des vacances santé au Centre Claire Lamarche, tout près d'ici. Vous m'aviez parlé de votre paroisse natale un peu déprimante, mais c'est un coin de pays magnifique, surtout au Centre, près de la rivière Saint-François.

— C'est là qu'on allait s'baigner quand j'étais jeune flo.

— Monsieur Homère, vous n'êtes pas le même qu'à l'hôpital.

Elle aime la maison. Je lui offre une tasse de thé. Nous parlons des bienfaits de la campagne et du reste du monde qui entre dans notre salon tous les jours par l'écran de la télévision : les génocides, les terroristes, les gangs de rue, les sans-abri que je cherche à aider. Comme infirmière, elle s'offre à faire du bénévolat avec moi. Merveilleux !

Les bibliothèques pleines de livres l'impressionnent. Je lui prête Je *m'appelle Bosnia*, de Madeleine Gagnon, et *Syngué sabour : Pierre de patience*, d'Atiq Rahimi. Tous les deux, on préfère les romans instructifs. La violence et la souffrance partout nous affectent tous les deux. Les prétextes de la guerre de Bosnie, d'Irak et ceux de l'Afghanistan nous répugnent. Détruire pour reconstruire la démocratie ou pour des raisons vicieuses?

Mme Gisèle doit partir: un massage l'attend au Centre, près de la rivière.

Je plonge dans mon enfance. Je chante avec l'eau. Elle se faufile entre les pierres qui brillent au soleil. Elle prend les couleurs du ciel et des arbres qui l'entourent. Papa m'apprend à nager. Je me lance tout seul. L'eau me berce d'allégresse avec mes succès de nageur. J'aime tellement qu'elle me caresse tout le corps avant de lécher le rivage et de s'effriter sur le sable. Je pleure avec l'eau sur les cailloux si mes parents me semblent préoccupés. Elle me lave de mes sueurs et de mes chagrins d'ennui.

Devenu grand garçon, elle ouvre mon cœur à la vie. À l'amour.

Au soir de ma vie, elle m'invite au repos. À la méditation.

12

Assise sur la margelle du puits, maman regarde papa d'un air attendri. Il pose sa main d'artisan sur son ventre rond. Leur sourire chante la tendresse pour l'enfant aimé bien avant sa naissance.

J'ai toujours adoré mon frère aîné. Admirable en tout. Impossible pour moi de lui ressembler. Maintenant encore, il est sérieux comme un pape. Il m'a déjà dit : « Même le sot paraît sage s'il se tait. » Me revient la première frousse causée à Antoine. Je l'accompagne à la grange pour soigner les bêtes. Je saute sur le foin. Au printemps, il en reste de moins en moins sur la tasserie. « Arrête ! Tu vas te casser le cou ! » clame la voix de mon frère. Je recommence en éclatant de rire. La plus grande peur à lui infliger a été ma crise cardiaque. Son amour m'a presque tenu en vie.

❀

« Mai bat autour de moi, aujourd'hui.

L'air danse au-dessus du ruisseau ; c'est la renaissance de l'eau, là où nos canards se lavent de l'hiver dans une fanfare de coin-coin rauques et d'éclaboussements. Les jours allongent, le ciel a troqué le gris pour un beau bleu clair ; l'odeur de la terre et des lilas est revenue avec les chants des oiseaux. Sans relâche, les hirondelles décrivent des parafes en face des gros cumulus blancs en pépiant autour des nids qu'elles accrochent au larmier de notre galerie.

Mai battait en moi, quand j'attendais mon premier enfant.

Dans mon ventre s'édifiait un nid tout chaud, doux comme le duvet d'un oiseau. Nous parlions de tendresse à notre futur bébé. Je lui chantais : "Dors, dors, le jour à peine a lui", et Abélard fabriquait son berceau avec minutie.

L'attente me comblait de joie. Bonté de la vie que j'avais hâte de serrer dans mes bras mon premier enfant ; un autre amour dans ma vie, à aimer, à nourrir comme la mère Terre.

"Nous attendons le printemps.

Tu veilles et prie

S'envolent nos colombes assouvies.

Jubilent nos calligraphies triomphantes.

Dansent les espoirs engrangés

de nos chansons ardentes.

Dansent pour notre descendance.

Dansent pour notre survivance."

❀

Fernande menait le bal des commères qui calculaient les mois : "Se sont-ils mariés obligés ?" Sa bouche débordante de chair s'ouvrait un peu trop souvent à mon goût pour croquer ma vie privilégiée de ses dents trop longues. La nature ne l'a vraiment pas comblée : des cheveux hirsutes qui commencent au milieu du front et difficiles à maîtriser pour cacher ses oreilles décollées. L'iris de son œil gauche est recouvert d'une taie blanche : signature de la grippe espagnole au fond d'une arcade sourcilière très osseuse ; un nez trop long et trop gros aux narines épatées, et un double menton. Le tout planté sur un cou rentré dans ses épaules équarries comme celles d'un bûcheron. Je la plains plus que je ne la blâme : avoir la certitude d'être laide doit être épouvantable.

Les racontars nous passaient dix pieds par-dessus la tête : ne permettre à personne de diminuer notre immense bonheur !

À ta naissance, cher Antoine, nous étions tellement heureux d'avoir un si bel enfant à chérir, mais nous avions eu tellement peur de te perdre. La sage-femme s'affairait, ton père t'a vu bleuir et nous avons crié ensemble : "Sauvez-le, sauvez-le !" Le souvenir de ma mère morte en couches m'a effrayée et j'ai crié : "Sauvez-nous tous les deux." Les paroles de M.

le curé me revenaient : "Préférer la vie du bébé à celle de la mère !" La sage-femme m'a rassurée : "Tout se passe normalement pour vous, madame Héloïse." Cette tache aveugle perdurait dans l'esprit des bien-pensants. Pendant des décennies, on a sacrifié la mère, responsable d'une famille nombreuse que la mort guettait au prochain accouchement. "La femme a été mise au monde pour faire des enfants. Si elle empêche la famille, l'absolution lui sera refusée, mais pas au mari", prônait l'Église. Quel drame c'était pour la mère, pointée du doigt par la communauté si elle n'allait pas communier. Quand un couple pratiquait l'abstinence, on accusait l'épouse d'être responsable des égarements du mari s'il se satisfaisait ailleurs. Pis encore, d'après M. le curé, faire l'amour sans désirer un enfant était pécher gravement.

Cher Antoine, j'étais prête à sacrifier ma vie pour la tienne, mais je voulais vivre pour les miens. Toi, petit être si fragile, la force de ton premier cri a été un cadeau du ciel pour nous. Ton père, larmes aux yeux, t'a couché sur mon ventre pour te réchauffer ; c'était si bon de me séparer moins vite de toi. Les battements de mon cœur m'enivraient, me transportaient au-delà des frontières déjà connues.

Je t'embrassais, je caressais tes petits doigts, ton minuscule corps si doux, blotti sur moi comme un oiseau frileux. Le feu de foyer crépitait de plus belle au rythme de nos mots d'amour pour toi : un souffle de vie dans le vent qui, comme nous, devait apprendre à survivre dans les tourments de la vie. Enroulé dans tes langes, Abélard t'a couché sur la porte du fourneau encore chaude.

Nous étions au printemps, mais il faisait si froid cette nuit-là. La tempête rageait : le grésille fouettait les vitres à grands traits plats, le vent sifflait dans le grand saule, ses branches se tordaient, se fracassaient, mais les bruits de l'extérieur n'enterraient pas la musique de nos cœurs reconnaissants.

❀

Malgré les difficultés de l'allaitement, je n'avais pas assez de lait, tu es passé facilement à celui de notre belle Jersey.

Nous avons goûté le plaisir de vivre à trois ; nous étions attentifs à tes moindres gestes et c'était avec empressement que nous répondions à tous tes besoins. La nuit, au moment de préparer ton biberon, ton père en profitait pour attiser le feu de foyer. Le jour, son travail terminé à l'extérieur, il s'approchait de ton berceau, te caressait, t'offrait son cœur et te parlait d'avenir. C'était si touchant. À l'époque, combien de papas sont passés à côté de ce bonheur-là ?

La famille nous prévenait de ne pas te gâter, mais il leur prouvait que c'était une des façons de donner de la sécurité à son bébé. "Batèche, Antoine doit savoir que moi aussi, je l'aime."

Par un matin ensoleillé, ton père t'a enveloppé dans une couverture de laine tissée par sa mère, Mme Azilda, et, sur le pas de la porte ouverte, droit comme un grand chef, toi, notre fruit le plus cher tenu à bout de bras, il t'a présenté à l'univers pour la fierté de la race, dans l'espoir de rendre le monde meilleur.

Avec Abélard, je n'étais jamais au bout de mes surprises.

La vie était merveilleuse chez nous et la restauration économique participait également à notre sécurité. Les Québécois se prenaient en main, des syndicats se formaient, ainsi que des associations de toutes sortes, dont l'Alliance canadienne de la ligue des femmes. J'étais doublement sensible au sort des mères de famille et je ne cessais pas complètement d'écrire. »

13

La chevelure d'Antoine est pareille à celle de maman. Abondante, noire et lisse. Il souffle l'unique chandelle de son gâteau. Avec application. Perfectionniste dès sa petite enfance, mon grand frère! Ses yeux bleus ont gardé ce quelque chose de rêveur, et son sourire reflète la mélancolie. La pâleur et le sérieux de son visage aux traits fins lui donnent l'allure d'un moinillon.

Mon frère est un bollé. Sage comme un enfant de chœur. Il parle comme un grand livre et peut réciter des discours grecs par cœur en les traduisant à mesure. Il brille à sa façon. Il a grandi à l'ombre des Frères du Sacré-Cœur. C'est un petit format raffiné par la prière, l'obéissance et l'humilité. Sa force est intérieure. Il se fait respecter par la parole. Par ce qu'il est. Moi aussi, mais j'ai mis du temps à maîtriser mes poings. J'aime le plaisir, la détente, la gastronomie. Lui, je ne l'ai jamais vu faire d'excès, lâcher son fou.

Je suis un grand Jack aux épaules carrées, qui ne s'en est jamais laissé imposer. J'ai appris ça jeune. Un feu m'habite. Un peu comme celui de papa. Jamais il ne passait inaperçu. Il brillait par son intelligence et son bon jugement. Il surpassait les autres par sa grandeur physique, mais surtout par son courage et sa grandeur d'âme. Au-dessus des mesquineries, des méchancetés! Je le regardais avec une telle admiration. Tout me semblait fade, sans importance autour de lui. C'était mon héros qui réglait tous les problèmes. Je voulais lui ressembler.

❀

« Nous étions si heureux avec toi, Antoine : sensible, intelligent et généreux, un exemple pour les autres enfants que nous espérions. Cependant, une ombre au tableau de notre vie me dérangeait beaucoup. La motivation du père pourvoyeur chez ton papa était doublée d'ardeur par celle de prouver à mes frères qu'il était solvable. Ce petit péché mignon me déplaisait autant que mes scrupules l'ahurissaient. De part et d'autre, nous voulions effacer ces taches aveugles sur notre vie de famille, car elles finiraient par entraver notre démarche vers la paix et la sérénité. Il me répétait :

— J'vais leur prouver à tes frères que j'suis quelqu'un, même si j'ai pas hérité d'un gros magot comme eux.

— Moi, je le sais, ça ne te suffit pas ? Qui as-tu marié ? Tu ne penses pas qu'on devrait cesser d'alimenter des pensées destructrices ? C'est un boomerang qui nous rebondira en pleine figure.

Paroles inutiles, il continuait :

— Philippe fait la vie à Montréal depuis la mort de sa femme. À la noirceur, Lucien *check* les châssis des chambres des créatures ; c'est un avare stupide qui ouvre sa grande gueule pour blâmer les pauvres ou les duper. Ton frère a beau se r'nipper à neuf chaque année, parader avec son tuyau de castor, s'arroser de parfum, mais si on gratte un peu, ça cache de la pourriture : embaume qui pue. Demande pas pourquoi Napoléon et lui forment un si bon *team*. Le beau-frère est un péteux de broue, un frais chié aux poches pleines du foin de son père. Y change d'idée comme y change de chemise, un vire capot et quoi encore ?

Même en colère, Abélard était tellement beau ! Ce jour-là, une flamme inquiétante s'était allumée dans ses yeux. Comment orienter cette énergie négative vers les objectifs positifs qu'il porte en lui : son courage, son honnêteté, sa générosité envers nous. Valait mieux le laisser s'exprimer : la parole est un objet et dans un objet, on peut s'objectiver. Être écouté le calmait.

Par la suite, je lui ai dit :

— Bonté de la vie, Abélard, nous avons pourtant appris le même caté-chisme. Pourquoi juger ? "Ne fais pas aux autres ce que tu n'aimerais pas qu'on te fasse." C'est à toi que tu fais du mal. Je suis vraiment peinée pour toi.

La tristesse qui m'envahissait l'a raisonné un peu. Je le comprenais : mes frères nous avaient tellement fait souffrir, mais le pardon n'est-il pas la voie de la guérison des blessures ?

Comment saisir toute la complexi-té des interactions humaines ? On se promène avec ses petites vérités, on juge, on blâme, on affiche personnel mais, au fond, on a peur. La peur peut, à elle seule, rendre un rêve impossible.

❀

Une autre difficulté assombris-sait le tableau de notre vie.

Abélard et moi désirions une grande famille, mais le sort en avait décidé autrement. Après la naissance d'Antoine, notre vie de couple oscillait entre l'abstinence et les fausses couches : deux con-sécutives. Elles me plongeaient dans un espace de ténèbres refoulées au fond de mes entrailles. J'avais rêvé donner la vie, choyer un autre bébé et je me réveillais avec la mort dans les bras ; ma tête raisonnait mais mon cœur, mon corps et mon âme ne l'acceptaient pas. Le stress m'envahissait : j'avais peur que ça recommence et je me sentais si im-puissante. Abélard éprouvait des difficultés à me raisonner.

Pendant les années folles, dans les grandes villes, les femmes utilisaient des moyens de contraception. Un vent de libération intérieure se manifestait aussi dans les villages avec des modes moins strictes. Le clergé avait peur, il sermonnait les femmes et j'étais profondément troublée.

❀

Un jour, Jeanne est venue nous visiter et, de sa voix veloutée, elle tournait autour du pot.

— Regarde ces vêtements reçus en échantillons. Je te les offre même si ce n'est pas encore Noël.

— Je ne sais pas si je les porterai : ce serait trop provocant pour mon mari. Nous devons pratiquer l'abstinence : le danger de fausses couches me guette encore.

— Justement, il y a des moyens de limiter les naissances : des pessaires.

De connivence avec mon mari, elle avait apporté ces diaphragmes, mais j'étais réticente à les utiliser.

— Jeanne ! C'est défendu par l'Église.

— Écoute, ma noire, ton cœur est rempli d'amour pour les tiens. Risquerais-tu de mourir lors du prochain accouchement pour obéir au curé ? Il ne connaît rien aux problèmes des femmes et des couples. Il suit aveuglément les ordres de Rome.

Ma presque mère recevait les confidences des clientes à son magasin ; elle connaissait leurs douleurs les plus intimes et elle cherchait à les soulager. Sa parole était un mélange d'amour et de sagesse. La sagesse n'est pas soldée par des diplômes ; jour après jour au contact du peuple, elle l'avait acquise par sa sensibilité, sa délicatesse, son empathie, sa compassion, son bon jugement.

Penser aux pessaires me donnait la chair de poule. Les larmes dans les yeux, Abélard a insisté :

— Ma douce Héloïse, il faut reposer ton corps. À ta dernière fausse couche, ton sang coulait à flots sur les draps blancs, blancs comme ton visage. Difficile d'arrêter l'hémorragie ! Une grosse chute de pression ! Tu as perdu conscience... La peur de t'perdre m'a taraudé l'cœur comme un poignard. Que deviendrions-nous sans toi, Antoine et moi ? J'ai promis qu'au forçail je ferai plus l'amour mais, maintenant, nous avons un moyen d'nous en sortir. Ton devoir, c'est d'éviter la mort.

Il étouffait ses sanglots en m'embrassant tendrement.

— Abélard, je ne suis pas intéressée à souffrir encore de ces crampes au ventre ; me sentir mourir une autre fois ; flotter au-dessus de moi-même et suivre la longue procession de femmes en jaquettes blanches qui avançaient vers cette lumière intense qui les éclipsait.

À ma dernière fausse couche, encore dans les brumes, j'ai entendu ta voix qui me suppliait de revenir et je me suis dit : "Je dois quitter ce peloton : une autre femme pourrait peut-être aimer mieux mes deux amours que moi, mais sûrement pas davantage."

Mon mari a enchaîné :

— M. l'curé affirme que faire ton devoir d'enfanter t'assure le paradis. Moi, c'est ta vie que je souhaite. Il aurait ta mort sur sa conscience si tu continuais des grossesses à répétition. Le médecin t'a avertie. Tu vas aller au ciel pareil, mais ça presse pas. T'as bien le temps d'en faire d'autres enfants. Pourquoi mettre au monde des bébés qui veulent pas vivre? Ces épreuves te plongeraient encore dans une tristesse qui affecterait tout l'monde. Les pessaires sont pas infaillibles. Si un enfant veut vivre, il trouvera son chemin.

Me revenaient ces jours noirs qui me faisaient presque basculer dans le désespoir : des nuits d'insomnie sans étoiles ; c'était comme si Dieu m'avait abandonnée. Jeanne a insisté davantage.

— Ma noire, sois raisonnable. Pas de farfinage! Je t'en supplie, accorde-toi quelques années de repos, c'est le plus important de tes devoirs. Ça prend de la force de caractère pour naviguer à contre-courant, mais je sais que tu en es capable avec Abélard. Oublie les calomnies, les menaces de M. le curé. Fais-le pour toi et pour ceux qui t'aiment.

Face au jugement de M. le curé, l'image que je m'étais forgée de moi-même s'amoindrissait. Mon assurance était-elle une façade pour camoufler la petite femme de rien du tout qui osait contester les lois établies? Abélard se révoltait de me voir glisser vers ma destruction.

— Héloïse, ça suffit de te laisser dominer par des interdits qui n'ont pas de bon sens. Tu es une personne extraordinaire guidée par l'amour. Oublions les dires des bons chrétiens et du curé qui manipule les âmes à sa guise.

M. le curé ne prisait pas Abélard qui osait le regarder dans les yeux. La largesse de ses gestes et de son esprit, sa bonhomie, ses critiques polies mais franches pour défendre le pauvre monde et, surtout, ses initiatives en matière de religion l'horripilaient. Le pasteur le considérait comme une tête forte difficile à manœuvrer. C'était mon homme, mon grand amour, et je me sentais déchirée dans ma conscience, mais le gros bon sens a pris le dessus.

❀

Après le repas du dimanche midi, Abélard a commencé à faire la roue autour de moi en roucoulant comme un pigeon. Même si cette danse du désir me mettait mal à l'aise, je le trouvais drôle.

— Abélard, attention à Antoine !

— Viens te reposer avec moi, ma colombe. Le dimanche, c'est fait pour ça. Antoine va jouer dehors. Ça va être plus tranquille.

— Bien sûr que oui, papa.

Le réservoir d'eau chaude du poêle s'est transvidé dans la grande cuve de cuivre. Abélard a moussé l'eau, m'a massé le dos en me baignant de ses mots aussi doux qu'une brise d'été. Ensuite, mon chignon détaché, mes longs cheveux faisaient des vagues sur mon nouveau déshabillé de la couleur du ventre des saumons ; les effluves de muguet de la poudre rose offerte par Jeanne ont glissé avec moi entre les draps et, serrés l'un contre l'autre dans notre grand lit, nous avons inventé des jeux d'amour pour mieux nous aimer.

— Ma chérie, magasinons sans nous croire obligés d'acheter.

Avec le temps, entourée par l'amour d'Abélard, influencée par le sens de l'émerveillement de notre fils, je suis retournée à ma passion d'écrire et, appuyée par mon mari, j'ai refusé de me sentir coupable.

Pendant les années de prospérité, du haut de la chaire les curés blâmaient l'affaiblissement du sens chrétien. Tout simplement, nous luttions pour plus d'humanité entre nous, plus de sollicitude dans le monde.

Ne pas laisser dilapider notre bonheur par les interdits de l'époque ; alimenter en nous le sens du large ; avancer, sans mensonge, vers les frontières du silence !

J'étais libre, rassurée, vivante.

❀

Chère Jeanne, toujours à mes côtés dans les moments difficiles, malgré ses problèmes. Elle traîne de la patte, trop lourde, elle est toujours essoufflée. Je ne veux plus de son aide : elle doit se reposer. »

14

Des poules courent devant nous. Les canards et les oies doivent patauger dans le ruisseau en bas de la côte, derrière la maison. Je suis dans les bras de ma mère allongée sous le grand saule pleureur. Mon père pousse Antoine assis sur la *balancigne* suspendue par des câbles attachés à la plus basse branche. Mon frère a cinq ans.

Ah, les bras de maman!

Je sens encore ses caresses sur ma figure. Elle me dit d'une voix sucrée comme du miel: « Tu es mon grand garçon d'amour, qu'est-ce que je ferais si je ne t'avais pas? Je t'aime tant! » Elle sentait les fleurs des champs: un parfum léger et doux comme elle. Toujours elle m'entourait sans être possessive. Elle était scrupuleuse, mais elle n'avait pas peur de nous toucher comme la majorité des parents de l'époque, pognés par les restes du jansénisme, dominés par la peur du curé. Peur des qu'en-dira-t-on. Peur de ses sens. Peur du péché de la chair. Peur de l'enfer. Du mal partout! Pas toucher, pas danser. Mes parents s'efforçaient de fuir cette tendance dévastatrice

Quand je retire son texte au dos de la photo, je suis perplexe. Présentement, je m'interroge sur l'attitude de mes parents à ma naissance. Étaient-il aussi heureux qu'à la venue d'Antoine? Ai-je été un bon bébé?

❉

« J'avais pris soin de mon corps et, non sans difficulté, j'ai rendu à terme mon deuxième enfant.

Quand je t'ai porté, cher Homère, peu m'importaient les mois à souffrir du mal de cœur et, à la fin, de brûlements d'estomac. Nous t'attendions avec une telle tendresse. Le fait d'être alitée pour ne pas risquer de te perdre à cause des hémorragies amenait ton père à s'occuper des tâches ménagères qu'il accomplissait en chantant. Heureusement que le travail de la ferme ralentissait pendant les mois d'hiver. Ta grand-mère Azilda et Jeanne nous assistaient de leur mieux, même Antoine nous rendait de petits services. On nous disait courageux et qu'on gagnait notre ciel. Bonté de la vie, ce n'était que de l'amour !

Enfin, tu es arrivé ! Tout le contraire de ton frère : les cheveux blonds, le regard vif, rougeaud, frisé comme ton grand-père Georges.

Après quelques mois, tu affichais déjà un petit air espiègle. Notre joie était aussi immense qu'à la naissance d'Antoine, extraordinaire la magie du cœur ! Un autre garçon à aimer, quel bonheur de profiter de tes finesses, d'apprendre la vie avec toi, également !

Cher Homère, à ta naissance, Antoine sautait de joie : "Ce sera ma poupée garçon." Il te chouchoutait ; surveillait ton boire ; poudrait tes fesses et, si tu pleurais, il courait au berceau, te consolait, te donnait ta suce en te demandant si tu avais mal au ventre. C'était si touchant !

Quand tu as fait tes premiers pas, tu annonçais un tempérament actif, créatif, audacieux. Tu te rassurais en te tenant aux chaises et, si tu tombais, tu te relevais sans pleurer et tu recommençais. Quelques jours plus tard, tu t'es risqué seul. Le triomphe inscrit dans tes rires avant de te lancer dans nos bras. Nous étions fiers de ta belle confiance en toi.

Ton frère était prudent, réservé et modéré mais, toi, un peu impulsif, tu n'avais peur de rien. Nous devions te surveiller : un jour, assis dans une boîte de carton, tu as tenté de glisser dans l'escalier. Était-ce le mal de tes bosses ou la peur des réprimandes qui t'ont arraché quelques larmes ? Peut-être les deux, mais il fallait te surveiller : quelle autre expérience allais-tu inventer ? Gourmand, tu goûtais aux mets nouveaux avec appétit. Tu jacassais comme une pie et tes éclats de rire ensoleillaient notre chez-nous Nos enfants ouvraient grande la porte de l'été : entendre les chants d'hirondelles, humer les odeurs des lilas et du muguet, être réchauffée par le soleil de leurs bouquets de pissenlit qu'ils m'offraient de leurs petites mains généreuses.

Comme les voisins demeuraient loin de nous, nos garçons sont vite devenus de grands amis très habiles en bricolage. La première fois qu'Antoine a manipulé des outils tranchants, je me suis inquiétée :

— Abélard, il peut se blesser, se couper un doigt.

Il m'a raisonnée :

— Je lui ai enseigné la manière de les utiliser. Comment veux-tu qu'il apprenne si on l'empêche de s'exercer ?

C'était tellement amusant d'observer nos deux enfants aux antipodes et d'imaginer leur destin si différent. Ils nous traçaient des chemins de lumière dans notre univers parfois hostile.

Déjà le soleil de septembre plongeait ses rayons par la fenêtre du salon et projetait l'ombre étirée de la fougère sur le plancher nouvellement ciré.

À la fin d'octobre, je les voyais comme des tentacules menaçantes : le sol était dur, le ruisseau raidi. Novembre me voyait en perte d'illusions, saisie de froideur avec la neige qui s'accumulait sur nos champs. La briquerie ne fonctionnait pas pendant la saison morte et les revenus de la ferme étaient cycliques. À la fin de l'hiver, on manquait de pommes de terre. J'ai donc allongé la sauce et boulangé plus souvent. Tout était au ralenti, mais nous avons pris notre courage à deux mains.

"Ça ira mieux à l'été", m'a affirmé Abélard

Nous apprenions à composer avec notre nouvelle réalité.

Nos petits garçons incarnaient l'harmonie et l'âme du père s'adoucissait peu à peu en leur compagnie ; il perdait de sa rancœur vis-à-vis mes frères qui l'avaient profondément blessé. La bonté d'Antoine, si pure, si paisible, pénétrait en lui Je bénissais cette nouvelle paix intérieure qui illuminait la figure hâlée de mon mari malgré l'automne qui avait été maussade, les récoltes difficiles à sauver et l'hiver long à n'en plus finir. Le regard sans haine, sans mensonge et sans peur d'Homère, son audace, son enthousiasme, sa joie de vivre nous donnaient aussi confiance en l'avenir. »

15

Papa avait construit une nouvelle grange, à combles français. Un signe de prospérité. Moi, j'avais modelé un nid à l'angle d'une solive, avec de la terre glaise et des brindilles de foin. Au printemps, une hirondelle l'avait adopté. J'étais tellement content. Si un oiseau se trouvait bien dans ma première maison, les gens qui achèteraient celles que je bâtirais plus tard avec papa seraient sûrement très heureux.

Les grandes envolées de l'oiseau me faisaient rêver aux voyages d'un pays à l'autre avec Antoine, quand nous serions grands.

❧

« Depuis mon enfance, l'esprit d'entraide des gens d'ici m'édifiait : si le feu ravageait une grange ou une maison, des responsables faisaient une tournée pour recueillir de l'argent, des matériaux de construction, des vêtements, de la lingerie, etc. Ils dressaient une liste de ceux qui offraient bénévolement leur temps lors des corvées.

Comment oublier ces bis, comme disaient les gens, lors de la construction de notre grange ? Belle à voir, cette fraternité jamais connue dans ma famille ; tous ces braves hommes en majorité sans instruction, pas du tout fortunés mais au cœur si riche, chantaient en travaillant sous les ordres donnés avec tact par Abélard, secondé par son père, M. Georges. Cette expérience m'a donné confiance en l'avenir de nos enfants et en l'humanité ; même Antoine voulait aider.

Quant à moi, j'intervenais avec délicatesse auprès de Mme Beaubourg et les femmes des frères de mon mari qui m'aidaient à préparer le repas, à servir les limonades au gingembre sucrées et à sortir du puits la bière froide réussie par Abélard. Il cultivait le houblon. J'ai encore dans l'oreille le bruit des bulles de la fermentation dans de grandes jarres de grès. Je m'endormais avec les émanations et la musique. "Pouf ! Pouf ! Pouf !" Dansaient les bulles pour nous. "Pouf ! Pouf !" La bière blonde sera bonne à la sortie du puits, mon mari se réjouira de sa réussite et de celles de sa dure journée de travail. "Pouf ! Pouf ! Pouf !" J'y goûterai pour lui faire plaisir et nous rirons ensemble. "Pouf ! Pouf ! Pouf !" La lune brillera sur nos corps endormis.

Après le repas du soir, nous avons monté la côte avec les enfants ; le panorama s'élargissait devant nous comme une étoile. De sa main chaude, mon mari enlaça mon épaule frileuse et entonna : "Y a longtemps que je t'aime, jamais je ne t'oublierai." Sa voix puissante et ronde résonnait aux quatre coins de notre domaine et, comme une adolescente, je ne portais pas à terre de me sentir autant aimée. Antoine et Homère regardaient leur père avec admiration.

— Continue, papa !

Il a gonflé le thorax en chantant : "L'immensité, les cieux, les monts, la plaine... Je crois en Dieu, maître de la nature..." Sa force intérieure se manifestait dans les sons purs de sa voix et l'écho répercutait ses vibrations en moi. Ainsi, transportée dans des sphères éthérées, je vivais presque la félicité. À la fin, il m'a glissé à l'oreille :

— Je crois au Dieu qui nous habite, mais pas toujours en ses représentants.

— Normal, "partout où il y a des hommes, il y a de l'hommerie".

Ses mots et ses chants prenaient une amplitude réconfortante dans le silence proche de la nuit. La brunante poudrait d'or les fenêtres de notre demeure ; la lumière tamisée arrondissait les angles des bâtiments de la ferme, les volailles étaient juchées, les moutons ne bêlaient plus et, couchées près de la nouvelle grange, les bêtes à cornes ruminaient paresseusement l'herbe abondante des champs fertilisés au printemps.

De retour à la maison, Abélard et moi avions fait de la musique ensemble. Il avait inventé des airs sur son violon pendant qu'Antoine et Homère sautillaient et chantaient à tue-tête dans la cuisine en scandant la mesure. J'ai pensé : dommage qu'il n'ait pas étudié ! Il aurait pu devenir un grand musicien ou un chanteur d'opéra. Ses nuances subtiles et puissantes m'émouvaient ; nos soirées en famille nous satisfaisaient entièrement.

Nous avions décliné l'invitation de Jeanne de faire partie de son club de bridge. Subir poliment ou en hypocrites les paroles ronflantes des notables du village qui tentaient de dénouer le nœud de vipères de la société, cela ne nous intéressait pas et j'étais mal à l'aise avec certaines bourgeoises qui n'existaient qu'en fonction de leur mari : Mme le docteur, Mme le notaire, Mme le maire... Elles parlaient de leurs toilettes, des nouveaux maquillages et du dernier roman arlequin qui venait de paraître.

Nous n'avions pas besoin de nous éloigner de notre vie.

Les enfants couchés, les deux pieds sur la porte du fourneau, nos conversations les plus anodines se transformaient presque en poèmes d'amour. Pour Abélard et moi, c'était notre tonic, notre prière exaucée, notre oxygène céleste. »

16

Notre patenteux de père avait établi facilement le niveau d'un grand rectangle de terre battue de l'autre côté du chemin pour le jeu de croquet. Sa manière instinctive de courber les aulnes pour obtenir les arcs où passeraient les boules m'émerveillait. Le génie de les tourner ainsi que les maillets à l'atelier de grand-père Georges me plongeait dans une admiration sans borne. Mon père était le plus intelligent. Le plus habile inventeur de joies avec ce qu'il trouvait dans notre environnement. Je voulais lui ressembler, non seulement physiquement, mais en tout. Il était mon modèle. Mon héros.

Je n'ai pas oublié ma première partie de croquet. C'était tellement le fun de viser juste en frappant la boule pour qu'elle traverse les arcs. De sentir la joie d'Antoine et de mes parents quand je réussissais mes coups me comblait de fierté. Je voulais devenir champion. Papa m'a dit : « Pratiquons pour nous dépasser nous-mêmes, non les autres. C'est là l'vrai plaisir dans la vie. »

Nos parents nous écoutaient. Nous donnaient du temps.

Après le souper, on les aidait à la cuisine pour qu'ils jouent à la cachette avec nous. Dès que j'ai su compter jusqu'à 10, je les cherchais à mon tour. Des cachettes, y en avait en masse chez nous. Papa délimitait le territoire à couvrir. Heureusement!

Lors des soirées d'automne, maman tricotait nos tuques, nos mitaines, nos crémones et nos bas avec la laine de nos moutons cardée et filée par elle. Alors papa ouvrait la trappe de la cave, puis il remontait avec un panier rempli de pommes d'hiver. Il sortait son couteau de poche. Avec délicatesse, il les pelait lentement. Pendant qu'il tournait la pelure en spirale au-dessus de notre tête, il nous faisait faire un vœu. Si la pelure demeurait entière, il se réaliserait. Moi, je souhaitais inventer une machine à faire de l'argent pour eux.

La seule senteur des pommes me rappelle ce souvenir heureux. Parfois mêlé de tristesse.

Commençait l'heure des histoires intrigantes avec leurs revirements troublants. *La petite jarretière verte*, *Le petit bœuf à la corne magique*, *L'enfant perdu et retrouvé* nous captivaient. Trois enfants avaient été enlevés chez un fermier, à Saint-Polycarpe, à l'ouest de Montréal. L'été, des bohémiens campaient dans la cour de notre école, tout près de notre maison. Allaient-ils nous kidnapper? Au moment le plus excitant, papa nous disait : « À demain soir, dodo maintenant. » Je m'endormais en raisonnant ma frousse au ventre. Dans les contes qu'il inventait, ses héros avaient le don de nous faire vivre de saines frayeurs. Souvent pauvres et intelligents, ils parlaient français et, toujours, ils sortaient vainqueurs des obstacles qu'ils rencontraient.

Papa m'avait appris à admirer la nature. Les giboulées du printemps, la débâcle sur la rivière, le chant des sources au dégel, quelles beautés! Les bourgeons qui éclataient aux branches des arbustes et des arbres fruitiers m'émerveillaient. Papa nous réveillait tôt : « Vite les p'tits gars, v'nez entendre le concert des oiseaux-mouches dans les pommiers en fleurs ! » Cueillir l'ail des bois et les têtes de violon. Reconnaître le plumage des oiseaux, leurs chants. Ceux des grenouilles. Les cris sauvages des outardes et de la perdrix amoureuse qui battait des ailes. La gomme d'épinette qu'on mâchait après l'avoir nettoyée me faisait grimacer. La sève des érables, le sirop, la tire épaisse sur la neige, le sucre du pays râpé sur notre gruau et le lait caillé, quel délice ! Sentir le vent se promener librement dans ma tignasse. Le vent qui charriait des semences sur le ruisseau, les plantait en terre à notre insu. Elles poussaient à vue d'œil. La vie grouillait de partout. J'étais excité de sentir le nouveau soleil sur ma poitrine quand, tôt le matin, je récitais mes leçons en arpentant l'herbe neuve de la cour avant le son de la cloche de l'école. La chaleur du soleil sur mon corps, la chaleur de vivre ensemble en vacances.

À l'été, papa nous faisait admirer les éclairs qui déchiraient le ciel pendant que maman arrosait les fenêtres d'eau bénite pour que ça cesse. Nous apprenions à sarcler, à biner la terre. Les jeunes pousses de nos légumes respireraient et grossiraient à vue d'œil. Comment oublier nos baignades à la Saint-François et nos pique-niques en famille ?

Nous étions reconnaissants de l'abondance des récoltes. Nous fêtions les moissons.

Papa nous faisait remarquer les couleurs presque surréalistes du petit matin dans la paix de notre campagne et celles, admirables à l'automne, des montagnes des Cantons-de-l'Est couvertes d'érables et de conifères. Leurs reflets aux couleurs chaudes sur le miroir de la rivière Saint-François garnie d'îlots vibrent encore en moi. Comme une peinture impressionniste.

Jour après jour, des expériences nouvelles avec nos parents nous attendaient. Nous aimions l'hiver : le frimas, le verglas, la poudrerie. Les glissades en traîneaux que papa nous fabriquait à l'occasion de Noël. Les randonnées en raquettes sur la croûte de neige aux reflets d'argent, sous la grosse lune.

Le souvenir des moments privilégiés vécus avec mes deux parents me fait chaud au cœur. La magie de l'émerveillement. De l'amour ! Des croyances solides font partie des structures de mon être intérieur qui m'empêchent de m'écrouler dans l'épreuve.

La religion catholique n'a pas fait que des erreurs. Le message d'amour du Christ est toujours aussi percutant pour rendre le monde meilleur.

17

Mon poulain gambade, rue, hennit. Son abondante crinière et sa queue couleur des blés mûrs créent des arabesques à n'en plus finir. Tout un contraste avec son corps couleur café au lait! Les longues pattes fines de cette bête svelte lui donnent l'allure d'un cheval de course. Sa tête altière est celle d'un prince. Mon Prince. Grâce à la pomme, papa lui passe la bride au cou. La fureur s'emballe. Il claque ses dents blanches et la bave sort de ses babines tremblantes. Cambré. Dressé sur ses pattes de derrière, Prince menace papa de ses sabots de devant. Il ne lâche pas les guides. Il lui frappe les flancs à grands coups de fouet. Mon poulain rue, se tord de tout son corps. Ses hennissements distordus, les ordres déchaînés de papa et les cris désespérés de maman fendent l'air. J'appréhende cet espace de catastrophe pendant que tante Jeanne, en visite chez nous, se réjouit de photographier Prince sous tous les angles. « Quel cheval racé! » s'exclame-t-elle.

— Abélard, arrête, je t'en supplie! crie maman.

— Héloïse, rentre à la maison avec les enfants. Ne crains rien, batèche de batèche, j'vais lui prouver que j'suis son maître.

Les yeux fixés à la fenêtre, nous observons la scène. Notre mère retient son souffle à chaque ruade. Mon frère prie. Moi, j'ai hâte que ça finisse, même si je suis certain que papa sera le vainqueur. Je suis perplexe : comment mon père, si amoureux des bêtes, peut-il malmener ainsi mon animal préféré ?

❋

Acheté à l'encan du pasteur anglais qui changeait de paroisse, ce cheval fut la dernière mise de papa, acceptée grâce aux bégaiements de l'oncle Lucien. Il n'avait pas eu le temps d'augmenter la sienne. Il était furieux, car il l'avait marchandé à prix ridicule, la veille.

Le dressage terminé, papa brossa mon beau Prince et lui dit : « Tu es le plus beau poulain de mon écurie. On va devenir des amis. » Il passa ses doigts dans sa queue et sa crinière. Il en retira des crins longs et forts. Ce soir-là, rentré à la maison, il les fixa à l'archet de son violon avec minutie, puis il les traita à l'arcanson. Ces gestes me plongeaient dans une grande admiration et sa musique me sembla plus envoûtante que jamais.

Mon père était un peu maquignon. Ce petit commerce supplémentaire l'aidait probablement à boucler le budget. Quelques jours plus tard, assis sur mon banc d'école, l'inquiétude m'a tourmenté : papa était-il en train de vendre mon Prince ? Après un certain marchandage, il a déclaré : « Inutile d'insister : y est pas à vendre. » J'ai repris mon souffle et mon crayon.

De retour à la maison, papa a dit : « J'ai découvert la ruse de Lucien : y avait anguille sous roche et ça frétillait en saint sicroche. » L'acheteur était un homme de paille envoyé par oncle Lucien. Voyant mon attachement à Prince, papa m'a juré de le garder et il a été sa fierté. Quand on allait à la messe le dimanche, Prince dépassait toutes les voitures. À bride abattue. Moi, je rêvais. Assis sur la selle de papa, agrippé à la crinière de mon beau poulain, je devenais un jockey des plus habiles.

❀

« Abélard avait besoin de se mesurer à toutes sortes de défis, jamais il ne reculait devant un adversaire. Il tenait à améliorer notre sort, mais je pense qu'il n'était plus motivé par le désir de prouver à mes frères sa solvabilité.

Sa force morale dépassait sa force physique, pourtant légendaire et il avait la conviction de ses convictions. Quand il mordait dans le masque, aspirant l'air, gonflant le thorax, je savais que sa tête altière articulait des mots justes, en mesure de traduire sa pensée, qu'on soit d'accord ou pas. »

18

J'ai retrouvé mes yeux d'enfant choyé. Le coin de pays où je suis né. L'endroit où j'ai été formé. La couleur de mon ciel. Mon air. Mon eau. La saveur de nos légumes et de nos fruits. Notre domaine est couvert d'une brume matinale qui rôde sur nos champs. Si fraîche, elle fait du bien avant la journée cuisante qui s'annonce. Humide avec des senteurs d'herbe fraîchement coupée. Le propre. L'abondance. La liberté des grands espaces.

La rentrée des foins, comme j'aimais ça !

Toute la famille travaillait ensemble pour nourrir les bêtes l'hiver suivant.

Maman conduisait les deux percherons. Si belle sous son chapeau de paille. Antoine plaçait le foin sur la charrette à quatre roues à mesure que papa lui lançait les veilloches. Je pensais les aider en foulant le foin avec mes petits pieds. Ça piquait, mais je continuais. J'aimais me coucher sur la charge au retour à la grange. Le soleil tombait. Des rayons obliques de la fin d'après-midi caressaient mon visage, mes jambes, mes bras nus. Le vent léger me frôlait. Je reniflais les odeurs tenaces de la terre mêlées aux émanations du mil et du trèfle. Les nuages me paraissaient plus blancs. Plus près de moi. Toujours, je rêvais de faire le tour du monde avec mon frère quand nous serions grands. Des oiseaux chantaient au-dessus de ma tête. Couché à côté de moi, mon chien jappait. Le museau effilé, le regard aux aguets, il redressait les oreilles quand on croisait une voiture sur la route. Grisou, c'était mon cadeau fête de grand-papa Georges. Notre gardien. Mon ami.

❀

Je suivais Antoine partout. Il devait avoir la tâche de surveiller mes escapades. Il avait une patience d'ange. À l'été, nous allions chercher les vaches, au fond du pacage, pour la traite. Après avoir cueilli des fraises pour garnir notre beurrée, mon frère et moi mangions sur la grosse roche. Ensuite, avec Grisou, il rassemblait les bêtes.

Moi, je préférais grimper aux jeunes bouleaux, m'agripper à leur tête touffue et, de tout mon poids, me donner un élan pour basculer jusqu'au sol. Libre comme l'air! C'était mon fun. À mon insu, je donnais du fil à retordre à mon frère. Il se prenait la tête à deux mains en criant: « As-tu perdu la boule? Tu vas t'casser en morceaux. Veux-tu m'obliger à l'dire à papa? » Toujours, il m'épargnait.

Aujourd'hui, je ressens un bonheur semblable à celui connu dans ma famille à ce moment-là. Celui de vivre ici. Entouré de bon monde. Ça sent encore l'herbe fraîchement coupée. La cigale chante. Une chaleur immobile m'enveloppe. Il fera beau demain.

❀

« En compagnie de nos deux petits garçons, travailler à la ferme nous gratifiait. Ils grandissaient à vue d'œil et ils nous surprenaient par le développement précoce de leur intelligence. Antoine s'intéressait à nos conversations et ses réparties dénotaient une profondeur d'âme et un jugement à toute épreuve. La lecture le passionnait et il racontait des histoires à son jeune frère qui l'écoutait attentivement. Toujours serviable, Antoine surveillait Homère qui inventait des plans un peu trop audacieux pour s'amuser. Nos deux garçons jouissaient d'une bonne santé. Leurs rires s'accordaient aux nôtres.

Les années folles, la décennie des vaches grasses, nous réussissaient. Abélard et moi avions décidé d'investir : non seulement nous n'avions plus de dettes, mais nous étions en mesure d'acheter une autre terre située au rang 8. Elle était collée à notre première terre du septième rang, où nous habitons depuis notre mariage. Cette dernière aboutissait au village, près de la croix située au faîte de la côte derrière l'église, sur un terrain appartenant à la fabrique. La moitié de notre deuxième terre était cultivable et au fond se trouvait une forêt presque vierge. Très émouvante, cette vision surnaturelle de la forêt ressentie lorsque nous l'avions visitée avant de l'acheter, Abélard et moi. Il avait décidé d'abattre les arbres nécessaires à la construction de son futur atelier de menuisier. Ce fil invisible de bâtisseur qui nous soudait aux gestes de nos ancêtres canadiens-français, souvent méprisés. Une lignée d'hommes et de femmes à tout faire qui ont survécu grâce à leur fierté, à leur intelligence créatrice et à leur merveilleuse bonne humeur. Des hommes et des femmes au caractère puissant et noble, capables d'oublier par amour leur faim et leur fatigue.

La forêt était remplie de différentes espèces de feuillus, y compris une érablière. Abélard y avait construit la cabane à sucre, et son père avait fourni l'équipement qu'il n'utilisait plus. Fabriquer du sirop, de la tire d'érable et du sucre du pays nous enchantait tous ; en plus, c'était un revenu appréciable pour nous.

Abélard avait acheté six vaches de plus, les naissances de génisses grossiraient le troupeau et les autres veaux qu'on engraisserait se vendraient bien pour l'abattage. Mon mari fertilisait les sols et voyait à la rotation des cultures. Il aimait la terre à en manger, il l'écoutait, répondait à ses besoins et elle donnait son plein rendement. »

19

Toutes ces carrioles en face du magasin de Jeanne et autant de monde qui s'affairent, les bras chargés de boîtes et de sacs. Pourquoi? Ce doit être en vue des paniers de Noël.

J'aimais tellement participer à la guignolée avec Antoine et mes parents. Je me sentais important, fort et fier d'aider ceux dans le besoin. Je déposais une pomme et une orange dans chaque bas de Noël destiné aux enfants. Nous étions si chanceux de manger à notre faim! Heureusement, cette tradition se poursuit avec la distribution des paniers de Noël et les banques alimentaires. Pour les riches, c'est le temps de se déculpabiliser en faisant la charité.

Je n'ai pas été élevé dans la ouate, mais j'étais heureux. J'ai grandi de « fardoche en fardoche », comme disait papa, « la tête ébouriffée par les taloches d'la vie ».

❀

« Comme notre mère, Rhéa, Jeanne s'occupait des bonnes œuvres. À la guignolée, elle aménageait un espace dans son magasin pour son club de bénévoles. Après une cueillette généreuse chez les mieux nantis, les dames jacassaient, riaient aux éclats et, en sourdine, certaines d'entre elles péroraient sur autrui en préparant les boîtes de nourriture à distribuer pour Noël. Mine de rien, ma sœur surveillait Fernande, la rondelette, qui se dédommageait en glissant des petits objets de valeur dans un sac sous son grand tablier.

Mme Beaubourg, une femme sage aux mains de fée, aussi généreuse que rieuse, avait offert une courte-pointe magnifique piquée à l'automne et une couverture tissée avec la laine de ses moutons.

La famille d'Abélard avait trou-vé des responsables dans chacun des rangs pour la distribution des pa-niers de Noël. Les garçons chargeaient les boîtes dans les carrioles ; ils enlevaient les grelots des attela-ges, car les voisins de ceux qui étaient dans le besoin ne devaient pas soupçonner à qui on faisait la charité. Après avoir déposé des briques chaudes sous les pieds des charretiers, ceux-ci prenaient une ponce de "p'tit blanc d'une seule *shot*" selon leur expression, puis ils partaient en chantant : "La gui-gnolée, la guignoloche..."

Naturellement, Lucien ne partici-pait pas à ce genre de fête. »

❁

Il commence à faire brun. Je vais me canter de bonne heure. Je me berce sur ma galerie en sirotant du bon thé au moment où une femme s'en vient. Je n'ai pas envie de jaser avec Dolorès. La fille de Fernande a l'air de Notre Dame des Sept Douleurs. J'ai de la compassion pour elle, même si je ne la connais pas beaucoup. Depuis ma maladie, je ménage mes énergies. Les paroles douces et fermes de Mme Gisèle avant mon départ de l'hôpital résonnent encore dans mon ciboulot. « Charité bien ordonnée commence par soi-même. » J'ai toujours pensé aux autres. C'était mon devoir. Soutien de famille dès l'adolescence, je me suis échiné de la barre du jour au fanal pour notre survivance. Beaucoup plus tard, la vie m'a rempli les poches de foin. Sans mon vouloir. J'ai fait mon faraud et certains de mes comportements ne m'ont pas donné la vraie joie. Maintenant, j'y arrive.

Je suis sur le piton, comme disait mon médecin. Quand mon frère Antoine est venu me chercher à l'hôpital, il m'a dit : « Homère, tu nous as fait toute une frousse, faut pas recommencer ça ! » Il a ajouté : « Quel est ton programme ? » Je lui ai répondu : « J'en ai pas. » Avec Fidèle, j'ai pris l'air dans la cour arrière de notre maison victorienne, rue Bloomfield à Montréal. Tout renaissait. Pas moi. Les crocus et les tulipes faisaient les beaux dans la racaille. L'hiver avait nettoyé l'air. Le soleil couchant perçait un gros nuage gris pour m'accueillir. Les bourgeons du pommier rêvaient d'éclater comme moi, mais ma main, une vraie patte de singe, n'arrivait pas à dessiner. Assis dans la *balancigne*, le cul pesant, aucune idée de meubles à sculpter ne me taraudait l'esprit comme avant. Soutenu par ma famille et mon ange de l'hôpital, j'ai repris confiance en la vie. Je voudrais dire à toutes les personnes souffrantes de se donner du temps. La vie mérite d'être vécue avec ce qui nous reste.

20

« Minuit chrétien, c'est l'heure solennelle... »

Toutes ces lumières dans l'église. Toutes ces têtes endimanchées qui se retournaient vers le jubé de l'orgue Casavant. J'entendais : « De qui est cette voix de Caruso qui remplace M. le maire affligé d'une laryngite ? »

De qui est cette voix qui fait trembler les vitraux et mon cœur ? Moi, je le savais. C'était celle de papa. Mon papa. L'homme le plus fort du monde. Le meilleur, le plus talentueux du monde. Celui qui nous aimait tant. Sa voix pouvait être aussi douce que puissante ! Parfois, les sons roulaient dans sa bouche tout en délicatesse, comme s'il déposait une semence dans mon oreille. Une semence dans ma terre neuve. Voix de ténor dramatique qui montait jusqu'au ciel. Avec moi.

« Le monde entier tressaille d'espérance

[...]

Peuple à genoux, entends la délivrance.

NOËL, NOËL !

Voici le rédempteur... »

Je frissonnais de fierté et d'espoir. Je voulais délivrer mes parents des méchancetés, du travail trop ardu. J'avais le cœur trop gros pour ma poitrine de six ans. Ce devait être ça, le ciel. Émerveillé, j'observais ma belle maman. Elle embrassait papa de ses yeux qui brillaient. Des yeux qui savaient parler sans les mots. Des yeux pâmés d'admiration pour l'amour de sa vie. Elle était si frêle et si forte en même temps. Ses longs doigts dansaient d'un clavier à l'autre, valsaient de long en large sans accrocher une seule note. N'enterrait pas la voix de papa. Ses petits pieds couraient d'une pédale à l'autre. Sans s'accrocher. Ils avaient des yeux invisibles. Comment pouvait-elle ainsi faire autant de gestes en même temps ? Faire vibrer cette boîte à musique alimentée par le souffleur à gros bras ? Je me pâmais d'admiration. J'aurais voulu crier à tous les paroissiens : « Regardez mes parents comme ils sont extraordinaires. Comme ils aiment le chant et la musique ! Comme ils s'aiment, comme ils m'aiment ! » J'étais au comble de la joie. Très, très fier d'être leur fils. Je me sentais brave comme eux. Je voulais les imiter.

L'odeur d'encens, de parfum et de cire me grisait. Mes yeux s'émerveillaient à la vue des statues dans leur niche. Ils parcouraient les colonnes aux chapiteaux compliqués. Les vitraux aux couleurs vives même sans soleil me réchauffaient. Je m'élevais jusqu'au ciel en admirant la voûte bleue et or. Je fixais les personnages de l'humble crèche réchauffés par les animaux. Les bergers. Le froid. Curieux, la pauvreté de Jésus, celle de beaucoup de paroissiens au milieu des richesses de ce lieu sacré. Le fils de Dieu est bien plus pauvre que nous. Il a peut-être voulu ça pour nous encourager…

À la sortie de l'église, que c'était le fun de voir tous les gens qui s'embrassaient en disant : « Joyeux Noël ! »

La fête se prolongeait. Chez tante Jeanne l'arbre de Noël était décoré de boules achetées et de guirlandes dorées. Retirés dans la bibliothèque, un verre de gin en main, mes oncles Napoléon et Lucien se calmaient. Heureusement ! La sœur de maman avait préparé un gros réveillon. Les senteurs du dindon et des tourtières chatouillaient mon nez fourré partout. Je salivais pendant la distribution des cadeaux. Mon cœur a fait des bonds quand j'ai reçu des livres de contes illustrés et un camion qui avançait tout seul, une fois crinqué. Quelle merveille ! Comme j'étais chanceux ! Chanceux d'être autant aimé par elle et mes parents ! Mon bas de Noël serait-il rempli quand je retournerais à la maison ? J'aurais voulu que cette ambiance de paix et d'amour dure indéfiniment. Était-ce trop vous demander, petit Jésus ?

❀

« Me reviennent les airs de Noël, ces maigres chants fragiles et faux chantés par la chorale. Contraste surprenant avec la voix de mon cher Abélard qui emplissait l'église de sons forts et harmonieux. Il est toujours mon grand amour, ma délivrance. L'espérance roulait dans sa bouche pour tous ces gens simples, à la foi naïve. J'enviais leur conscience tranquille, leur paix semblait profonde et faisait d'eux des géants, y compris les femmes d'habitants, plus soumises, plus servantes que jamais et, curieusement, qui en tirent gloire. Éloignés les unes des autres par des milles de distance, elles s'entraidaient au lieu de se nuire. Quel mal pouvaient faire ces fa-

milles qui se sacrifiaient, qui travaillaient de l'aurore à la brunante
sans commettre le péché de la chair
ni consommer d'alcool? Comment je
surmontais les obstacles de ma vie
avec ma foi chancelante? »

21

Impressionnant le fricot du jour de l'An chez mes grands-parents Beauboourg! Toute la parenté est arrivée. La table est dressée d'un mur à l'autre de l'immense salle à manger. Les mets traditionnels québécois font partie du menu : du ragoût de boulettes, des grands-pères (de belles boules de pâte blanches cuites dans la sauce), des pattes de cochon, une énorme dinde farcie, des plats de légumes et des corbeilles de bon pain chaud boulangé par grand-maman Azilda. Sans oublier ses confitures et ses condiments alignés au centre de la table. Ses pâtisseries surtout attirent mon attention. La hache sur la bûche de Noël et le godendart qui décore le long gâteau transformé en tronc d'arbre. Ils avaient été sculptés par grand-papa Georges. Ils m'étaient destinés.

Je n'ai jamais oublié la peur bleue ressentie quand deux des frères de papa avaient joué une séance de leur invention. Costumés, je ne les reconnaissais pas. L'histoire se passait à la campagne. Un cultivateur avait refusé l'hospitalité à un quêteux. Après une discussion enflammée au sujet de l'aumône refusée, le visiteur a éventré celui qui l'avait accueilli. Lui a sorti les tripes du corps. Tous se tordaient de rire, même Antoine. Je ne comprenais pas. Après quelques minutes, j'ai constaté que c'étaient nos crémones. Attachées les unes aux autres l'oncle Arthur les sortait de son ample chemise de travail à carreaux.

Cristi de cristi! J'ai ri jaune avec eux!

Le chômage était très bas et les esprits à la fête.

La famille de papa avait le pardon facile: oncle Lucien, sa femme Blanche, tante Jeanne et l'oncle Napoléon avaient été invités. Papa jouait du violon et la parenté dansait des quadrilles. Vraiment entraînant celui de *La joyeuse Québécoise* dont je me souviens. Les invités avaient du pep dans le soulier. M. le curé interdisait la danse. « Une occasion de péché! » clamait-il en donnant un coup de poing sur la tablette de la chaire: la tribune à prêcher. Pour papa, ces danses-là n'étaient qu'un moyen de détente. Le calleur scandait le pas en tapant du pied. « Choisissez votre compagnie, un p'tit tour à droite, un p'tit tour à gauche. Les femmes au milieu, les hommes autour... en r'foulant mouman. » L'oncle Napoléon ajoutait: « Zwing la bacaisse dans l'fond d'la boîte à bois. »

Quant au maigre oncle Lucien, il racontait des histoires cochonnes aux frères de papa. Sa pomme d'Adam frémissait et des petites bulles de salive dansaient sur ses lèvres démesurément grosses. Il avait la fale à l'air. La tête aux aguets pivotant sur son long cou planté entre ses épaules étroites. Sa barbiche blanche allongeait sa figure. Lui donnait l'allure d'un vieux bouc maigre. Il dirigeait son regard fou vers les créatures occupées à servir le repas. Puis, il s'est effoiré sur le fauteuil de velours rouge. Le plus confortable du salon. Il a écarté ses jambes, les a agitées nerveusement dans un mouvement d'aller-retour vers la fourche de son pantalon. Oh surprise! J'ai deviné une forme énorme qui se gonflait et forçait le passage du côté gauche de sa cuisse. Était-ce possible que son pénis soit si gros?

Facile d'observer les bêtes à la ferme. Comment sa femme le faisait-elle avec lui? Je me suis confessé de cette mauvaise pensée. Je me suis fait chicaner par le confesseur. « Indigne d'avoir des idées pareilles ! » Papa a deviné mon trouble… « Mon garçon, tu es à l'âge de toutes les curiosités mais tu ne dois pas sentir dans la vie des autres. L'union physique de deux êtres qui s'aiment, c'est l'aboutissement de leur amour, non pas le commencement. » Il m'a souligné la beauté d'aimer chez l'humain. Le sens du sacré.

❀

« Le repas de Mme Azilda était généreux comme elle. Elle m'a toujours impressionnée par son sens incroyable de l'organisation et par sa bonne humeur : son travail terminé, elle faisait sa toilette sous sa jaquette ; elle allait visiter une malade, lui apportait un bon petit plat ; en soutenait une autre dans ses épreuves ; brodait pour son plaisir ou, tout simplement, se reposait

À l'heure du souper des fêtes chez les Beaubourg, Jeanne a mis en marche le gramophone qu'elle avait apporté. La Bolduc et Caruso chantaient à tue-tête, mais personne ne les écoutait vraiment. Lucien se réchauffait du vin de cerises sauvages de M. Georges, et sa femme, Blanche, aussi effacée qu'une fleur de tapisserie, s'empiffrait sans dire un mot.

❀

Calmement, Antoine vanta la qualité de l'humus de notre jardin et Lucien, ordinairement économe même de ses sourires, en esquissa un qui le défigura en disant :

— Tu sau sau, sauras, le jeune, que la t, t terre neuve c'est comme la, la l'amour : au début, ça pou, pou pousse comme par miracle, ensuite, ça vaut pas, pas, pas cher.

Piqué au vif, Homère prit la défense de son frère :

— Oncle Lucien, vous avez déjà cultivé de la terre neuve, vous ? Non que je sache. Vous saurez que si on s'en occupe, elle continue de produire. À voir agir mes parents, je sais que c'est pareil pour les couples qui s'aiment.

L'éternelle expression d'autorité et de sévérité de Lucien s'amplifia sur ses traits et son œil gris augmenta sa froideur habituelle. Il s'avança près de nos fils et Abélard sentit l'urgence d'intervenir.

— Ça va, ça va ! On est ensemble pour s'amuser.

Mon mari coupa court à ces échanges qui risquaient de tourner au vinaigre. Pour mon frère, les enfants devaient se taire. En plus du vin, il s'était gavé de bière. Il levait un peu haut le coude. Mais quand il cuvait trop d'alcool, mon mari l'ignorait complètement. Il rejoignit ses frères et il leur parla de l'Union catholique des cultivateurs, l'UCC, qui venait en aide aux fermiers.

❀

À la demande de la famille, Abélard et moi avions accepté de jouer du piano et du violon ; les oncles et les tantes avaient chanté des airs d'autrefois. Avant de partir, me rendant dans une des chambres chercher nos drégailles, comme disaient les gens d'alors, j'ai entrevu Lucien de dos, en train de farfouiller dans le décolleté d'une belle-sœur qui cherchait à le repousser. L'indignation m'a poivré le nez ; sans réfléchir, je l'ai saisi par les bretelles : "Eh ! mon frère, ça t'arrive souvent d'embêter les honnêtes femmes ?"

J'ai toujours cherché à comprendre pourquoi Lucien était autant obsédé par l'autre sexe. En est-il privé chez lui ? Y aurait-il une explication par le fait qu'il a été accueilli dans le monde avec des forceps au lieu de caresses ? Ça commence mal une vie. Il souffre peut-être d'un manque de sécurité affective. Je devrais lui donner le bénéfice du doute...

Je n'ai même pas à douter.

Jeanne m'a dit qu'il faisait même de l'œil à Fernande qui semblait assez d'accord. Ils auraient eu des rendez-vous pendant la grand-messe. Ils remplissaient leur devoir dominical en assistant à la messe basse, tôt le matin. Personne n'avait quelque chose à dire. Quelle attirance le portait vers elle? Faut être vraiment malade pour craquer devant toutes les femmes! La Fernande va-t-elle inventer encore des histoires illicites sur son prochain en les savourant dans son sourire édenté?

Avoir la certitude d'être repoussante ; l'habitude d'être blessée sans le laisser paraître ; être écartée des rencontres des gens ; être condamnée à la solitude de son sexe par l'apparence repoussante de sa personne ; souffrir, ne jamais entendre un "je t'aime", ne jamais avoir été serrée par les bras d'un amoureux, être toujours privée de l'amour d'un homme, de l'estime d'elle-même, probablement. Même si je ne comprends pas, je lui envoie du pardon et je me sens soulagée. Je n'ai pas à les juger.

Par contre, je connais des personnes optimistes, fort aimables même si la nature ne les a pas gratifiées. Pourquoi? L'essence de l'être, sa réelle beauté est à l'intérieur. Embellir son âme rend paisible et attire les gens. »

22

Chère tante Jeanne ! Un monument. Le ciment de la famille. Une femme tout en chair qu'on penserait sortie d'une des fresques de Raphaël. Réincarnée exprès pour nous chouchouter. Les rondeurs de son corps et la souplesse de ses gestes s'harmonisaient avec la tolérance et l'acceptation des autres. Sans être bonasse cependant. Mon frère Antoine et moi, nous l'aimions tellement ! Elle jouait le rôle d'une grand-mère. À peine étions-nous entrés chez elle, qu'elle nous serrait sur sa poitrine volumineuse. Si confortable ! Elle passait ses mains douces dans nos cheveux, les glissait sur nos joues en disant : « Que vous êtes beaux, mes agneaux ! Beaux en dehors comme en dedans. »

Quand elle invitait les dames bienfaitrices chez elle, elle nous présentait comme des trophées. Au piano, elle me faisait chanter et les applaudissements suivaient. Ayant la voix d'une corneille, Antoine refusait l'invitation, mais tante compensait en soulignant ses succès scolaires. Il était premier de classe. Il remportait le prix de l'inspecteur. Quant à moi, j'étais brave, travaillant, habile. Créateur comme papa. Toujours, elle avait le don de nous donner de l'importance.

— Tu vantes trop les enfants d'Héloïse, pestait l'oncle Napoléon. Tu vas les rendre orgueilleux.

— Faut pas t'en faire, mon mari : comme de bonne raison, ils sont assez intelligents pour savoir qu'ils n'ont pas de mérite à leur beauté et à leurs talents, mais à leur gentillesse et à leur succès, oui !

Chaque fois que tante se pointait chez nous en titubant, les bras chargés de vêtements et de gâteries, Antoine et moi étions transportés de bonheur. Après nous avoir bourré le bec, vêtus à neuf, nous paradions en lui redisant nos mercis. Même Grisou l'aimait. Elle le flattait, lui disant : « Bon chien, tu es un bon chien ! » Quand elle racontait les niaiseries des dames bienfaitrices, maman riait aux éclats et ça me comblait de joie.

❋

« Toutes ces photos de Jeanne, ma presque mère, me parlent de son attachement à nous tous. Je ne trouve pas les mots pour décrire l'affection que je lui porte, mais je préfère taire ceux concernant son mari. Enfant, j'avais peur de Napoléon quand il s'époumonait, la blâmant injustement.

— Tu as mal élevé nos enfants.

— Tu fais erreur. C'est pas moi qui les ai élevés, mais les bonnes. Tu as toujours exigé que je serve au magasin.

Mes deux fainéants de neveux se chamaillaient comme des béliers. Toujours assis, le beau-frère accablait ma sœur de reproches pendant qu'elle vaquait à ses nombreuses tâches. Ses lèvres crispées, de plus en plus minces, ont presque disparu à force de ravaler sa déception.

Plus il gueulait, plus ça devenait inquiétant, un seul coup de poing sur la table ou la menace de la strap (une courroie de cuir pour aiguiser son rasoir) et ses deux gringalets de gars clairaient le chemin. Quant à moi, je m'effaçais au pied de l'escalier en écrasant ma peur sous les semelles de mes souliers jusqu'à ma chambre située à l'étage. Au coucher, sa voix grinçait encore sous mon oreiller et, la nuit, ses ronflements de vieille crécelle me réveillaient. Comment ma sœur pouvait-elle dormir à ses côtés ?

Au-dessus du magasin de Jeanne vivent deux solitudes unies par les liens du mariage, remplies d'attentes et de déceptions ; les silences sonts lourds. Elle en a probablement trop à dire pour tenter de s'expliquer ; pourtant, elle fait l'impossible pour rendre harmonieuse la vie de tout le monde.

Abélard disait : "Napoléon se pogne le moine et s'lamente tout le temps. Jeanne arrête jamais et aucune plainte sort de sa bouche."

❊

Ma sœur est la charité même, dès le début de la Crise, en 1929, elle avait mis sur pied un ouvroir qui empêcherait les pauvres de la pa-

167

roisse de crever de faim. La souffrance de ces gens nous affligeait beaucoup ; c'était pire pour les citadins, mais pas drôle pour les habitants des campagnes. Jeanne avait convaincu notre frère Philippe de lui remettre l'argent nécessaire pour transformer en boulangerie un des hangars situés derrière le magasin, à côté de la fromagerie. Aussitôt demandé, aussitôt réalisé. De plus, chaque mois, il acquittait les factures de la farine et il payait les employés. Le pain a donc été offert gratuitement aux plus démunis de sa paroisse natale. Comment Philippe pouvait-il être si bon et me garder autant de rancœur ?

À son magasin, Jeanne vendait à crédit aux plus démunis. Sensible à leurs confidences, elle informait les bénévoles de l'ouvroir de leurs besoins. Beau à voir, leur travail.

Le nouveau curé leur avait permis d'utiliser la sacristie pour leurs activités. Du haut de la chair à prêcher, il avait été plus rassembleur que jamais en s'adressant aux paroissiens :

— L'heure est à l'entraide, à la générosité et à l'humilité. Vous pourrez déposer vos dons en argent au magasin général, dans un coffret barré. Je suis le seul à posséder la clé. Tous les types de dons se-

ront appréciés : de la nourriture
aux vêtements, des objets de toutes
sortes au bois de chauffage. La sacristie sera ouverte les après-midi
des trois premiers jours de la semaine pour la réception des dons et
le jeudi pour leur classification.
La distribution se fera le vendredi.
Dans la mesure du possible, les bénévoles répondront aux besoins les
plus pressants. Il n'y a pas de honte
à recevoir de l'aide. Vous ne devez
pas priver votre famille par orgueil.
Adressez-vous à Mme Jeanne Chopin.
Elle transmettra votre demande au
responsable de chacun des rangs et
nous comptons sur la discrétion de
tous.

Lucien a contesté la décision de
M. le curé de prêter la sacristie
sans l'approbation des marguilliers.
Abélard s'est indigné : "Batèche de
batèche ! Il s'donne de l'importance,
l'beau-frère. Habitué de compter ses
piastres, il veut en faire autant
pour l'église, ou quoi ? "

Une rencontre des trois marguilliers a donc eu lieu. Se sont réunis
les bénévoles, Lucien, Napoléon et,
pour la première fois Abélard, sous
la présidence de M. le curé.

Le regard froid d'un carnassier,
mon frère a énoncé son objection :

— Je propose qu'on, ne, ne garde
pas la, la sacristie ouverte pour

l'ouvroir. C'est la cri, cri, crise et les coûts de, de, de chauffage vont aug, aug, augmenter.

— Vous n'y pensez pas, monsieur Chopin... nos pauvres? a répliqué monsieur le curé.

— C'est toujours pas eux qui vont payer, a enchaîné Napoléon, la bouche tiède. Alors, Abélard s'est interposé :

— Faisons une corvée. Beaucoup de bois se meurt sur le terrain de la fabrique. Les autres arbres respireront mieux.

— Avant que, que, que le bois soit soit, soit prêt à chauffer, l'hiver a le t,t, temps de finir, dit Lucien. Si vous avez de, de l'argent à gaspiller ainsi, je ne, ne, ne paierai pas ma, ma, ma dîme.

— Moi non plus, a ajouté Napoléon.

Un pas fin de l'assistance s'est mis à applaudir et un froid a traversé la pièce. Entendant Napoléon suivre notre frère comme un chien de poche, Jeanne s'est indignée :

— Inquiète-toi pas pour la dîme, mon pauvre mari, je la paierai, moi.

À l'époque, les femmes n'avaient pas la permission de gérer leurs biens. Napoléon lui a serré le bras en lui chuchotant :

— Tais-toi, t'a l'air d'une vraie folle.

Elle s'est dégagée brusquement et ses yeux sont devenus menaçants. J'étais fière d'elle, enfin une femme osait prendre sa place ! Le féminisme n'est-il pas né de la domination faite aux femmes par les hommes ? Quand Abélard a calmement pris la parole, je savais qu'il avait trouvé une solution.

— Pourquoi une sacristie ? Un patrimoine religieux à garder au frette, l'endroit où se déculpabiliser en se confessant ou le lieu qui doit donner l'exemple de la charité ? Sur semaine, pourquoi chauffer l'église ? Peu de fidèles assistent à la messe basse. La sacristie serait bien assez grande. On économiserait beaucoup en ne chauffant pas l'église. Nous serions tous gagnants.

Les deux autres marguilliers sont sortis en bougonnant pendant les applaudissements de l'assistance. Une fois de plus, j'admirais mon mari.

J'ai vu le jugement et la liberté coller à tout son être.

❋

Lors du dernier fricot des fêtes chez les parents d'Abélard, personne n'avait soupçonné qu'une crise économique serait déclenchée dans l'année. La prospérité nous avait favorisés : des gens jouaient à la

bourse et faisaient des profits faciles. Puis, crac! Pas surprenant, la
misère qui a suivi.

Abélard et moi, nous lisions
les journaux attentivement. Depuis
la dégringolade des bourses de New
York, de Montréal et d'ailleurs, la
Crise faisait des ravages, de plus
en plus. En 1930, les autorités mu-
nicipales de Montréal ont versé la
somme de 100 000 $ pour venir en
aide aux chômeurs.

La grande dépression a été mar-
quée par la baisse des salaires des
fonctionnaires et des prix, les fer-
metures de manufactures, d'écoles
de campagne, les faillites de commerces et de fabriques mises en tutelle. La production de pâtes à papier et l'industrie du textile ont
été sévèrement touchés.

De grandes mesures s'imposaient.
La Société Saint-Jean-Baptiste de
Montréal a adopté, pour le défilé,
le thème "La glorification du sol".
L'urbanisation paraissait une bonne
solution, mais elle n'a pas toujours
apporté les effets escomptés. Un bon
citadin ne faisant pas nécessaire-
ment un bon habitant sautait aux
yeux.

Le sentiment nationaliste se
réveillait, à notre grand plaisir, et
donnait naissance à quelques mouvements, surtout chez les jeunes. Mgr

Lionel Groulx semblait en mesure de rallier les chefs de file.

Par la non-violence, Gandhi libérait l'Inde. Nous en étions très heureux mais, au Québec, la Crise économique perdurait : 30.9 % de chômage. Ceux qui avaient sombré dans la misère et ne recevaient pas le secours direct devaient compter sur la charité publique et sur les communautés religieuses. Même dans les campagnes, des gens souffraient de la faim et les municipalités les avaient à charge. L'ouvroir fondé par Jeanne était indispensable.

L'aide gouvernementale ne pouvait pas se limiter aux travaux publics : trop de gens sans travail ! Le gouvernement a voté la somme de quatre millions de dollars en secours direct. La distribution des bons pour l'achat du pain, de la viande, des produits laitiers, du charbon ou du bois et d'autres denrées essentielles se faisait par la Société Saint-Vincent-de-Paul.

Même si les Caisses Desjardins favorisaient des prêts aux agriculteurs, les tensions augmentaient parmi les chômeurs canadiens-français ; on blâmait les immigrés et les femmes de prendre la place des ouvriers en occupant des postes mineurs à l'extérieur du foyer. »

❊

Partout, mais surtout dans les villes, des gens mangeaient de la vache enragée. Crevaient de faim. Adolescent, j'avais le feu au cul en y pensant. J'étais tellement triste d'apprendre les profits énormes empochés par les compagnies de charbon de Montréal alors que des familles gelaient tout rond dans leurs cristi de taudis. Souvent, ils en étaient même chassés par l'impossibilité de payer leur loyer. Dans les campagnes, les habitants aussi survivaient difficilement. Une chance que l'oncle Philippe finançait la boulangerie! Même Grisou était rationné: les restes de table se faisaient plus rares.

❊

La Crise économique de 1929-1939 nous avait précipités dans un gouffre de douleurs qui m'avait fait oublier les bonheurs précédents. Tout cet ennui! Toute cette solitude! Tout ce froid! Les plaintes du vent sifflaient entre les branches du grand saule pleureur collé à la maison. Me défonçaient les tympans. Je pleurais avec mon arbre pour refouler ma révolte J'aurais voulu suivre le courant de la rivière Saint-François et naviguer jusqu'au fleuve. J'imaginais une vie meilleure pour nous dans la grande ville.

Quant à l'oncle Lucien, la guerre lui profitait. Il se vantait de ses bons marchés, de sa ruse, de sa façon de moucher les petits morveux qui osaient le contester et de son habileté à écraser ceux qui se mettaient sur sa route. À vrai dire, je le mettais dans le même sac que l'oncle Napoléon. Lui, un gros court à la culotte pendante, au dos rond. Il titubait. Dirigeait son regard bas du côté de ses intérêts. Un pocheton. Toujours d'équerre avec l'oncle Lucien. Lui, un grand sec. Un notable hautain aux gestes raides. Un être détestable!

Souvent, des urubus à crête rouge fendent les nuages. Ils se balancent au-dessus de ma tête. Je me dévisse le cou à force de suivre leurs parafes. Quelle victime ces grands charognards traquent-ils? Mon sang charrie encore du feu dans mes veines quand je pense aux rapaces humains qui exploitent le pauvre monde pour emplir leurs poches.

Même si nos parents parlaient de la Crise à mi-voix et que je ne connaissais rien aux affaires, j'écoutais la radio et je m'inquiétais. Pendant combien d'années se prolongerait cette cristi de merde? L'Allemagne avait juché Hitler au pouvoir, en 1933. Il nous faisait peur. Se doutait-on de son désir de créer une race pure en éliminant les Juifs et de son ambition d'envahir le monde?

❀

Au début de la Crise, oncle Ovila, un des frères de papa, et sa femme, Yvonne, avaient émigré aux États-Unis. Chaque été, ils rebondissaient chez nous comme un cheveu sur la soupe. Ils nous en mettaient plein la vue avec leur grosse auto. Pour dire franc, je trouvais cet oncle-là un peu fendant. Il parlait fort, insistait pour que tout le monde l'écoute. Rouge comme de la forçure, en petit Jos connaissant, il vantait leur existence aux États. Plus grosses villes. Plus grosses maisons. Plus grands magasins. Leur vie me paraissait plus facile que la nôtre. À ce moment-là, j'ignorais que les deux travaillaient de longues heures dans des manufactures surchauffées dont le bruit infernal risquait de les rendre sourds ou fous.

Tante nous donnait les vêtements qu'ils n'utilisaient plus. Puisqu'ils étaient de la même taille, mes parents avaient l'humilité de les accepter. De plus, maman ferait du neuf dans du vieux pour Antoine et moi. Grand-maman Azilda lui avait appris à coudre.

Grâce aux coupons de publicité de son épicerie, à Bristol, tante Yvonne avait accumulé pour nous un ensemble de vaisselle bleue. Du verre pressé. Je le trouvais aussi beau que celui de tante Jeanne. Tout en dorures.

J'aimais cette tante. Elle appréciait mes dessins de petits minous et les formes fantastiques que je sculptais dans des épaves. Elle repartait toujours avec quelques-uns de mes chefs-d'œuvre. J'acceptais son argent remis en cachette de mes parents. Pour moi, c'était un moyen de les aider.

23

Les photos des albums de notre mère me transportent sur des plages de réjouissance. D'autres me font revivre des drames non faciles à assumer. Le sont-ils vraiment?

Antoine étrenne un habit neuf offert en cadeau de fête par tante Jeanne, sa marraine. Tout est sombre. Les lèvres crispées et le visage ravagé de mon grand frère indiquent la gravité du moment. Un religieux en soutane noire l'invite à monter dans sa grosse voiture grise. À son allure, papa a le motton au fond de la gorge et maman laisse couler ses larmes sans les essuyer.

L'enfant accroché à Antoine, c'est moi.

❀

J'ai cinq ans.

Nous venons de l'embrasser très fort avant son départ pour le juvénat. Je ne pardonne pas à ce frère du Sacré-Cœur d'avoir presque volé mon frère. Si bon. Si parfait! Il pleut à boire debout. Les éclairs déchirent le ciel. Le tonnerre gronde fort, mais pas autant que la rage en moi. Toute cette pluie ne pourrait éteindre le feu sous mes côtes. Cristi de cristi, pourquoi étudier au juvénat? Des livres, il y en a en masse ici et chez tante Jeanne. De plus, avec nous, il apprendrait des choses absentes des livres. Je proteste tout haut:

— Comment Dieu peut enlever un enfant de 12 ans à sa famille, s'il nous aime tant ? Ça n'a pas une miette de bon sens !

La déchirure causée par le départ de mon seul frère éclate avec mes larmes. Je trépigne, je crie : « Non, ça se peut pas ! » Papa respire fort. Ravale. Me serre contre lui. La déception cogne sous sa chemise. Me traverse. Me noie. Rentré à la maison, il se vide le cœur :

— Antoine a été influencé par M. le curé. Qu'on vienne pas me féliciter d'avoir un fils en religion ! Cet honneur-là, j'm'en passerais bien. Une récompense pour nos labeurs et nos sacrifices ; une assurance d'aller au ciel, quelle aberration ! C'est pas nécessaire de tant souffrir pour être sauvés. Avant que Jeanne enlève les livres à l'index de ses bibliothèques, ceux que j'avais lus m'avaient amené à plus de lucidité vis-à-vis de l'Église. Aller au ciel, ça ne dépendrait pas surtout du degré de notre amour ? On était bien ensemble. Antoine aurait pu se sanctifier autant avec nous autres.

La voix tremblante, notre mère ajoute :

— Il veut étudier. Avec la Crise, on ne peut pas lui payer le cours classique à Nicolet. On va travailler fort pour survivre et, après, les revenus de la bricade vont entrer. S'il le désire, il pourra étudier ailleurs.

Papa renchérit :

— Quand j'aurai mon atelier de meubles, j'pourrai faire instruire nos deux gars, batèche de batèche ! Mon fils pourra faire un vrai choix.

J'ai répliqué :

— Au moins, s'il avait la permission de venir à Noël et aux vacances d'été. C'est trop injuste !

J'accepte pas du tout d'être coupé de mon seul frère. C'est comme s'il était mort…

— Une paire de bras en moins, il nous faut retrousser nos manches, conclut papa.

La Crise économique perdure. Mes parents travaillent d'une étoile à l'autre. Comme des forcenés. Sans aide des oncles fortunés. Comme richesse, ils ont leurs mains usées et leur dos esquinté. J'ai hâte de vieillir pour les aider. La Crise se fait sentir, même si on ne crève pas de faim. Le dimanche, levé au petit jour, papa se rend à bicyclette au juvénat. Maman et moi, on fait le train à l'étable. À la noirceur, il revient épuisé et aussi triste que l'était Antoine quand il l'a quitté.

(Des années plus tard, mon frère m'avouera que, souvent, il n'envoyait pas ses vêtements à la buanderie en espérant revenir chez nous avec papa. Quelle souffrance!)

Travailler semaine après semaine, durant un long mois, en espérant le dimanche qui réunirait la famille à Arthabaska pour visiter mon grand frère! Au petit matin, pas de zigonnage: la traite des vaches terminée, la nourriture donnée aux bêtes, une toilette en règle et un petit déjeuner pris en vitesse, nous attelons Prince, le trotteur, au boggie. Nous arrivons au juvénat juste à temps pour la grand-messe.

Apercevant Antoine assis au cœur de la chapelle des frères, je veux courir vers lui pour le serrer fort contre moi. Enfin, il nous rejoint au parloir. Je me demande que fait le chaperon de frère qui ne nous quitte pas d'une semelle. Tout l'après-midi, nous jouons aux braves en cachant nos émotions. À la fin, je suis le seul à manifester ma misère:

— Pourquoi que tu r'viens pas avec nous? c'est tellement plate à la maison depuis ton départ.

Comment oublier la figure pâle de cet adolescent endimanché? Maigre comme un chicot, il ne rit plus et semble avoir perdu sa langue. Résigné, il lève les yeux vers le ciel. Il cherche une position pour ses mains qui finissent par se joindre. La prière est-elle son seul refuge? Ça m'enrage. Ses lèvres marmonnent des mots savants. Pas les nôtres. Au retour, papa se révolte:

— Ils sont en train de changer mon gars. De le détruire, qui sait? J'serais peut-être mieux d'le sortir de leurs griffes.

— Abélard, tu ne penses pas que tu exagères un peu? Le bon parler français améliore sa langue. Ne détruit pas celui qui s'y applique. Il est responsable de ses choix.

Papa baisse les yeux. Respire fort. Serre ses lèvres et le poing. Il étouffe en lui sa douleur muette pour ne pas nous affliger davantage, j'imagine. Nous nous sentons tous déchirés. La vie me paraît cruelle, notre correspondance insuffisante, nos visites si peu nombreuses. Chez nous, rien n'est plus pareil depuis son départ. Papa ne fait plus la roue comme un pigeon autour de maman. Il ne chante plus. Elle ne rit plus. Mon acharnement à espérer le retour de mon frère frôle le désespoir. Mon cœur tremble, gronde, dans sa cage comme Grisou si je lui enlève son os. Collé à ses flancs, je déverse mon chagrin sur lui. Je marmonne des phrases entrecoupées de sanglots. Je hurle ma douleur à la lune comme un animal affamé. Il me regarde, il se lamente avec moi. Antoine l'a si souvent flatté que je le serre fort, espérant sentir les caresses de mon frère. Depuis son départ, la guerre est en moi. Je ne comprends pas. Je fouille le ciel d'un regard traqué. Sur mon front et mes tempes, mon cœur martèle mes souvenirs heureux avec lui. C'est tout ce qui me reste de mon frère perdu pour toujours.

Être ensemble, papa et moi, nous permet de moins nous ennuyer de lui. Je tente de le remplacer. C'est mon devoir, mais je suis encore bien jeune. Au moins, je le suis partout. Je m'assois sur la boîte d'outils de la faucheuse à me faire taper le derrière pendant des heures pour qu'il souffre moins de son absence. L'hiver, je l'accompagne au bois, lors des jours de congé. J'attise le petit feu, je réchauffe les fèves au lard préparées par maman la veille. Papa se sert et avale avec appétit. Je lui dis :

— Vous mangez la partie maigre du lard ! C'est défendu le vendredi. Il me tape un clin d'œil.

— Homère, le bon Dieu, c'est pas un sauvage. J'm'arrange bien avec lui. Je lui ai sacrifié un enfant. J'pense que ça lui suffit. Si mon fils avait eu la permission d'passer ses vacances avec nous, on en aurait abattu d'la besogne. Si Dieu voit tout, il sait que j'dois m'soutenir, car j'travaille très fort. J'ai pour mon dire qu'il faut pas être plus catholique que l'pape. Tout c'qui compte, c'est d'pas nuire aux autres. Perplexe, je l'admire quand même.

❧

J'ai huit ans.

Nous essouchons un lopin de terre non loin de la maison. Papa et moi attelons Tranquille et Vaillant au moment où les champs se saoulent de rosée. Des milliers de diamants argent brillent sur l'herbe sans ride de l'été. Nos deux bœufs portent au cou le joug double de l'attelage pour le gros ouvrage. Papa tient les guides à deux mains. Castrés, ces animaux ont développé une force herculéenne. Comme des esclaves, ils tirent l'énorme bûche sanglée à l'attelage.

Le joug semble écraser leur cou gourmé par l'effort. Leurs muscles se gonflent en rondes-bosses sur leur corps. Les bêtes beuglent sans regimber. Leurs sabots se cramponnent au sol qui s'enfonce. La souche à moitié pourrie se dégage, ça craque de partout. Les racines sortent comme des doigts crochus. Cassent, éclatent dans un bruit sec. Les beuglements répétés des bœufs me percent le tuyau de l'oreille.

L'homme crève sous le soleil de plomb. Il stimule les bêtes imposantes à coups de fouet et de langue : « Batèche de batèche, on va l'avoir ! C'est comme ça qu'on s'mesure à qui on est. » De grosses mottes d'humus bombardent l'espace au-dessus de nos têtes avec des bouquets de bleuets. Grisou rôde autour de nous. Il jappe quand les bûches se fracassent. Ça y est ! La bûche baise le sol ; les racines secouent leurs poussières en gigotant comme des démons dans l'eau bénite. Tout est noir, ça sent la tempête. Des nuages de suie, ces sédiments des feux dans les abattis depuis quelques années, nous tombent dessus. Le visage de papa est méconnaissable. On le dirait changé de race. Je ris aux éclats, même si les yeux me piquent.

Il attache une autre bûche à l'attelage et le travail recommence, une autre, puis une troisième, une autre, encore et encore. Papa a la couenne dure. Je veux lui ressembler. À la fin de l'avant-midi nous en comptons vingt, les plus grosses du chantier. « On est bon pour finir après-midi. C'est un petit terrain, mais ça nous f'ra un grand potager. Nous travaillerons cette terre à jardinage, nous l'engraisserons, nous avons du vieux fumier en masse. Elle produira abondamment l'an prochain. Nous vendrons nos légumes aux marchés des alentours. » Voilà l'optimisme de mon père.

Nous avons la fale basse, le gosier sec. Au son de l'angélus, tout s'arrête. Papa, spontanément, récite : « L'ange du Seigneur annonça à Marie. » En faisant un effort, je réponds : « Et elle conçut par l'opération du Saint-Esprit ». Je pense : « Comment ça peut se faire ? » Sans problème, papa saute d'une motte à l'autre dans une danse endiablée pour retrouver le lunch.

— Batèche de batèche, c'est comme ça qu'on apprend à s'tenir debout !

Puis, devinant ma tristesse au sujet d'Antoine, il ajoute :

— Ta mère a raison : « Sans rancœur, on peut regarder en pleine face ceux qui nous méprisent. Ils sont à plaindre plus que nous. » Moi, j'veux plus m'faire du mal en pensant à eux. Avec le temps, ta mère m'a ouvert les yeux : pardonner, même si on comprend pas, c'est l'moyen d'vivre en paix. J'garde mes forces pour traverser la Crise et on verra bien pour Antoine.

Et moi, je pense : « Maman, c'est une femme extraordinaire. Je devrais pardonner aux religieux. »

Avec Grisou, je cours à la source à quelques pas de là. Mon chien se désaltère. L'eau chante, elle est claire et fraîche. Dans une grosse bouteille, avant de partir, j'avais déposé la poudre de gingembre et le sucre nécessaire. Papa en cale le tiers, je bois à mon tour. Nous en avons une autre pour l'après-midi. Nous mangeons avec appétit nos sandwiches et nos légumes du jardin. Papa décide de prendre la fraîche avant de recommencer une autre bourrée. Son froc plié en guise d'oreiller, il fait un petit somme par terre. Je retourne à la source pour remplir les deux siots de bois. Les bœufs ont soif. « Comment peuvent-ils boire les narines calées dans l'eau ? » que je me dis. Ces valeureuses bêtes aussi méritent de se reposer. Elles s'étendent gauchement au sol.

Dans le silence, je me promène avec les nimbus qui me font la grimace. Je m'interroge. Si je pouvais m'y accrocher, rejoindre mon frère ! Vivre de souvenirs ne me suffit pas, je lui parle tout bas. Je le supplie de revenir. Mes larmes sèchent au soleil du midi.

Quand papa se réveille, il me sort de ma bulle.

— Fatigué, mon grand ?

— Non, non, j'suis comme la mouche du coche ici.

— Au contraire, j'ai besoin que tu me guides en observant l'détachement d'la souche. On donne une autre bourrée, mon gars ?

— Avec plaisir, papa.

— C'est ça, tourmenter la terre pour qu'elle nous nourrisse. Tu t'souviendras d'la valeur du travail acharné pour réussir. Ça rend fier. J'me suis bâti en construisant notre domaine de mes mains. En nous désâmant du petit matin à tard le soir, ta mère et moi sommes arrivés non seulement à survivre, mais à vivre heureux, malgré la Crise. Ça fait longtemps qu'ça dure, mais j'pense qu'ça devrait finir bientôt, sinon j'vais être obligé de trouver un autre moyen.

À la fin de la dernière bourrée, je suis brûlé mais pas lui. Cristi, c'est pas croyable !

❄

Le lendemain, les frères de papa viennent nous aider. Les racines sciées, amoncelées tête-bêche sur les souches, forment une rangée de monstres alignés au centre, sur toute la longueur du lopin défriché. Après avoir jeté quelques gouttes d'essence un peu partout, les hommes allument des torches faites de paille bien torsadée autour d'un long bâton. L'instant d'après, comme sorties de l'enfer, les flammes décrites à l'église se tordent, dévorent le monstre d'abattis. Ses tentacules s'écrasent les unes sur les autres dans un craquement sourd. De la boucane autour de nous. L'air est étouffant. Ça sent la couenne brûlée. Que serait l'enfer?

Encore tout en énergie, papa part faire le train pendant que je surveillerai les tisons. Pas de danger pour le feu : un fossé a été creusé autour du terrain. Ma tête dure se questionne : oui, nous profiterons d'un magnifique potager, mais où cueillerons-nous nos bleuets et nos framboises? Où nos moutons trouveront-ils leur pâture?

Dans une fin de jour sans vent, un grand feu se détache de l'horizon rempli d'énigmes. À la maison, maman s'interroge : « Était-ce un spectacle de fin du monde ou de recommencement? Faudrait-il toujours passer par le feu intérieur pour revivre purifié? » La force de caractère, la générosité, la tolérance et le grand amour de nos parents leur ont permis de renaître de leurs cendres pour que nos avenirs soient des terres neuves productives, en mesure d'embellir le monde. Pour que mon monde intérieur vive en paix. Grand merci à vous, tous ceux qui m'ont aimé!

❀

J'ai encore dans le nez l'odeur de la terre noire de notre nouveau potager. Heureusement, il nous donne sa pleine mesure. La Crise ne nous lâche pas et une cristi de marmotte mange nos légumes. J'en ai plein le casque. « On va en finir avec elle », déclare papa. Nous repérons les deux trous de son terrier. Il ouvre le boyau dans le premier. J'attends la voleuse au deuxième. La poche de son vide au-dessus du trou. Elle fonce dedans. Elle gigote comme un diable. J'ai juste le temps de fermer le sac sur elle. Ayoye ! Une douleur cuisante entre le pouce et l'index. « Cristi de cristi, ça se fait à deux. Crocs pour crocs. » J'aurais voulu la mordre aussi. Grisou grogne. Il hurle quand je frappe à coups de masse là où je devine la tête. Double victoire ! Mon père court vers moi et m'embrasse. Me félicite pour mon courage et mon sang froid. Ma mère me remercie chaleureusement. J'ai fait ma part pour remplacer mon frère. Ma joie serait parfaite s'il était avec nous.

❀

Les temps sont de plus en plus difficiles.

J'ai neuf ans.

À l'été, je fais de la pitoune avec papa. Dur à l'ouvrage et vif comme l'éclair, il coupe du bois pour la fabrication du papier. Il enlève l'écorce. Les mouches noires nous piquent partout. Moi, je me lamente, alors qu'il continue comme un enragé. La coupe du tilleul terminée, il abat de grands pins et des cèdres pour la construction de son futur atelier. Son rêve depuis quelques années. Il les charge tout seul à l'aide d'un levier. Voyage après voyage, les chevaux les charrient à la scierie de Kingsey Falls. Voyage après voyage, les planches et les paquets de bardeaux s'empilent dans la cour, avec les poutres équarries à la hache.

Papa vend du bois de chauffage au village et achète la nourriture qui manque pour la semaine.

❀

Il n'arrête pas. Maman non plus. Elle conduit le cheval qui transporte le lait à la fromagerie. En plus, elle s'occupe des travaux ménagers et elle baratte le beurre. Elle tourne, tourne la manivelle et tourne encore pendant que des mèches de cheveux tombent sur son visage en sueur.

— Laissez-moi faire, j'suis capable, que je lui dis.

Je saisis vite le rythme pendant qu'elle replace ses cheveux dans son chignon torsadé à la française. Elle essuie sa figure avec le coin de son tablier. Sa tête fait des rotations. Comme elle doit avoir mal.

— Homère, je te dis que tu en as du cœur, toi ! Comme ton père qui travaille de l'aurore à la brunante. Bon, ça va ! je vais continuer.

— Pas question ! À partir d'asteure, ce sera ma responsabilité en plus de nourrir les volailles et de nettoyer le plancher.

Le samedi, je trouve la manière de broyer les os qu'elle met de côté. Ça remplace les écailles d'huîtres. Pas besoin de les acheter. Je ramasse les œufs. Bien soignées et libres, nos poules pondent bien. Papa a acheté une couveuse maintenant qu'on a l'électricité. On va élever des poulets et la vente va arrondir le budget. Grâce au travail acharné et à la prévoyance de nos parents, nous vivons maigrement, mais en sécurité. « Y faut pas attendre d'être dans la marde jusqu'au cou pour se r'trousser les manches. Vendre du bois, c'est pas les gros chars : les gens ont pas d'argent, mais c'est mieux que rien. La Crise peut pas durer indéfiniment », déclare papa.

Le dimanche, on slaquait les cordeaux et on allait visiter Antoine. Pas souvent. L'hiver, encore moins. Maman cachait son ennui pour nous aider à tolérer le nôtre. Je trouvais le temps long avant de m'endormir. Le temps long à me rappeler les beaux moments vécus ensemble. Moments impossibles à réinventer. Le temps long à gratter le givre des fenêtres en espérant la visite des parents qui ne se pointaient pas.

Cher Antoine, pendant toutes ces années loin de nous, comment a-t-il pu vivre en équilibre? Les assises de l'humain se construisent dès le début de sa vie? Nous avons été enveloppés de tendresse chez nous, nous avons senti l'attachement qui a peut-être contribué à notre capacité de résilience. Avoir des parents aussi aimants que les nôtres permet de se bâtir une sécurité affective solide. Probablement.

❈

« Mon mari était animé par la confiance en l'avenir malgré son ennui d'Antoine et les privations. Il avait deux amours : notre domaine et nous. Parfois, je l'accompagnais au bois. Fier et droit comme les arbres, il trouvait des mots à lui pour leur parler en ami avant de les abattre :

— Batèche de batèche, vous pourrez vous vanter de pas avoir vécu pour rien puisque vous allez devenir mon futur atelier et des meubles magnifiques pour tous les portefeuilles. Partout où vous irez, soyez fiers. Nous vous caresserons et les autres aussi vous aimeront. Sinon, pourquoi vous acheter? Grâce à vous, nous pourrons vivre mieux. Merci ben! Après la Crise, j'achèterai d'nouveaux outils. Avec le temps, j'aurai ma chaufferie pour sécher l'bois et, plus tard, beaucoup plus tard, une manufacture de meubles signés Beaubourg. Qu'en penses-tu, Héloïse?

— Pourquoi pas? Je sais que tu réussiras.

Il turluta : "Le chant des érables." C'était la première fois qu'il chantait depuis le départ d'Antoine.

Son métier d'artisan était plus qu'un métier ; c'était la mémoire de cette race d'hommes à tout faire qui ont survécu grâce à leur intelligence créatrice, à leur courage et à leur travail acharné. Abélard exprimait la beauté par la maîtrise de l'outil qui prolongeait son geste, celui des ancêtres, au rythme des airs appris de père en fils, avec une prodigieuse bonne humeur.

La Crise nous aurait-elle à l'usure? Au moins, le chômage diminuait un peu et les pensions de vieillesse étaient accordées.

Jeanne vendait au prix coûtant et à crédit aux plus démunis. Avec eux, le troc ne suffisait pas ; les comptes s'accumulaient. Ne serait-elle payée qu'aux calendes grecques?

Chère Jeanne, elle voit à tout, essoufflée au moindre effort, souvent en sueur, c'est visible qu'elle s'épuise. S'obstiner avec Napoléon n'est pas facile, comment peut-elle vivre avec lui, endurer ou dénoncer ses combines?

— Si tu continues d'vendre à crédit, on va faire faillite, grogne Napoléon de sa bouche molle, entr'ouverte même s'il ne parle pas. Un *bootlegger* a un alambic, il m'a proposé de vendre d'la robine en *dessoure* d'la table, ça compenserait pour les pertes.

— Mon mari, perds-tu la tête? C'est pas permis. Entre une seule bouteille de cette cochonnerie-là ici et je la verse dans le lavabo. En plus, tu dois dénoncer ce fraudeur-là: l'alcool frelaté rend le monde malade. Quant au crédit, inquiète-toi pas. Ce sont des gens honnêtes qui crèvent de faim. Ils paieront quand ils le pourront. L'argent, on l'emportera pas en terre.

Le beau-frère a beau gueuler, Jeanne tient son bord de la *couvarte*, comme disent les gens. Elle s'affirme de plus en plus, elle partage mes idées de libération, inspirées par celles qui défendent les droits des femmes »

24

Aujourd'hui, c'est comme si j'avais 10 ans. Je rapetisse et le monde s'agrandit.

Mes parents parlent de la Révolution d'Espagne. Je les admire d'être autant renseignés. « Cette guerre civile est-elle un signe précurseur d'un conflit encore plus important ? » lance papa en fermant son journal. La guerre des vieux pays m'énerve. Tous ces morts. Toutes ces souffrances dans le monde ! Celles de mes parents. La mienne. J'ai tellement de peine depuis le départ de mon grand frère. Mon ami. Un sacrifice terrible. Jamais accepté complètement.

C'est peut-être pour me distraire que ma mère me prête la vieille caméra que Jeanne lui a donnée. Elle lui enseigne les secrets de son art. Comme elle vieillit, elle veut lui confier ses petits contrats. Tante souligne l'importance de faire vivre l'âme des êtres et des choses. Les étapes du développement du négatif au positif me ravissent. La chambre noire m'illumine de l'intérieur. Me fait oublier mon ennui d'Antoine. Pour un moment. Depuis son départ, chaque fois qu'un invité nous quitte, je ressens un manque. Un grand malaise, semblable à l'abandon. Je sens comme un vide impossible à combler.

J'ai photographié le banc du quêteux. Une œuvre d'art naïf sculptée par papa pendant la saison morte à la ferme. Les reliefs du dossier sont très intéressants.

Au centre, un mendiant frappe à la porte d'une mansarde. De chaque côté, s'échelonnent les maisons du rang 7. À l'arrière plan, des conifères de toutes sortes se détachent sur un ciel nuageux. C'est la première photo que j'ai bien réussie. Je suis fier du cadrage et de la lumière. Face à ce meuble, maman cite Lamartine : « Oh ! Choses inanimées, avez-vous donc une âme qui s'attache à notre âme et la force d'aimer ? »

Dans le moment, c'est la parole de papa qui se fait entendre : « C'est mon moyen d'participer à l'embellissement du monde. » C'est comme s'il était encore ici. Il chante en sculptant. Il est si habile en tout. Dans une danse du bel ouvrage, sous son rabot et ses gouges, les ripailles roulent et virevoltent dans notre petite remise. On dirait les petites boucles blondes, quand il me coupait les cheveux. En plus de posséder le génie de transformer une terre pauvre en champs fertiles, papa connaissait le bois et la manière de le travailler. Plus ébéniste que charpentier, ses meubles étaient de vrais chefs-d'œuvre. Maman a tout gardé.

❀

À l'heure du souper, un habitué frappe à la porte. Grisou jappe, jappe. Le quêteux entre. Nous salue.

— Bon souère les amis ! Pourriez-vous m'donner un verre d'eau ? J'ai tellement faim que j'sais pas où coucher à souère.

— Mais entrez, entrez donc ! s'exclame papa, ravi.

Maman n'aime pas offrir l'hospitalité au quêteux, d'autant plus qu'il s'en souvient d'un automne à l'autre et sa présence m'inquiète aussi.

— Abélard, cache les instruments tranchants !… On ne sait jamais !

— Héloïse, donne-lui donc confiance. On l'connaît depuis des années.

Papa devine vite s'il peut accorder sa confiance aux autres. Ah, les peurs de ma mère! Peur du tonnerre. Peur des hommes de sa famille. Peur de M. le curé, peur du péché mortel. Comme un animal traqué par les pièges de la société. Peur des saltimbanques installés dans la cour de l'école, l'été, grâce à la permission de papa. L'histoire des bohémiens voleurs d'enfants justifie-t-elle ses craintes? Papa sait nous raisonner. J'arrive à vaincre mes frayeurs. Heureusement.

Même si maman est réticente, papa invite le quêteux à s'attabler avec nous. L'homme raconte ses péripéties. Colporte les nouvelles recueillies lors de sa tournée annuelle. Il a le don d'embellir les évènements ou de les tourner en catastrophes. Maman et moi le regardons d'un air incrédule. Papa fait semblant de croire ses racontars à dormir debout.

Dans sa tournée au French Village, il a appris qu'un fanatique d'une paroisse voisine aurait déposé une bouse de vache enveloppée dans un ciré et l'aurait déposée sur la tablette de la boîte à prêcher du curé en guise de coussin. Elle aurait foiré dans sa main quand il l'a frappée en menaçant de l'enfer ceux qui allaient danser. En ricanant, il ajoute qu'un pauvre gars s'est retrouvé le cul sur la paille à cause d'un prêteur sur gages: « Un plein d'marde qui en a gros d'collé. Vous seriez surpris d'savoir qui. Il est d'icitte, mais j'peux pas m'ouvrir la trappe: ça serait une médisance. »

L'importance de sa personne inscrite sur son visage, il enchaîne: « Pire encore, saviez-vous qu'un gars ben catholique d'la paroisse voisine s'est fait pogner les culottes baissées en faisant l'péché d'la chair avec sa voisine. Quand l'mari est entré, il lui a organisé l'portrait. Y a passé proche d'en crever. Y avait ben en belle, l'maudit chien sale. »

Maman lui coupe le sifflet en disant :

— C'est le temps d'aller se coucher, maintenant.

Je pose une dernière question.

— Y a-t-il beaucoup d'gens qui vous offrent l'hospitalité ? Et quêter, c'est payant ?

Les pauvres sont de plus en plus pauvres et les quêteux aussi.

La Crise manifestée dans les villes touche aussi les campagnes. La misère est partout. Des enfants sont battus par des parents exaspérés de crever. Des jeunes violés, des bébés abandonnés sur le porche de certaines églises.

❖

Le banc du quêteux, objet de notre patrimoine familial, me ramène à Paule. Elle aime les antiqui-tés. Elle n'arrive pas à comprendre pourquoi, après la Crise, les gens ont vendu leurs meubles faits de beau bois, souvent à des Américains, pour les remplacer par d'autres en chrome. Représentaient-ils la misère vécue jusqu'alors ? Bon, je dois prendre ça lousse. Les émotions me brassent un peu trop le *cabastran*.

Hier, je suis allé chez l'antiquaire de Richmond, M. Proulx, avec Mme Gisèle, mon ange de l'hôpital. J'ai appris de lui que notre ensemble de vaisselle donné par tante Yvonne porte le nom de vaisselle de la Crise. Il a beaucoup de valeur maintenant.

J'ai passé la nuit sur la corde à linge. Je me suis donné un swing pour me lever. Mes articulations se sont replacées assez vite. Dans le moment, la guerre est dans le ciel : le diable bat sa femme pour avoir des crêpes, comme disait papa. Depuis le matin, il faisait un beau soleil, puis, crac ! La pluie s'est mise à tomber à boire debout, même si le soleil plombait. Junior, le fils de l'oncle Arthur, a quitté le champ derrière la maison, impossible d'engranger du foin mouillé ! Ça risquerait de chauffer et de pourrir. Il fera beau demain.

Brr ! Brr ! D'où vient ce bruit de tondeuse ? Un bruit qui apporte de l'affection. De la générosité pour moi, pas seulement de la pollution. C'est Arthur junior qui coupe mon gazon. Il refuse d'être payé. Ce n'est pas une traînerie avec lui. Il est de la même race que les habitants d'autrefois. Mon nez de vieil enfant fourré partout renifle avec plaisir les senteurs de l'herbe coupée, particulières en campagne. Gavée d'air pur venant des grands espaces.

Le soleil de plomb d'aujourd'hui baisse, c'est l'heure de ma marche. Fidèle s'agite autour de moi. Au retour, je vais m'arrêter au restaurant. Avec les vieux sages du village, nous allons régler les problèmes du monde entier. Ah ! Ah ! Émettre des vibrations positives, comme dit Gisèle.

Je chasse mes mauvais souvenirs. Je me sens bien avec moi-même Mon cœur bat positivement à la couleur du ciel, à l'odeur retrouvée de la terre. Avec les chants d'oiseaux revenus en moi, l'eau et le soleil me parlent. J'ai le goût de vivre. De vivre heureux.

Même si la Crise affectait tout l'monde, les paroissiens avaient besoin de se détendre. Ils s'étaient réunis en face de l'église pour célébrer la Saint-Jean-Baptiste, patron des Canadiens français. Oncle Philippe avait commandité le défilé, mais il ne s'était pas présenté. J'aidais maman comme photographe. Elle a pris l'église dans toute sa splendeur. Notre patrimoine paroissial affiche encore fièrement sa solidité et sa beauté. Bâtie sur une côte, son clocher gothique domine le village et les alentours. Les pierres d'un gris très foncé forment un contraste fort avec les joints blanchâtres.

Comment les fidèles d'un si petit patelin ont-ils pu assumer les frais d'un tel monument? Animés par des croyances collectives fortes, ils avaient dû se priver pour le réaliser. Pas seulement la motivation des paroissiens. Peut-être aussi un quelconque besoin du pasteur de rivaliser avec les paroisses des alentours. L'église était toute puissante au temps de mes parents. Ils en étaient conscients. Le *Devoir* et *Cité libre* les renseignaient. Ma mère était engagée dans la libération des femmes. M. le curé n'appréciait pas leurs idées. Mes parents ne le suivaient pas comme des moutons de Panurge. Ils avaient le gros bon sens de la loi naturelle écrite dans le cœur. Pendant le long sermon, papa cognait des clous. Je le comprenais: il travaillait si fort. Maman n'osait pas le réveiller de peur qu'il sursaute en sacrant.

Le dimanche, si une pluie s'annonçait, papa devait entrer le foin prêt à être engrangé. Il ne se rendait pas au village pour demander la dispense de la messe. Certains mangeurs de balustres le surnommaient le diable du coin, parce que, s'il se croyait dans son droit, il avait le courage de contester M. le maire et même M. le curé. Faut dire que les membres du clergé venaient du peuple qui était souvent ignorant et docile De plus, ils agissaient selon les encycliques de la papauté. Notre pasteur était un bon monsieur même si, selon papa, il déraillait parfois de la traque. Enfant, je l'aimais : à la confesse, il me donnait des paparmanes.

❊

Beaucoup plus tard, je suis devenu un grand garçon ouvert à l'amour. Lors d'une des fêtes de la Saint-Jean-Baptiste, j'ai revu Paule, venue au village avec son amie Aline. Oncle Lucien s'était approché d'elle en la regardant de ses yeux aux eaux troubles. « Homère, laisse-moi jamais seule avec ton oncle », m'avait-elle dit en tremblant.

Cheveux blonds et charmant comme papa ; l'air un peu frondeur comme lui, aussi sensible que maman, Paule m'avait remarqué sans m'avouer directement son attirance envers moi. À ce moment, j'ai su qu'elle entendait ma voix dans sa poitrine. Lorsqu'elle parlait, je sentais les vibrations de la sienne sous mes côtes. Comme une onde d'eau pure, elle me lavait de mes vieux chagrins. Sa personnalité me frappait en plein cœur. C'était une fille magnifique. Taillée au couteau, élancée. Tout en elle m'envoûtait.

L'amour m'habitera-t-il une autre fois ?

❁

« Lors d'une fête nationale, M. le maire souhaitait transformer notre cher Homère en saint Jean Baptiste pour le défilé à cause de ses cheveux frisés. Assis près d'un mouton, il aurait tenu la réplique du drapeau du pape dans sa main droite. Abélard a refusé catégoriquement.

— Y a toujours ben un boute à toute. Nous avons été considérés trop longtemps comme un peuple de porteurs d'eau : des *yes men*. Quand est-ce qu'on va se r'tirer du peloton d'moutons qui suivent comme des aveugles les ordres des représentants du pouvoir gouvernemental et religieux ?

Homère va pas représenter ce symbole-là.

— Bonté de la vie, mon mari, tu as raison sur toute la ligne !

❁

Le lendemain, M. le curé se présenta chez nous. Droit comme une perche, le regard froid, solennel dans sa soutane noire et le cou coincé par son collet romain. Il refusa l'invitation de s'asseoir de mon mari et j'ai enchaîné :

— Qu'est-ce qui nous vaut l'honneur de votre visite, M. le curé ?

— Une chose à régler avec votre mari. Monsieur Abélard Beaubourg, votre terre empiète sur celle de la fabrique. Je vous prie de déplacer votre clôture immédiatement.

Il était là, cambré dans son prestige, son savoir et son impunité, le regard glacé, l'index accusateur. Je me suis sentie mal à m'écrouler et Abélard était estomaqué. Même s'il lui montra l'acte notarié et le certificat de localisation soulignant l'exactitude des bornes où se trouvait la clôture, le pasteur monta la voix et ne lâcha pas prise.

— Monsieur le curé, la preuve est faite : j'suis dans mon droit. Que vous cultiviez la terre d'la fabrique à votre compte, c'est ben correct d'autant plus que les dîmes sont sûrement en souffrance depuis la Crise, mais j'changerai pas les bornes, tenez-vous-le pour dit. Je les ai placées avec l'arpenteur. Sauf le respect que j'vous dois concernant la religion, j'vous fais remarquer qu'ici, c'est chez nous, j'vous prierais donc de sortir.

Le curé haussa la voix :

— J'ai une autre chose à vous dire, monsieur Beaubourg, vous empêchez la famille !

Abélard bondit sur ses jambes et le darda d'un regard offensé. Je trouvais mon mari si beau, si fort, mais je tremblais de peur.

— Monsieur le curé, vous n'êtes pas le bienvenu dans notre chambre à coucher.

— Si vous continuez, je vais refuser l'absolution à madame Héloïse.

Un pli de dégoût marqua la lèvre inférieure de mon mari. Une couette de cheveux tomba sur son front et lui donna une allure de guerrier qui se voit vainqueur. Le cœur me faisait si mal.

— Vous pouvez vous la garder, votre absolution! On fait pas de péché : on sauve la vie de ma femme, la mère de nos enfants. Elle est plus importante que votre loi inhumaine. J'vous avertis : laissez-la tranquille! Une autre grossesse l'exposerait à la mort, ce s'rait un grave péché à empiler sur votre conscience. La mienne est en paix, j'ai pas à me confesser. Maintenant, partez s'il vous plaît.

Après cette altercation avec M. le curé, mon mari se vida le cœur.

— Y a toujours ben une limite. Quand j'suis dans mon droit, j'vais pas m'écraser d'vant personne. Batèche de batèche, ça s'rait comme me renier.

Dans notre chambre, j'étouffais mes sanglots et je croulais de culpabilité. Une autre fois, mon mari trouva les mots pour me rassurer :

— De toute façon, j'te l'répète : un pessaire n'est pas efficace à 100 %. Si un bébé veut vivre, il frayera son chemin.

Le profil résolu d'Abélard se détachait des teintes de bois tendre de notre maison, mais les quelques rides de son front intelligent se creusaient davantage et les petits plis autour de ses yeux trahissaient une certaine fatigue. N'étaient pas terminées nos batailles dans l'avenir. De la carapace de son âme, il y avait une grande ouverture qui déversait tendresse et bonté sur nous. J'étais sa reine et ses fils, ses princes. Il était mon dieu jamais détrôné. J'admirais davantage encore sa force de caractère et sa facilité d'expression. Homme à tout faire, il s'était forgé une manière de langage qui le reliait à nos sources profondes, à l'essence de l'habitant de la Nouvelle-France abandonnée par la mère patrie. Pour tout dire, il était notre héros.

Un homme dominé ne se sent plus un homme ; une langue bafouée n'est que l'ombre d'une langue appelée à disparaître de la mémoire d'un peuple. Le reniement de sa langue et d'une idée noble déroute l'âme. Je voudrais retrouver dans ma conscience les mots d'Abélard : des mots de pauvre peut-être, mais riches de digni-

té à offrir en héritage à ma lignée.
Comment sauvegarder le rythme, la
sonorité des mots réinventés qui
racontent notre histoire à cause
de leur résonance à l'oreille, mais
surtout de leurs retentissements intérieurs qui chantent la fierté de
notre race. Ils proclament la nécessité de ne jamais oublier d'où nous
venons, ce qui nous a modelés, qui
nous sommes et où nous allons.

"Avancer d'fardoche en fardoche bravant les taloches du temps !"
comme disait mon cher Abélard. »

26

Enfant, je trouvais notre école très grande. Cristi qu'elle paraît petite sur cette photo bien réussie dans le temps! L'air grave, la professeure est debout au centre du perron. Une grappe d'élèves l'entourent. Construite sur notre terre, de l'autre côté du chemin, l'école était près de la maison. Même si je partais au son de la cloche, jamais je n'arrivais en retard.

En 1938, pour aider papa aux prises avec la Crise économique, maman avait enseigné.

J'ai conservé des tas de souvenirs de ce moment-là.

Tôt le matin, j'attelle Grisou et je charrie le bois nécessaire pour la journée à l'école. Quand il fait froid, j'allume le poêle à deux ponts. Le soir, je fais le ménage. Une nuit de fin septembre, le sommeil ne vient pas. Mes yeux suivent les fissures du plafond de crépi de ma chambre. Ils ressemblent aux sillons tracés par papa en vue de notre futur potager. Je l'entends encore entonner l'opéra *Carmen*, il enchaîne : « Héloïse, je t'aime », au lieu de Carmen. Maman sourit. Tout à coup, une fêlure au cœur : sans prendre garde, papa lance des injures à notre cheval de trait : « Den, avance mon saint giboire de tabaslac! » L'air scandalisé, les élèves me regardent, se cognent du coude. Plusieurs braquent des yeux de mépris sur moi, assis sur le dernier banc, au fond de la classe.

À la récréation, ils se bousculent autour de moi. Un silence sourd plane sur la cour. Ils sont si proches de moi. Le grand slack m'apostrophe.

— Ton père blasphème.

Le cœur me bondit dans la tête. Le poitrail large, je prends un grand souffle pour tenter de refouler le sang qui me cogne les tempes. Je fonce vers lui d'un pas ferme.

— Sacrer, c'est pas blasphémer. Répète ça une autre fois et je te casse la gueule! « Giboire », c'est pas ciboire, et « tabaslac », c'est pas tabernacle. Ouvre tes oreilles avant de blâmer pis, vous autres, écoutez donc vos pères, bandes d'hypocrites!

Ils font mieux de prendre leur trou. Sans mot dire, maman s'approche et les élèves se dispersent. J'allais pas me faire niaiser toute l'année.

❈

Je plonge vers d'autres souvenirs lointains de cette année scolaire. À la récréation, lors des journées de pluie ou de tempête, l'indicateur dirigé par nos petites mains curieuses trotte sur les grandes cartes géographiques suspendues aux murs. Connaître le monde me fait rêver. Parfois, maman prolonge la récréation pour un cours de géographie physique à l'extérieur. Une équipe charrie l'eau, le sable, des branchages, pendant que les élèves de l'autre équipe créent île, presqu'île, baie, cap, montagne, chaîne de montagnes: les Appalaches, le fleuve Saint-Laurent et ses affluents, surtout la Saint-François. Les élèves de la troisième équipe dessinent le tout sur des feuilles séparées en identifiant chacun des aspects étudiés.

De retour en classe, nous retrouvons des exemples sur les cartes en identifiant les notions enseignées à l'extérieur. La production économique de chacun des pays constitue un devoir de recherche dans les livres prêtés aux plus avancés. Elle nous apprend à faire un plan de travail et à le suivre. Chacun des élèves des sixième et septième années doit préparer une recherche personnelle enrichie de dessins ou de collages. À tour de rôle, nous la présentons oralement. Les plus jeunes élèves nous écoutent attentivement. De nos écrits, nous corrigeons nos fautes. C'est notre devoir de français. On s'entraide dans la joie, avec enthousiasme.

Des exemples puisés dans la vie de tous les jours nous amènent à aimer les mathématiques : les mesures de la classe, des pupitres, des fenêtres, les distances marchées en calculant le nombre d'arpents indiqués par les poteaux de téléphone, de sa maison à l'école. Tous s'y rendent à pied. Les poids se calculent alors à l'anglaise : le lait, la farine, le sucre. Pour les fractions, maman coupe des pommes. À la fin, elle distribue les morceaux au grand plaisir des élèves. L'hiver, c'est aussi rare que de la marde de pape.

Je pète des scores qui m'étonnent pour la règle de trois, en calcul mental et dans les combats de tables mathématiques et de vocabulaire. Maman développe notre mémoire. Les exposés de nos travaux de recherche nous amènent à nous affirmer, à développer une pensée personnelle. Les cours d'histoire du Canada stimulent, en moi du moins, la mémoire collective du peuple québécois, la lutte pour la survivance de notre langue et de nos droits. Et ça commence drette-là. Si un grand abuse de sa force vis-à-vis un plus petit, un timide, je le défends verbalement. Maman n'aime pas que je montre le poing. Chez nous, nous avons le droit de parole. J'apprends à m'expliquer poliment même avec les oncles maternels. Ils me détestent. Mes parents m'admirent.

Cette année-là, je goûte au plaisir de la lecture. Le soir, mes petits animaux soignés, le bois rentré et mes travaux d'école terminés, je me plonge dans un livre de contes jusqu'au moment de dormir. Parfois, je triche en finissant l'histoire à la lumière de la chandelle. Maman disait : « Un enfant qui connaît le succès à l'école est un enfant heureux. Il vit l'expérience qui donne le désir de réussir sa vie. » Toute une différence avec certaines années précédentes. Ça m'énervait de voir la maîtresse se tirailler avec certains grands élèves dissipés.

❖

Ah, l'école !

Ma chère Paule souffrait tellement de ne pas avoir de diplôme. Je la rassurais :

— La vie t'a appris des choses si importantes : l'amour des tiens poussé au maximum, la force incroyable de passer ton adolescence à servir des gens exigeants. Ça prend du courage, ça !

Tout ce qui la concernait m'intéressait. Je voulais en connaître davantage sur son expérience comme bonne à Richmond, mais elle me disait qu'elle aimait mieux pas en parler.

— Ça devait pas être facile pour toi de quitter ta famille. Dis-moi quelle sorte de monde c'était.

— C'était terrible, mais il le fallait. Pendant la Crise, papa avait besoin de mon p'tit salaire. J'me sentais si loin de ma campagne et de ma famille. J'm'ennuyais surtout du p'tit dernier, que j'avais dorloté depuis sa naissance.

— J'te comprends : c'était pareil quand j'ai commencé à travailler aux constructions avec mon grand-père Georges. Ma petite sœur Aube, que j'aimais comme un père, me manquait énormément. Oh, j'suis tellement peiné pour toi, Paule. Raconte-moi comment ça se passait dans ce milieu-là. Ça m'intrigue.

— Quand j'suis rentrée dans cette maison de riches, l'atmosphère m'a glacée jusqu'aux os. Le mari, un homme énorme, habit noir, chemise blanche et bien cravaté, a louché vers moi en sortant du salon. Autour de sa grosse tête chauve, une couronne de cheveux jaunâtres prolongée en gros favoris frisottés qui rejoignaient une barbe blonde tournant au gris autour de sa bouche. Quand il s'est avancé, sous ses paupières tombantes, j'ai croisé son regard noir et sévère, qui m'a figée sur place. J'ai vite baissé la tête. Un homme si important! J'aurais voulu me fondre au plancher. La grande madame m'a énuméré d'un ton sec toutes les tâches à faire. J'me demandais comment me souvenir de tout ça. Comment je pourrais y arriver, jour après jour? Pas une minute pour me reposer. J'étais faible et maigre comme un chicot. Ensuite, elle m'a montré ma chambre. Une chambre, faut le dire vite : un trou près du grenier. Le lendemain elle m'a réveillée en criant : « Debout, la petite habitante! » Elle me chicanait tout le temps : « Mon Dieu, qu'est-ce que je vais faire avec toi. Tu sais pas travailler! La vaisselle, il faut la rincer avant de la laver. Des planchers, ça se frotte à genoux, pas en les torchant avec une moppe qui, en plus, salit les plinthes. Les collets et les poignets des chemises blanches de mon mari, tu dois les frotter avant de les laver, les empeser et repasser les chemises, sans faux plis. Tu sais pas étendre le linge : le blanc d'abord, la couleur ensuite. Si c'est tout croche, qu'est-ce que le monde va penser? Ici, on jette pas les vêtements sur des clôtures de perches, comme chez vous. On a une réputation de gens civilisés. Souviens-toi : sans cela, tu recommenceras. »

— Oui madame. Excusez-moi, madame… Je m'écrasais comme un chien battu en refoulant mes larmes. En plus, la dame supposément « raffinée » m'ordonnait de changer d'air.

— Dans mes contrats de construction, je respectais mes ouvriers et les propriétaires étaient très gentils pour moi. T'as pas été chanceuse.

— Homère, tu peux pas savoir comme j'étais épuisée. Mes journées étaient longues à n'en plus finir. Après le souper, je devais tout régler dans la cuisine avant de monter à ma chambre. J'avais d'la misère à dormir : les ordres de la dame me cognaient la tête comme des coups de marteau, et j'me demandais si j'étais en train de venir folle. Semaine après semaine, mois après mois, c'était toujours pareil, sans parler des garçons. Deux p'tits diables qui cherchaient à tout bousculer à mesure que je rangeais. Par contre, quand leur père entrait, ses fils filaient doux. Il avait la gifle facile et ses mots étaient tranchants comme un couteau de boucher. Ce mari-là, qu'on disait respectable, faisait des reproches en hurlant à sa femme. Elle s'écrasait devant lui. Surprenant pour une personne si autoritaire. Elle tolérerait les insultes du maître, en mordant ses lèvres. Peut-être qu'elle avait peur d'être battue. Quand ce monsieur si important plissait les paupières, j'me sentais déshabillée par son regard brouillé, ça me rendait si mal à l'aise que je regardais par terre et j'le servais en tremblant. Ensuite, je trouvais n'importe quel prétexte pour changer de pièce. Toujours le même enfer. J'étais tellement méprisée que j'suis devenue très nerveuse. Je risquais de tout échapper. Un jour, la dame m'a dit : « Ça vous arrive d'épousseter chez vous ? Regarde, il y a de la poussière sur les meubles. Et puis, casse pas mes bibelots. Si non, je les soustrairai de ta paye ! »

— Paule, ça me révolte! S'ils avaient pas quitté la ville, j'irais leur chanter pouille. Je vais demander à maman d'envoyer un article à la Tribune pour dénoncer la cruauté de certains propriétaires envers leurs employés. Pourquoi tes parents te retiraient pas de là?

— Papa venait tous les mois chercher ma paye, et comme j'étais jamais seule avec lui, j'pouvais pas me plaindre. J'aurais peut-être même pas osé le faire, car il comptait sur mon salaire.

J'ai voulu la serrer dans mes bras pour la consoler, lui donner de la tendresse mais elle s'est raidi et s'est dégagée aussitôt.

— N'aie pas peur de moi, Paule. Je veux juste te prouver ma compassion.

— J'le sais mais c'est plus fort que moi avec les hommes.

— Pas facile hein de pardonner? Pardonner pour espérer la paix. Pardonner c'est pas oublier. Des cruautés pareilles, ça ne s'oublie pas.

❀

Cette expérience comme servante dans une famille riche avait tellement marqué ma chère Paule qu'elle se défiait des gens fortunés. Je tentais de la raisonner. Je citais en exemple tante Jeanne, mais c'était redondant.

❀

Les Beaubourg n'avaient plus de commande de briques et les contrats de constructions avaient cessé, la faillite menaçait leur compagnie, mais il fallait survivre! J'avais donc accepté le poste d'enseignante, même si le salaire se chiffrait seulement à 200 $ par année. Ce salaire nous arrivait comme une bénédiction du ciel. Je devais voir à l'entretien des lieux et au chauffage. Heureusement que l'année précédente, Abélard avait bûché du bois en quantité. Mes deux hommes partageaient les tâches et j'en faisais autant dans la mesure du possible.

À l'école, la ronde du savoir se dansait de la première à la septième année : les plus jeunes apprenaient des grands et les plus avancés récapitulaient les enseignements des années précédentes en écoutant ceux donnés aux petits. L'effort et le progrès étaient encouragés. Même les moins doués devaient être fiers d'eux et tous s'entraidaient.

L'hiver, engourdis dans l'ambiance cuisante du poêle à bois, les élèves assis sur les premiers bancs tombaient vite dans un brouillard comateux, oubliant de faire leurs exercices. Par contre, les grands assis en arrière gelaient presque. La rotation des sièges s'imposait pour garder l'attention de tous malgré les pétassements du feu, les reniflements morveux, les éternuements grippés. Je n'attendais pas les râlements sifflants arrachés aux poumons congestionnés pour conseiller à ces enfants malades de se reposer chez eux et de se guérir avant de revenir à l'école.

Apprendre à apprendre était ma devise et, selon moi, donner le goût de la lecture était essentiel pour y arriver. Je stimulais mes élèves à travailler très fort toute la journée en vue d'une belle récompense : 10 minutes de lecture avant la fin des cours. J'avais tellement de livres à faire lire et même à prêter. Je me disais : "Bonté de la vie ! Même s'ils ne poursuivent pas d'études avancées, s'ils aiment lire, ils continueront d'apprendre leur vie durant ; ils participeront à l'éclatement des préjugés causés par l'ignorance et la peur de la différence ; ils s'engageront dans les causes qui font avancer la société."

Nos contes et légendes faisaient partie de mon programme. J'avais l'impression d'ouvrir les volets de leur petite tête et, par la fenêtre de leur intelligence, élargir leur connaissance de notre histoire.

Abélard se chargeait de préparer le repas du midi et tous les trois nous mangions à l'école en même temps que les élèves les plus éloignés. Il nous arrivait souvent de partager avec certains enfants qui n'avaient rien à manger. D'autres qui ne déjeunaient pas perdaient connaissance. Par la suite, avant les cours, je leur servais un verre de lait dans la pièce voisine de la classe destinée à l'institutrice. Nous avions de la peine, la Crise était terrible pour plusieurs familles : certains enfants portaient des manteaux trop petits et pas suffisamment chauds. De plus, ils arrivaient à l'école les pieds gelés. Facile à comprendre : ils marchaient des milles avec des bottes percées et des bas pleins de trous à force d'avoir été portés par leurs aînés. Ça m'arrachait une larme. Pauvres enfants ! J'avais installé des cordes près du poêle pour le séchage, je leur avais remis les chaussures et les vêtements trop petits pour Homère, mais il en manquait. Je me devais d'informer Jeanne. Les bénévoles de son ouvroir ont vu à corriger cette situation et bien d'autres.

Dans certains cas, la misère morale était pire encore. J'ai connu des enfants inhibés, d'autres agressifs et défiants. Des petits qui regardaient par terre, incapables de répondre aux questions et qui sursautaient si je les approchais. J'ai fini par saisir qu'ils étaient battus par des parents désespérés. Au printemps, ils semblaient un peu plus épanouis : les bénévoles de l'ouvroir de Jeanne avaient fait du bon travail auprès de leurs parents en répondant au moins à leurs besoins premiers et en les écoutant. Quelques familles recevaient le secours direct, une allocation suffisante pour ne pas crever de faim, rien de plus.

Je n'oublierai jamais cette adolescente de 11 ans, renfrognée dans son immense chevelure frisée et pleine de poux. Quand elle ne pleurait pas, elle était dans la lune ; impossible de lui arracher un mot. Au début, je la croyais muette et son mal à l'âme me tourmentait beaucoup. Je lui ai dit : "Je t'aime et je voudrais t'aider. Si tu as des problèmes, pourquoi les porter toute seule? "En bafouillant, par bribes, elle m'a appris que sa mère était malade et sans soin du médecin. Cette pauvre mère parlait toute seule, déambulait dans la maison comme une somnambule ou passait son temps au lit. L'adolescente devait la remplacer au retour de l'école et elle craignait d'en être retirée. Je l'ai rassurée mais, selon moi, son problème était beaucoup plus grave. Je n'arrivais pas à oublier la souffrance muette de cette fillette. Que faire? De semaine en semaine, son ventre grossissait. J'ai fini par obtenir ses confidences.

— Papa... Y veut que...

— Il veut quoi, ton père?

— Y... veut... que... Ça me gêne.

— Faut pas te gêner avec moi.

— Que... j'remplace maman.

— Pour les travaux de la maison?

— Ça, je le fais depuis longtemps.

— Qu'est-ce qu'il veut de plus?

— Que je couche avec lui… et moi, j'veux pas… Mais il m'oblige.

Elle éclata en sanglots.

— C'est pas d'ma faute si j'fais des péchés mortels.

Je sentais sa détresse et je l'ai serrée dans mes bras. Il fallait absolument la libérer des abus de son père, la sortir de cet enfer. Comment faire comprendre à cet homme de respecter sa fille, sans la sortir de sa maison? Qui s'en occuperait? C'était son père, elle l'aimait et le détestait en même temps. Ses agissements, elle ne voulait plus les endurer.

Trouver une solution avant d'en parler à M. le curé était impérieux. La voir aboutir à l'Hôpital de la miséricorde de Montréal m'effrayait. Paraît-il qu'on les laisse souffrir à l'accouchement, en punition de leur péché, le péché du violeur. Quelle aberration!

En parler à Jeanne!

Au magasin, ma sœur recevait les confidences des clients. Un couple de Danville, généreux et solvable, sans enfants, désirait en adopter un. Alors seulement, M. le curé s'est chargé de rencontrer la famille, d'envoyer la femme à l'hôpital, et de placer la belle adolescente, fille unique, chez ces bonnes gens qui envisageaient l'adoption.

J'ai suivi cette histoire dramatique qui avait risqué d'engendrer une autre misère. Bonté de la vie que j'étais triste pour le père et troublée par la solitude infinie de certaines familles de notre rang!

Lui, qui l'aiderait à se réhabiliter, à se réconcilier avec lui-même, avec la vie? Le lendemain de sa séparation avec sa famille, Lucien l'a retrouvé pendu à une poutre de sa grange. Bonté de la vie que la Crise a fait des ravages!

Le professeur a vraiment un très grand rôle d'éducation à jouer, mais aussi un rôle social à ne pas négliger. Même s'il est empathique et généreux, l'enseignant doit être soutenu dans ses classes nombreuses. Les ressources sont limitées et, dans certains milieux, les problèmes dépassent la fiction. L'éducatrice aussi a une vie: elle est en plus femme, mère et épouse.

L'année terminée, les commissaires ont refusé de renouveler mon contrat sous prétexte qu'"engager une femme mariée relevait de l'exception". Le président de la Commission solaire a tenté de me dorer la pilule poison en accentuant mes qualités de pédagogue et d'éducatrice, mais ça ne me redonnait pas mon poste et le maigre salaire dont nous avions tant besoin ; mais surtout, je priverais mes anciens étudiants de l'aide que je pouvais leur apporter. Étais-je prétentieuse ? La nouvelle institutrice aimerait sûrement ses élèves. De toute façon, nous devions nous résigner. Le statut social primait sur l'expérience et la compétence. La loi passait avant les enfants.

La future petite maîtresse – on appelait ainsi l'institutrice –, n'avait même pas sa huitième année. La pauvre, elle a passé une année d'enfer, triste pour elle et pour mes chers élèves, mais nous n'en voulions à personne. Me consolait l'espoir qu'un jour les choses changeraient avec l'arrivée de femmes journalistes, plus sensibles aux drames humains, peut-être ?

❉

Même la terre était en crise en 1939.

Les pluies diluviennes du printemps avaient lavé les semences et la sécheresse des mois d'été avait été désastreuse. Les récoltes de fourrage étaient à peine suffisantes pour nourrir nos bêtes. Bonté de la vie que tout allait mal ! M. Georges avait du foin à nous offrir, heureusement. L'automne s'annonçait plus clément ; ce temps à profiter de la chaleur modérée du soleil, à goûter les senteurs et les saveurs de notre potager, une terre neuve engraissée qui produisait au-delà de nos espérances.

Pendant notre absence pour visiter Antoine, un renard avait fait bombance au poulailler. Au crépuscule, Abélard a chargé son arme de chasse et, se cachant, il a guetté le voleur ; un coup de fusil nous a rassurés. Au moins, nous pourrions garder nos poulets, nos pondeuses, nos dindes, nos canards et nos lapins. La Crise était de plus en plus éprouvante. Les perdre aurait signifié moins de nourriture l'hiver suivant.

Une épreuve n'attendait pas l'autre : en août, mes hommes ont rassemblé les moutons placés en pacage au printemps, sur la terre achetée auparavant. Ils y ont trouvé deux brebis égorgées par un chien, probablement celui du voisin déjà accusé dans les parages. Que faire, sans preuve ?

— Il nous reste trois brebis sur cinq et combien d'agneaux en moins dans la bergerie au printemps ? avait conclu Abélard.

— J'espère qu'il n'est rien arrivé à nos six petits bœufs, placés en pacage au même endroit, lui ai-je dit, inquiète.

— Ça serait ben le boute du boute d'la marde, s'est exclamé mon mari.

Il est parti avec Homère et Grisou pour les ramener sur notre première terre. Nous comptions sur la vente de ces bêtes à la boucherie pour arrondir le budget. Grisou a fait le tour de l'enclos avec les hommes, il n'en restait que trois. Ils ont trouvé les dépouilles des bêtes manquantes à trois endroits différents. À cause de la putréfaction plus ou moins avancée des restes, ils ont deviné que les voleurs tuaient un petit bœuf par semaine. Où avaient-ils trouvé à les vendre? Abélard a fait son enquête mais sans résultat. Il est entré dans une colère terrible.

"Que j'trouve pas ces tabaslac de voleurs, ils vont manger toute une raclée! Si on me d'mande la charité, jamais j'refuse, quitte à m'priver, mais là, j'suis en beau calvaire." Scandalisé des comportements de ces voleurs, Homère criait son écœurement à pleins poumons et le doute s'est emparé de mon mari : serait-ce les nouveaux arrivants logés dans la vieille maison habitée auparavant par notre deuxième voisin? L'aîné avait un fusil et un jour, le gaillard s'était amusé à viser Homère avant de continuer son chemin en ricanant. Pourtant, mon fils l'avait salué gentiment.

Au même moment, des gens avaient arraché un rang complet de pommes de terre chez nous. La Crise était vraiment terrible. Nous avions décidé de pardonner, mais nous avions procédé hâtivement aux récoltes et verrouillé les bâtiments. Grisou surveillait les animaux pendant la nuit.

Abélard entrevoyait dans ses songes l'atelier fabuleux et sa future manufacture de meubles. "Bon guieu, à quand la reprise économique? s'était-il exclamé. J'veux pas m'endetter, en plus d'avoir utilisé tout l'vieux gagné, ce serait trop long à me r'lever. La réalisation d'mon projet serait une ouverture sur le monde et nos fils pourraient faire leur cours classique sans s'cloîtrer."

Faut que j'trouve un autre moyen d'survivre !

❊

Une puissance tangible émanait de mon cher mari. Il n'était pas question de se contenter "d'un petit pain, de finir le derrière sur la paille". Il lutterait toute sa vie s'il le fallait. Il mijotait un moyen de s'en sortir qui m'inquiétait beaucoup. Pour la première fois, je découvrais qu'il était légèrement voûté, ses tempes tournaient au gris et ses yeux fatigués masquaient difficilement une profonde lassitude.

Mais quand il m'a regardée, j'ai vu se réveiller cette détermination que lui seul détenait.

Ce soir-là, assis sur le pas de la porte, les coudes sur les genoux, il se tenait la tête à deux mains comme Le penseur de Rodin. Devant le crépuscule en flammes, son teint avait la noblesse d'un bronze et tout son être la beauté d'une œuvre d'art. »

❈

Papa! Quelle belle image en moi! La vaillance personnalisée. J'ai toujours été si fier d'être son fils.

À la fin de la Crise économique, tante Jeanne s'était amenée chez nous en roucoulant comme une tourterelle triste : « Ma chère petite sœur en or ! » De sa voix enveloppante, elle avait affirmé : « Comme de bonne raison, je vais arranger ça, ma noire. Dis à ton mari de ne pas prendre une décision hâtive. » Elle avait embrassé fort maman pendant que je cherchais comment aider mes parents. Ils n'avaient pas droit au secours direct : une maigre allocation accordée aux chômeurs. D'ailleurs, ils l'auraient refusée.

❈

Mon neveu, Junior, le fils d'Arthur, est installé sur la deuxième terre de mes parents. Elle se termine derrière notre maison actuelle. Il est de la même trempe que papa. Il a ameubli l'espace de mon futur potager. J'ai transplanté les pieds de tomates qu'il m'avait apportés, ça m'a fait du bien de manipuler la terre. Immobile dans mon nid de silence, je l'ai reniflée jusqu'à me gaver d'elle. Des souvenirs multiples ont ranimé en moi des moments d'ivresse. Ils ont tourbillonné dans les corridors de ma boîte à penser. J'ai constaté

222

que mes chers disparus sont toujours là. Présents par leur exemple et leur amour.

Mais leur mort est loin maintenant.

Retrouver ces albums m'aide à me retrouver moi-même. Ça me fait du bien au cœur et à l'âme de visiter ma maison intérieure. De la trouver belle, sans orgueil. Sans fausse modestie. Voir le beau en moi, autour de moi. Cela m'aide à ne pas traîner mon ennui jusqu'à la tombe.

Chapitre troisième

27

Grand-père Beaubourg attend à côté de son auto. Une Wippet défraîchie. Près de lui, un gros baluchon sur le dos, un sac à la main rempli de son bataclan, habillé en bûcheron, papa embrasse maman. Il la serre très fort contre lui. Un adolescent s'essuie les yeux. C'est moi.

Ma lecture élargit ma compréhension de leur grand amour. Je plonge dans un souvenir très douloureux. J'entends l'au revoir de ma mère coupé de mots hachurés. Des mots d'une asthmatique en crise. La respiration de mon père est aussi bruyante qu'une pompe à piston. Ses yeux roulent dans l'eau pendant qu'il nous embrasse. La vie sera terrible sans lui et Antoine toujours en communauté. Heureusement, tante est venue nous encourager.

Papa me remet une liste de ses recommandations. Il bafouille : « Si vous avez un problème… demandez à ma famille… ou au voisin… » Il étouffe, entre dans l'auto, s'assoit à côté de grand-père Georges. En pleurant, maman l'embrasse une dernière fois. Elle court à la maison. Tante Jeanne la suit. Plus de parfum autour de moi, figé comme une momie. Le ciel est bourré de gros stratus gris qui se promènent au-dessus de ma tête révoltée. Augures maléfiques ? C'est comme si la fin du monde me tombait dessus.

En pensant à maman, je me secoue. Elle est étendue sur le lit de leurs amours. Blanche comme une morte. C'est l'apocalypse dans ma tête. Comment réagir ? Je suis l'homme de la maison, maintenant. Je dois être fort. Je caresse son épaule. Je l'embrasse tendrement sur le front : « J't'aime tant ! On va s'en sortir, tu verras. C'est ton fils qui te l'dit. » J'ai passé cette nuit-là dans un sommeil bourbeux. Enlisé par trop de responsabilités. Dévoré par cette cristi de crise qui avait crevé le ballon de papa. Son rêve d'atelier allait-il prendre une débarque pour de bon ?

❀

Ce 3 septembre 1939, le premier ministre de la Grande-Bretagne, secondé par celui du Canada, avait déclaré la guerre à Hitler. Des avions passaient au-dessus de la maison. Était-ce pour l'armée ? La guerre envahissait les journaux, la radio, les conversations. Sans papa, nous nous inquiétions beaucoup. J'étais chambardé par tant d'horreurs. J'en faisais des cauchemars. Je me battais contre les images de tueries dans ma tête. Dès la déclaration de la guerre, des Allemands et des Autrichiens étaient arrêtés au Québec. L'internement était appliqué dans les quatre camps de concentration.

La guerre était en moi. J'en voulais toujours au religieux qui m'avait enlevé mon frère. Je ne pardonnais pas les méchancetés de mes oncles maternels envers mes chers parents. Pourquoi ne les avaient-ils pas aidés au lieu de leur faire de la peine ? Notre famille ne serait pas séparée. Je rageais contre le gouvernement qui voulait décréter l'enrôlement obligatoire. Dans quelques années, ce serait mon tour de servir de chair à canon.

À 13 ans, je me battais pour notre survivance.

❀

« L'accolade avec mon cher mari avait été longue... mais pas suffisamment longue. Jour après jour, les pneus de l'auto de M. Beaubourg roulaient dans mon oreille, agrandissaient la déchirure de nos cœurs en même temps que la distance qui nous séparait de lui. Pour combien de temps ? La mort dans l'âme, il se rendait au chantier de Sutton pour un temps indéterminé ; la Crise économique nous avait eus à l'usure.

L'insomnie m'attendait pendant toutes ces nuits à dormir seule ; fini de me lover près de lui dans les pastels de l'aurore qui nous reluquaient à travers la mousseline de la fenêtre de notre chambre. Seule pendant son absence, le petit jour m'offrirait-il la force de surmonter le difficile quotidien ?

Le don de ses larmes coulaient encore sur ma joue. Bonté de la vie, comment oublier sa mine décrépite ? Seule à ressasser ma vie ; mais non, Homère était avec moi. Cependant demander le moins possible des services à notre voisin : il me déshabillait du regard.

Abélard avait tout prévu avant de partir et ses frères l'avaient aidé aux récoltes, tout était engrangé : des moulées et des grains de toutes sortes étaient gardés en réserve

pour les animaux ; pour nous, la farine de notre sarrasin et les fèves
blanches battues au fléau seraient
conservées au sec. Il avait pensé à
tout : le blé d'Inde à vaches était
empilé sous l'appentis de l'étable,
les navets déposés à l'intérieur,
près du hachoir, face aux auges, la
pompe fonctionnait bien, le chariot
à fumier était réparé et le bois
de chauffage était cordé près de la
maison.

Le potager était presque vidé,
la cave pleine de légumes conservés
dans des bassins de sable sec et les
pommes d'hiver enveloppées dans du
papier journal récupéré chez Jeanne.
Sur les tablettes s'alignaient des
pots de sirop d'érable, de confitures
et des conserves de toutes sortes.
C'était dans nos mœurs d'habitants
de faire des réserves : de vrais
écureuils, sauf que nous, nous nous
rappelons où nous les déposons.

Ses frères feraient boucherie
en novembre : un porcelet et un des
trois petits bœufs sauvés des voleurs. (Je pourrais vendre les deux
autres.) Ils débiteraient les quartiers en petites pièces de viande que nous déposerions dans des
sacs de coton avant de les monter
au grenier de l'étable. Recouverts
d'avoine, la gelée les conserverait.
Après avoir scié des blocs de glace

à la rivière Saint-François, Arthur, le frère d'Abélard, nous en transporterait près du hangar, ayant soin de les recouvrir d'épaisses couches de sciure de bois. À ce moment-là, nous n'avions pas encore de réfrigérateur mais la glacière conservait nos aliments.

Pourquoi partir? Pour survivre? Nous ne serions pas morts de faim avec toutes nos provisions mais, pendant l'hiver, aucun revenu n'était possible, une seule vache donnait encore du lait et les poules nous fournissaient à peine. S'endetter aurait retardé la construction de sa future manufacture de meubles : son grand projet. Il lui fallait trouver les sous en vue de l'achat des prochaines semences, voir aux dépenses de la ferme et de la maison en attendant les futures récoltes. Je n'étais pas d'accord avec sa décision. Ai-je assez insisté pour l'empêcher de partir?

Je cherchais à relativiser : j'étais chanceuse de pouvoir compter sur Homère et la famille Beaubourg. Le sacrifice de mon mari était une autre preuve d'amour car, finalement, c'était lui qui était le plus à plaindre : bûcher à longueur de journée, loin de nous ! Comment nous reviendrait-il? Épuisé, voire malade? Cela ne nous avancerait pas. Les airs joués ensemble harcelaient mon cerveau et ses mots d'amour dansaient sur mes lèvres. Je me les chantais pour lui. Pour Homère, il me fallait reprendre mon courage à deux mains, chaque jour.

Le soir, je craignais les voleurs et je couchais à l'étage dans la chambre voisine de celle d'Homère. Près de l'escalier, notre policier Grisou nous protégeait et, même si j'avais une peur bleue des armes, je gardais le fusil de chasse d'Abélard près de moi.

❈

Bonté de la vie, comment ai-je pu survivre pendant ce long mois depuis le départ de mon grand amour? J'entretenais une correspondance assidue avec lui et Antoine. Nos lettres étaient le film de notre vie à s'ennuyer. Je voyais venir l'automne d'un œil inquiet avec une âme en solitude. Accablée de fatigue, mon esprit vacillait comme la lueur de la lampe ; je chassais mes idées négatives et je finissais par m'endormir.

En octobre, les nuits étaient de plus en plus glacées, j'avais si froid au cœur. Que serait l'hiver? Où était ma réussite amoureuse avec un mari absent qui luttait pour notre avenir? En quoi ma vie était-elle meilleure que celle désirée par mes frères? Ils se gargarisaient à la pensée qu'Abélard et moi allions devoir ravaler notre orgueil.

À son chantier, Abélard bûchait comme un déchaîné pour nous et le soir à la lumière d'une lampe à l'huile, il s'arrachait les yeux pour nous écrire. Ses lettres hebdomadaires et celles, plus rares, d'Antoine nourrissaient mon espérance mais, à la fin de leur message, je sentais les mots entrecoupés par un spasme ; celui de l'ennui qui n'avait d'égal que le nôtre entremêlé d'inquiétudes. Mal nourri, mon cher mari souffrait de plus en plus du mal d'estomac. Il encaissait assez bien les fatigues du jour, mais ses nuits devenaient de plus en plus insupportables. Il m'avait écrit :

« ... Difficile de dormir dans ce shack. Sur un grabat de sapinage, une paillasse remplie de pelures de blé d'Inde est infestée de punaises qui me piquent toute la nuit. De plus, l'air est vicié : plusieurs bûcherons ne se lavent pas et couchent tout rond pour ne pas geler. Ce doit être l'enfer sur terre... ou gagner son ciel ! Mais moi, je veux vivre et vous offrir un avenir décent. Ici, les lamentations du nordet s'infiltrent entre les planches disjointes qui craquent sans cesse et se mêlent aux grondements du faite des arbres affolés. La forêt entière tremble. Les ronflements et les souffles ivres jusqu'aux râles des bûcherons n'ont rien de nos musiques. Écoutez pour moi les murmures de notre demeure où se sont amoncelées, jour après jour, les preuves de notre amour… »

Les coupes à blanc de son chantier n'avaient rien de sa forêt où les arbres ressemblaient aux colonnades d'un temple. Comme des chapiteaux, les graphismes des branches échevelées et couvertes de giboulée des chapiteaux se profilaient sur un fond de ciel bleuté. Toute cette blancheur, cette pureté, cette générosité émouvantes de silence invitaient à la méditation. Avec Abélard, nous avions si souvent béni cette paix qui m'a quittée depuis son départ. Par la suite, l'azur ne chassait plus les nuages sombres déchirés par les grands vents de notre hiver tragique sans lui.

Malgré son absence, mon mari était avec moi en permanence ; je revoyais son beau visage aux traits accusés, son toupet bouclé sur son front courageux ; je le portais dans mes pensées et dans mon cœur. Mon regard scrutait souvent la route étroite espérant, en vain, le voir apparaître.

Le soir venu, à mon tour, je m'arrachais les yeux en écrivant aux deux êtres chers qui avaient choisi de s'éloigner de nous. Ma correspondance terminée, je tricotais la laine fine et douce cardée avec patience en septembre. Les hommes de ma vie seraient moins incommodés par l'aridité du sol sous leurs pas ; il leur serait plus facile d'avancer sans peur et sans reproches. Mes gestes répétitifs me calmaient un peu et les mailles tricotées serrées nous ressemblaient.

Que se passait-il sous les abat-jour de ma campagne ? Comme le papillon de nuit observé à l'été, je menais une lutte acharnée pour échapper aux brûlures de mes pensées tout ébouriffées et je souhaitais la guérison à tous ceux qui, comme moi, souffraient du mal de survivre, du mal d'amour.

À la lumière de ma lampe Aladin, je cherchais à terminer mon article pour le journal local. En tombant dans mon lit, j'arrivais difficilement à dormir : mes ailes perdaient des plumes. Je réalisais que j'étais passée maître dans la tromperie en camouflant mes émotions pour épargner les autres : j'affichais la sérénité mais, au fond, je crevais de rage et de peine. Je me sentais broyée comme une fibre naturelle au recyclage ; comment faire un beau papier du mal de la séparation qui m'imposait tant de sacrifices ?

Mon vaillant Homère souffrait tellement lui aussi. Il se révoltait, mais il avait le courage d'étudier et de faire ses devoirs avec ap-plication, même s'il voulait quitter l'école pour me soutenir davantage.

Il devait terminer sa septième année. Après, on en discuterait. »

28

Papa avait érigé une croix dédiée à saint Joseph sur notre terrain, en face de l'école, Je la trouvais si belle avec ses frises ajourées, découpées en arabesques et fixées aux angles. Accrochée aux tiers de la croix blanche, la niche vitrée abritait la statue. C'était l'endroit où on allait se consoler, maman et moi.

Qu'est-il advenu de cette relique du patrimoine québécois, si précieuse pour moi ? Quant à celle érigée sur la colline en arrière de l'église, elle a été remplacée par la demeure de M. le maire. Je vais lui demander s'il l'a conservée. Cette croix était un geste de reconnaissance à la Providence des paroissiens après la pandémie de la grippe espagnole.

Je repasse dans ma tête les moments difficiles vécus avec ma mère après l'absence de mon père. Je ne l'accepte pas. Elle me console, m'encourage du mieux qu'elle le peut mais, deux départs, c'est trop pour moi. Pour elle aussi, même si elle camoufle sa peine.

Fin octobre, nous faisons une neuvaine de prières à la croix pour que saint Joseph convainque papa de revenir. Ce jour-là, elle me confie un gros secret : « Homère, je suis enceinte. » Elle ouvre la porte de la clôture autour de la croix. Les fleurs sont fanées. L'herbe longue est séchée. Le chemin piéton boueux.

Plus de parfums. Plus de musique. Elle avance. Fixe la statue dans la niche vitrée. Ferme ses yeux cernés d'avoir pleuré toute la nuit. Les mains jointes, elle parle à saint Joseph comme à un ami. En prière, je la vois légère. Nous tenir serrés l'un contre l'autre nous fait du bien. Je l'embrasse, mais les mots en mesure de la réconforter ne viennent pas. Enveloppée dans son châle noir, sa figure est blanche comme celle d'un ange. Elle m'inquiète. Que deviendrons-nous sans mon père?

Des gouttes de pluie fouettent mon visage. Elles pleurent avec moi. Je me sens abandonné. Notre sort me révolte. Face au chemin, jamais plus le postillon n'apportera une lettre de papa. Notre maison est perdue au fond de la campagne. Notre vie est misérable sans lui. L'épuisement de ma mère pèse lourdement sur mon cœur d'adolescent. Toute mon existence est grise. Mais la lueur qui brille encore dans le regard bleu ciel de maman me redonne du courage. Pour elle, je soigne les bêtes. Pour elle, je brave les bourrasques et je rentre le bois. Pour elle, je développe en moi l'audace et l'endurance. En homme. Sans lamentations. Malgré ma douleur, mes mots sentent bon comme son pain chaud sorti du four. Pour moi, ses yeux savent parler même si elle étouffe sa peine. Nous nous aimons tellement.

Aujourd'hui, on dirait avec Jean-Pierre Ferland: « Une chance qu'on s'a! » Maman a porté sa croix avec courage. Quand elle tombait, elle se relevait aussitôt. Quelle misère! Quel amour!

❊

« Mon refuge était la croix du chemin ; mon confident, saint Joseph. Son Jésus sur la hanche, l'effigie nous regardait d'un air serein avec un sourire ineffable ; il nous tendait sa main en signe d'accueil.

Ce jour-là, j'ai vraiment senti la présence du saint patron des ouvriers et je lui ai parlé sérieusement : "Moi, c'est dans mon sein que je porte un enfant et n'oubliez pas qu'ici, je suis seule avec un adolescent qui travaille trop fort et qui s'ennuie de son père et de son frère. Je vous en prie, dites à mon mari de revenir pour Noël !" Mes prières m'aidaient à espérer et à sentir le divin en moi, me donnait la force de retrouver la paix pour une autre journée. Je ne répétais pas des dizaines de chapelet, je parlais à Dieu en passant par saint Joseph ; je le priais de tenir compte de tout ce qu'il y avait de bon en chacun de nous et de transmettre notre amour à Abélard pour qu'il se sente bien.

Pour ainsi dire, la croix du chemin remplaçait l'église ; elle était mon refuge, mon confident : saint Joseph...

❉

L'adolescence est, en soi, une phase de deuil, mais devenir l'homme de la maison aussi brusquement est pire encore. Avec raison, Homère se révoltait contre la situation. Personne d'autre que nous deux pouvait mesurer l'immensité de notre douleur.

Après une fin de semaine de grosse besogne, agenouillé avec moi au pied de la croix, mon garçon s'est écroulé au sol comme un fœtus roulé en boule sur les herbes ridées par le vent d'automne. Plus de rire crâneur ne cascadait dans cette plaque de silence et, penchée vers lui comme pour endosser sa souffrance, je l'ai laissé pleurer, crier sa déception. Après de longues minutes, mon grand garçon s'est relevé secouant la tête. Le soleil plombait encore ; ce devait être l'été des Indiens. Gavés de lumière, nous sommes arrivés à soutenir du regard l'énormité de nos problèmes. Nos yeux se comprenaient même dans le silence et je vivais son mal à l'âme ; nos larmes nous unissaient à Abélard.

Une boule rouge vermillon grossissait de plus en plus à mesure qu'elle roulait derrière la montagne aux contrastes plus cléments. Le vent tombait et Homère retrouvait son courage. En retournant à la maison, il m'a dit : "C'est comme si un autre œil s'ouvrait en moi."

❧

Le dimanche suivant, Homère a attelé Prince et nous sommes allés à la messe. À la fin, je suis restée seule dans l'église. J'aime cette ambiance de recueillement, de méditation, cette senteur d'encens et les dernières mélodies de l'orgue Casavant. Réconfortée, j'ai souhaité que l'ennui d'Abélard et d'Antoine ne me rattrape pas la semaine suivante. J'allais quitter mon banc quand Jeanne s'est installée près de moi.

— Comment vas-tu, ma noire?

— Ça va! Mais, je suis enceinte, les pessaires ne sont pas infaillibles. J'espère ne pas le perdre, celui-là. Les commères vont sortir leur calendrier: "Son bébé est-il d'Abélard?" mais je m'en moque.

— Je vais t'aider encore plus et, comme de bonne raison, je me charge des langues sales.

Honteuse, j'ai ajouté:

— Même si Antoine se voue au service de Dieu, même si Homère partage les tâches avec moi, même si une autre vie prend de plus en plus de place en moi, souvent, je me sens si seule. Dieu m'a-t-il abandonnée lui aussi? Pourquoi permet-il tant de misères, tant de souffrances dans le monde?

Effrayée par mes questionnements, j'avais l'âme en lambeaux ; sous mes paupières lourdes, le mot amour chavirait dans le flot de mes larmes retenues et Jeanne se désâma pour m'apaiser.

— C'est pas Dieu qui a permis ça. Il nous laisse notre liberté de choisir. Nous devons assumer nos décisions. Je t'en prie : arrête de pleurer sur toi, ma sœur. Tu te fais du mal pour rien et tu perds des énergies. Je me contenterais bien de tes 18 années de bonheur avec mon mari, de tes enfants merveilleux et de l'autre en toi qui demande une mère solide pour l'accueillir. Ton mari t'adore, tu le sais. C'est pour ton bien-être futur qu'il est parti au chantier. Ça aussi, ça prend tout un courage ! Et puis, je t'aime. Venez dîner avec moi. Après, on ira voir Antoine, il n'y aura quand même pas de tempête de neige aujourd'hui.

Aussi forte que sa charpente, Jeanne m'aidait à ne pas me sentir victime : lorsqu'elle ouvrait la bouche, toujours elle me donnait de l'air ; avec franchise, elle disait les choses si doucement, si lentement. Elle m'apportait la paix lorsqu'elle me regardait enchâssant ma figure dans ses mains chaudes.

Je ne voulais pas inquiéter inutilement, Abélard mais il devait savoir : le bébé voulait vivre, je le sentais. En novembre, j'avais mal au cœur, j'étais fatiguée et dans ma lettre, j'ai supplié mon mari de revenir pour le temps des fêtes. On arriverait quand même à se débrouiller ! Et retarder son projet n'était pas la fin du monde : ce n'était qu'un moyen, non une fin.

Le lendemain, j'ai reçu des nouvelles d'Abélard. Il quittait le chantier de Sutton pour s'engager au Vermont, dans un des chantiers collés à la frontière. Il n'aurait pas de problème : il est né aux États-Unis. Il devait m'écrire aussitôt installé et me donner sa nouvelle adresse. Facile de conclure qu'il ne recevrait jamais ma lettre.

❀

Ce long mois des morts avait été pluvieux et froid. Il ne finissait plus de finir. Au retour d'une visite à la croix, la pluie lavait mes bottines pleines de boue ; elles étaient aussi barbouillées que mes pensées. De la grisaille partout, je me détournais de la fenêtre pour ne pas méditer sur l'aspect squelettique du vieux saule. Pleuvrait-il encore ou neigerait-il le lendemain ?

J'attendais des nouvelles d'Abélard ; une semaine, puis deux... rien !

Après trois semaines, je m'inquiétais beaucoup. Pourquoi ne m'écrivait-il pas ? N'y avait-il pas de courrier ni de téléphone là où il se trouvait ? Un jour, il m'écrirait. Mais que lui était-il donc arrivé ? Peut-être reviendrait-il bientôt : la fuite, ça ne lui ressemblait pas.

Je restais là, assommée près de la boîte aux lettres. Je revoyais sa belle allure, ses lèvres charnues d'où s'échappait un éclat de rire, ses cheveux au vent, son regard illuminé quand il défendait les gens lors des élections au conseil municipal et aux réunions des marguilliers. Il m'était impossible de biffer de ma vie notre complicité, dans le labeur comme dans le bonheur.

Mon grand amour flottait, inaccessible dans nos vies et, sans succès, je m'acharnais à le rattraper : il m'était impossible de me résigner. Mes rêves de le revoir s'abattaient comme les grands arbres que nous avions coupés dans notre forêt et je me sentais dépouillée comme notre saule pleureur, en ce début d'hiver de misère. Jamais je n'avais imaginé qu'une épreuve semblable nous arriverait. La douleur était si envahissante, mon cœur si vulnérable et mon âme tailladée par l'abandon. Chasser cette idée comme une mauvaise pensée était aussi difficile que d'oublier ma détresse pour assumer mon rôle de mère.

Dans la maison bâtie des mains et du dos usé d'Abélard, Homère et moi étions seuls sur notre terre d'espérance. Jadis, nous avions tellement rêvé de beaux lendemains. En ces soirées de grand vent se nouaient nos pensées secrètes et notre inquiétude. Moi à tricoter ou à écrire, lui à réviser ses leçons.

Je devenais saison d'hiver.

Si j'avais pu seulement savoir ce qui se passait pour lui.

Vivre loin d'Abélard m'avait toujours angoissée et, sans lui pour me réchauffer le corps et l'âme, je devais lutter fort. Sans neige pour protéger la terre, les grandes gelées sur les champs dénudés tueraient-elles les vies latentes?

❀

Lors d'une nuit de pleine lune, en décembre, j'ai fait un rêve étrange: Abélard était relié à la terre par un grand fil d'argent et je le suppliais de ne pas l'échapper. Les personnes qui s'alignaient vers l'ouverture d'où émanait une lumière intense disparaissaient dans un flou translucide. Un grand cheval blanc a galopé vers lui qui s'est agrippé à sa crinière. Comme je le suppliais de rebrousser chemin, je me suis réveillée en sursaut; j'étais en sueur et mon bébé m'a souligné sa présence à coups de petits pieds. Ma dernière chance de retrouver mon mari, mort ou vivant, venait-elle de disparaître?

Ce jour-là, j'avais rafraîchi sa chemise blanche. Gonflée par le gel et le vent j'y reconnaissais la forme d'un homme heureux de revenir chez lui, qui giguait sur la corde à linge: mon très cher mari! »

29

Toujours pas de nouvelles de papa!

Saint-Éloi-gné! Mon coin de pays perdu dans la neige. Tout ce froid. Toute cette solitude. Rempli de plaintes et de sifflements. Le vent s'accrochait aux branches du grand saule et les fracassait. Toujours présent, il me tourmentait l'entendement. Rafalait la neige dans les fenêtres. Bouchait la porte d'entrée. La nuit, je me réveillais en sursaut. Seul, dans le noir, j'entrevoyais la catastrophe. Papa avait-il été enseveli par la tempête.? Quelqu'un l'avait-il ramassé... était-il mort seul, gelé jusqu'aux os? Que lui était-il donc arrivé?

Dans ses lettres, Antoine parlait de la volonté du bon Dieu. Il cherchait à nous calmer, mais ses arguments m'agaçaient, me rebondissaient dans le cabochon comme une roche lancée à l'eau.

Cristi de cristi, sans papa, les fêtes seraient si tristes!

❋

À Noël, maman avait accepté l'invitation chaleureuse de mes grands-parents Beaubourg.

Bâtie sur un haut plateau, leur superbe maison à combles français pouvait nous recevoir : les deux plus vieux vivaient aux États. Cette demeure ressemblait à un hôtel : la cuisine, la salle à manger et le salon étaient très vastes et, à l'étage, il y avait tellement de chambres. Normal avec 14 enfants. La *balancigne* de la grande galerie était bloquée par la neige. À l'été, je m'étais bercé avec grand-maman Azilda en dégustant ses galettes à la vanille mais, lors de ce Noël, je n'avais pas l'esprit à la fête.

❖

« La famille d'Abélard avait été sensible et empressée de soulager notre douleur. M. Beaubourg avait proclamé :

— En tous cas, on sera toujours là pour vous autres. Faut faire confiance à mon fils. S'il donne pas d'ses nouvelles, c'est parce qu'il peut pas.

Madame Azilda, avait ajouté :

— Vous inquiétez pas si l'argent s'fait rare : les petits oiseaux sèment pas, moissonnent pas…

Homère lui avait rétorqué :

— C'est vrai, mais souvent, ils s'contentent de c'qu'ils trouvent dans les pommes de route.

M. Georges s'était esclaffé de rire.

Comme nous, ma belle-famille planait fièrement au-dessus des cancans qui circulaient au bureau de poste : les commères comptaient les mois, et elles supposaient qu'Abélard nous avait quittés.

— On verra bien si ton bébé est de ton mari, m'avait crié Fernande, sur le perron de l'église au jour de l'An.

Furieux, Homère s'était exclamé :

— Madame, vous avez une curieuse de façon de souhaiter la bonne année. Comment pouvez-vous être aussi méchante ?

Malgré moi, j'ai pensé : "Quelle hypocrite ?" Mon regard avait supplié Homère de la quitter. Chemin faisant, il s'est vidé le cœur :

— La démone, elle faisait des sparages ; les nerfs sortis du cou, rouge comme une tomate. Son feu sauvage craquait, mais l'empêchait pas de faire aller sa langue de vipère.

— Homère, dis-toi qu'elle est malheureuse pour lancer ainsi son venin. Pas facile de porter le sobriquet de coq-l'œil et de vieille fille : elle a coiffé le bonnet de sainte Catherine à ses 25 ans et elle a toujours été complexée à cause de son œil blanc. Que ferions-nous si nous étions à sa place ?

❀

Le voisin avait offert de s'occuper des bêtes pendant notre absence de deux jours chez la famille Beaubourg. Dès notre retour, il est venu à la maison au moment où Homère était à l'étable. Il a cherché à m'embrasser et quoi encore ? Je l'ai repoussé froidement.

— Monsieur, vous me connaissez bien mal. Dites-moi ce que je vous dois.

— J'veux pas d'argent. J'aimerais être payé en effets.

— Ce n'est pas notre entente. Dans ce cas-là, sortez et ne remettez plus les pieds ici.

Au même moment, Homère est entré avec Grisou. Le chien s'est approché du voisin, grognant et sortant ses crocs.

— Comme vous pouvez le constater, Monsieur, nous avons un très bon gardien.

Après son départ, j'ai dit :

— Il avait l'air d'un chien battu.

Du rire plein les dents, Homère a rétorqué :

— La queue entre les deux jambes.

Surprise de sa plaisanterie, j'ai pensé : "Mon fils est presque adulte maintenant." Et je n'ai pas pu m'empêcher de rire. Désormais, notre porte serait verrouillée, même le jour. Bonté de la vie qu'il est difficile de connaître la vraie nature des gens !

❈

Dans l'espoir inconscient de nous rapprocher d'Antoine, nous montions souvent la côte d'où nous apercevions la croix d'Arthabaska. Ce soir-là, notre regard perçait les nuages jusqu'aux frontières des États-Unis.

— Cristi de cristi, j'en veux encore aux religieux qui séquestrent mon seul frère et j'accepte pas le non-retour de papa.

L'écho répercutait les cris de révolte de mon fils pendant que j'étouffais les miens.

— Homère, écoute-moi, je te comprends : l'absence de ton père et de ton frère me brise le cœur également, mais c'était leur choix. Même un enfant en est responsable ; le difficile, c'est de l'assumer. À deux, on parviendra peut-être à respecter leur décision, même si on ne comprend pas. Comme c'est impossible de connaître la raison de l'absence de ton père, nous devons espérer encore.

❉

Après le congé des fêtes, de retour à l'école, Homère a cloué le bec aux garçons qui, sans doute, répétaient les calomnies de leurs parents. "Marcher la tête haute, comme papa", a-t-il proclamé.

❉

Des mois à survivre sans Abélard, sans entendre sa voix, à réaliser que les traits de son visage devenaient de plus en plus flous sans cette photo. Je me sentais dépossédée.

En vain, jour après jour, nous attendions son retour. En travaillant, nous répétions son nom comme une prière ; "Que lui était-il donc arrivé? L'aurait-on arrêté pour l'enrôler dans l'armée américaine? Se serait-il égaré en changeant de chantier... mort gelé, seul dans la forêt?" Une panique sans nom s'était emparée de nous.

— Maman, je pense que papa est mort. S'il vivait encore, il trouverait l'moyen de nous donner de ses nouvelles. Il a peut-être été égorgé par des loups.

— Homère, pas ça, je t'en prie. Sa disparition est inexplicable, mais il y a une chose de certaine : il n'a pas voulu nous abandonner.

Un autre cauchemar m'avait secouée : engluée de sommeil, je me retrouvais au cimetière côtoyant une des terres à bois de Lucien. Entourés de fleurs de cellophane, les pierres tombales, comme des os, miroitaient des reflets d'étain ; des papillons translucides aux ailes craquelées s'y étaient momifiés. Blancs ! Tout était blanc dans cet espace de brume irréelle, privée d'air et de parfum. La nuit bouleversait l'ordre de l'univers ; je marchais sur les nuages et la terre flottait au-dessus de ma tête ; je n'avais pas peur et je ne cherchais pas à comprendre. Mon corps se sentait bien en présence d'Abélard :

le front haut, la parole mesurée, le regard lointain d'un explorateur de terres nouvelles de retour à son village, il désirait ennoblir notre vie.

À mon réveil, il n'y avait qu'une barre corail à l'horizon du grand ciel encore tout barbouillé de bleu indigo et je suis partie à l'étable pour aider Homère. En passant près de la croix du chemin, j'ai observé la niche de saint Joseph coiffée d'un bonnet de neige en forme d'accent circonflexe sculpté par la première giboulée du printemps. La statue m'a semblé écrasée, impuissante à nous secourir. J'ai quand même supplié le saint popularisé par le frère André : "Mon mari n'est pas un lâche, aidez-nous à le retrouver." Comme réponse, c'est une phrase de M. le curé qui a rebondi dans ma tête et qui m'a rendue perplexe : "Les vues de Dieu sont insondables. Ses horizons sont plus larges que les nôtres." Devrais-je encore espérer ? Reviendrait-il le cœur rempli du même grand amour pour nous ?

Nous avons pleuré ensemble, nous avons prié ensemble, nous avons lutté ensemble contre les grands froids. Les bancs de neige s'accumulaient, cachant le bas des fenêtres, de faibles rayons de soleil éclairaient rarement les fleurs de la tapisserie sur les murs de la cuisine qui me semblaient de plus en plus lépreux ;

un à un, mes espoirs se détachaient de ma pensée comme une vieille peau squameuse.

❀

Désespérée, Jeanne a engagé un enquêteur professionnel qui s'est rendu au chantier de Sutton. Abélard avait pris la route des lignes au Vermont, mais tous ignoraient où il s'était engagé. Les bûcherons le décrivaient comme un "ben bon diable" solitaire et triste ; avec sa musique à bouche, il jouait les airs d'*Un canadien errant* ; il parlait peu, il écrivait souvent des lettres à sa famille.

L'enquêteur a fait le tour des chantiers de l'autre côté de la frontière, il a questionné les propriétaires des différents commerces, s'est adressé aux presbytères ; quels étaient les noms des hommes décédés depuis l'automne ? Aucune piste à suivre.

Ne pas savoir : rien de plus souffrant ! Mes larmes mouillaient mon oreiller quand la panique s'emparait de moi sans que je puisse la contrôler. Pendant de longues nuits sans sommeil, nos années de luttes et de bonheur déambulaient dans ma tête qui éclatait, avec les mélodies jouées ensemble.

Sans Abélard, mon vieux sentiment de culpabilité prenait le dessus malgré moi : j'aurais peut-être dû m'imposer davantage pour l'empêcher de partir. Ai-je été une bonne épouse disponible à faire l'amour? Lui ai-je suffisamment montré que je l'aimais pour atténuer la rancœur de mes frères? Ces questionnements me plongeaient dans une angoisse sans nom.

❀

Dans un de mes rêves, je l'ai revu : il était là! Je courais vers lui... je frôlais sa barbe longue épousant ses traits accusés comme dans une sculpture de marbre ; son visage était froid, il était ensanglanté. Je voulais le réchauffer, le soigner! Puis, tout s'estompait, je le suppliais de revenir, il ne semblait pas me reconnaître. Je souffrais le martyr, il flottait au-dessus des arbres, au-dessus de moi, lourde comme une pierre. J'ai sursauté en criant : Abélard!

— Papa, vous êtes revenu! s'est écrié Homère se levant brusquement.

Une déception de plus pour nous deux! J'étais effondrée, mon bébé ne connaîtrait pas son père. Il ne poserait jamais sur lui un regard admirateur, favorable à l'estime de soi. Un gros coup de pied de mon petit m'a ramenée à la réalité et je ne comprenais pas comment mon entourage avait pu oublier si vite notre drame, nos difficultés, nos souffrances.

Ce non-retour a marqué la fin de l'adolescence de mon cher Homère. Lui et moi étions en pleine détresse.

J'ai glissé lentement la courtine de la fenêtre à cette heure des incertitudes de l'aube. Juché sur l'allège, un harfang des neiges picorait la vitre gelée. Il m'a fixée avec ses yeux noirs et perçants comme ceux d'Abélard. Dans cet espace d'un blanc translucide, d'une pureté jamais vue, le grand oiseau s'est envolé à tire d'ailes au-dessus du soleil levant. C'était comme si mon amour de mari venait de me faire ses adieux. Pendant que le grand oiseau disparaissait dans l'immensité bleu cendré, j'ai compris qu'il était vraiment décédé. La froideur de sa mort m'a glacée jusqu'à la moelle.

Mon bébé a frétillé comme jamais, la vie si forte en moi m'a ramenée à ma réalité. Mon entourage était retourné à ses préoccupations. Je devais assumer mon rôle de chef de famille. Cesser d'espérer le retour de l'être tant aimé! Comme les autres maris, les autres pères morts à la guerre, celui de mes enfants ne reviendrait pas. Il me restait Antoine, Homère et l'enfant qui naîtrait bientôt.

Mon fils et moi connaissions la souffrance ; il nous restait à réinventer notre propre survie sans Abélard.

Une prière s'est installée dans mon esprit : celle de mon enfance illuminée parle petit Jésus de la crèche à Noël. Émue, cette image souriante m'a redonné confiance. J'entrevoyais celle de mon futur bébé, le silence filtrait mon visage, il m'élevait au plus haut vent du ciel. Seule, en cousant des langes, j'attendais mon printemps impatient de s'ouvrir à mes rêves. À ce moment-là, même si son père n'était pas là pour veiller et prier avec moi, son souvenir m'illuminait et m'enveloppait de tendresse.

❀

Le temps avait glissé derrière nous. Le vent du nord s'est lamenté, mais le feu du foyer crépitait de plus belle. Dans notre saison de froidure, les carreaux de la fenêtre de la cuisine offraient de petites ouvertures sur l'extérieur ; Homère et moi avions admiré les cristaux à travers un faible rayon de soleil. Quelle beauté ! Différents les uns des autres, chacun avait son importance dans l'organisation de ce tableau divisé en quatre étages superposés où s'alignaient deux carreaux par étage. Un peu comme notre vie, les jardins de givre ont fondu en même temps qu'un début d'acceptation de notre nouvelle réalité, mais il nous était impossible d'oublier celui que nous aimions tant.

Notre vie présenterait-elle encore de petits bonheurs tangibles à savourer qui aident à survivre? Une énergie nouvelle m'habitait et j'attendais le printemps malgré les tempêtes qui avaient dévoré presque tout. Des musiques heureuses revenaient lentement dans la maison. Nos paroles retrouvaient leur consonance facile ; je luttais pour empêcher nos pensées de se transformer en spectres qui peupleraient encore nos murs! Les stridulations de la tourterelle triste en moi se calmaient ; je pressentais de nouvelles tendresses. Fleurissait un espace de choix pour toi, l'enfant d'Abélard que je portais dans mon ventre.

Nelligan, Nelligan!

"Ah! comme la neige a neigé!

Ma vitre est un jardin de givre.

Ah! comme la neige a neigé!

Qu'est-ce que le spasme de vivre

À la douleur que j'ai, que j'ai!" »

30

Ma belle petite sœur en or dans les bras de maman : la plus belle photo que j'aie réussie ! Trop pressée de connaître la nouvelle décennie, elle avait ouvert la porte du monde en un rien de temps. Le moment de sa naissance reflue en moi avec ses ombres et ses lumières. J'entends encore maman :

— Homère, va vite chercher la sage-femme : mes membranes sont rupturées. L'instant d'après, elle me crie :

— Non, tu n'as pas le temps !

J'vois maman forte et calme comme jamais. Elle me rassure.

— Tu vas suivre mes conseils et tout ira bien. Ce sera un choc à ta pudeur mais, à nous deux, nous allons le mettre au monde, ce bébé-là !

Ajouter des bûches au foyer. Voir si l'eau du réservoir du poêle est chaude. Sortir du coffre la boîte de linges blancs prévus pour l'accouchement. Calculer les minutes entre les contractions tandis qu'elle vérifie l'ouverture du passage : petite paume... grande paume... Je la soutiens. Malgré elle, ses douleurs lui arrachent des cris. Je lave sa figure. Je respire avec elle.

La tête du bébé s'engage pour de bon. Je frôle la panique. Comment aider ce petit être à sortir de là sans l'estropier ? J'ai peur de perdre les pédales. Comme sa tête est petite, l'accouchement se déroule assez bien. À son premier cri, maman s'exclame : « Merci mon Dieu ! Elle vit, elle a tous ses membres ! » Ronde et rose, elle est belle comme un ange. Tous les deux, nous pleurons de joie. Stériliser les ciseaux sur le feu de la lampe ! Le cordon ombilical coupé, je respire un grand coup. Maman me demande de coucher ma petite sœur sur elle quelques minutes puis, gauchement, je fais sa toilette. Enroulée dans ses langes, je la dépose avec toute ma tendresse dans le berceau fabriqué par papa, avant la naissance d'Antoine. Elle dort, les deux poings serrés. Je la contemple. Je sens mon cœur le petit bout en l'air. L'instant d'après, je reprends mon vent. Pas question de me faire aller la margoulette. Retiré dans la cuisine, je pleure comme un veau. Jouer au père à l'adolescence, ça met du plomb dans le ciboulot. Maman se libère du plasma. Cristi de cristi que je me sens ébranlé par sa souffrance et la vue du sang, mais si fier de nous deux. Je change les draps. Les cheveux de maman sont mouillés. Je lui fais des nattes. J'éponge son front. Je lave son dos qui ruisselle de sueurs puis, en criant lapin, je lui prépare une tisane à la menthe cueillie à l'été. À travers mes larmes, j'admire le visage de maman, c'est celui de l'amour même.

Je tire la courtine de la fenêtre. Une lumière rose monte maintenant à l'horizon. L'aube éclaire la chambre de ses nuances tendres. Maman et moi décidons d'appeler notre bébé Aube. Elle annonce un jour nouveau : une vie à trois. Ce bébé-là, je l'aimerai comme un père que je me dis. Cette décision est comme une formule magique en mesure de conjurer le mauvais sort.

Je cours dans la lumière du matin, ivre d'amour pour ma petite sœur. Dehors, le soleil printanier m'éblouit. Je regarde la terre, c'est le ciel que je vois. Je regarde le ciel, la force de la terre m'envahit avec celle de papa. Je suis un homme ! Un homme aussi neuf qu'un arbre qui sort des brumes du petit matin. Je relève mes manches et je sens le sang de papa couler dans mes veines, ses croyances solides habiter mon esprit. Le soir venu, j'étire mes jambes jusqu'au pied de mon lit. Fini de dormir en boule comme je le faisais depuis le départ de papa.

Quelques jours plus tard, je devais régler un gros problème. Me mesurer à l'homme nouveau en moi. De nos 13 vaches laitières, une seule d'elles nous avait fourni du lait tout l'hiver, mais elle venait de tarir. Heureusement, j'avais congelé plusieurs petits pots entre les gros cubes de glace à l'extérieur. Les réserves s'épuisaient vite : Aube avait l'appétit d'une enfant pressé de grandir. (Elle a gardé ce trait de caractère : pressée de grandir intérieurement.)

Aller au village pour acheter du lait, car maman en a peu. Depuis la veille, une tempête à écorner les bœufs soufflait de plus en plus fort. Les chemins étaient bloqués. J'ai enfilé ma bougrine. J'ai chaussé mes gougounes. L'enjambée furibonde, j'ai attelé Grisou au traîneau. Il s'est rebiffé un peu quand je lui ai passé la bride à la gueule. Même si je marchais à côté de lui, il refusa d'avancer. Il calait jusqu'au ventre dans les bancs de neige. Il n'avait pas de raquettes, lui. Mes cris se mêlaient à la furie du vent. Les bourrasques et la poudrerie m'aveuglaient. La neige me fouettait la face. J'avais les cils givrés, la guédille au nez. J'étouffais mes gémissements comme un enfant perdu. À reculons, j'ai pris un grand souffle : tenter d'apaiser le sang qui cognait mes tempes. J'étais si inquiet pour notre bébé mais, cristi de cristi, je devais rebrousser chemin. Mourir de froid n'avancerait personne. Il restait du lait pour le lendemain. La tempête terminée, j'irais au village à pied, s'il le fallait.

❀

« En mars, j'avais mis au monde ma petite fille à l'heure tendre où le jour sort de ses brumes : Aube, un présage de soleil lourd de promesses devant l'immensité. Elle était l'espoir de nos yeux perdus dans son enfance ; ses gestes découperaient l'espace de nos vies en fragments de joies nouvelles, mesurables : une sorte de formule magique pour exorciser le mauvais sort. Le brouillard se dissipait dans mon esprit, même un peu envahie par les timidités de l'aube. Comme à la naissance du monde, tranquille, je me suis faufilée dans l'obscurité de mon corps, pelotonnée comme avant ma naissance, puis j'ai respiré profondément, en m'étirant de la tête au bout des orteils.

Quelques instants plus tard, l'aurore s'étendait à l'horizon. Une lumière triomphante m'a envahie de l'intérieur, brève, silencieuse, éblouissante comme la foudre dans le bruissement du matin. Mon esprit flottait comme un ballon au-dessus de moi et j'ai ressenti une joie si profonde, comme au retour de l'école brandissant mon beau bulletin. Oui, j'étais fière de moi ! Dans une vision nouvelle, je percevais les choses dans leur nudité simple : se nourrir, entrer en amitié avec tout ce qui vient, avec tout ce qui est, la terre entière.

En ce temps de grande dépression économique, tous les gens avaient leur histoire de souffrances, de morts, de révolte, de résignation, leur idée de Dieu, leur version du monde.

❖

À la naissance de mes garçons, je n'avais pas suffisamment de lait et cet inconvénient se répétait. La tempête du siècle rageait depuis la veille. Homère avait tenté, sans succès, de se rendre au village en traîneau à chiens pour en acheter.

Après avoir déjeuné, j'ai décidé de régler mon problème à n'importe quel prix. Avant d'aller nourrir les bêtes, mon grand garçon m'avait dit : "Espéranza annonce la mise bas." Alors, toute une idée m'a traversé l'esprit. "Bonté de la vie ! Faut ce qu'il faut", me suis-je dit. Je venais de découvrir en moi une audace insoupçonnée ; disparue la petite bourgeoise surprotégée ! Habillée chaudement, j'ai enroulé Aube dans le gros châle tissé par Mme Beaubourg et, quand j'ai passé près de la croix, j'ai crié à saint Joseph : "Vous êtes mon voisin fiable, aidez-moi !"

Ce moment pathétique, jamais je ne l'oublierai.

En toute hâte, j'entre à l'étable et je dépose mon petit ange sur un lit de paille dans une crèche, comme le petit Jésus! Je saisis la pelle plate servant à nettoyer le caniveau, je me place du côté gauche d'Espéranza et dans un grand élan pour la survivance de mon bébé, du dos de la pelle, je frappe le flanc de la vache... Je frappe et frappe encore... de plus en plus fort ; les beuglements de la bête, les hurlements de Grisou et les cris d'Homère me ramènent aux conséquences de mon geste.

— Maman, mais qu'est-ce que vous faites? Je vous en prie, calmez-vous.

— La vie de ta petite sœur est plus importante que celle d'un veau!

Mon cher Homère me raisonne et il me reconduit à la maison. Alors, je comprends pourquoi M. Georges est fier de tuer une bête pour la survivance de sa famille.

— Maman, reposez-vous pendant que je prépare le biberon d'Aube. Soyez tranquille : il reste du lait pour la journée. Après le train, j'irai en acheter, à pieds, s'il le faut.

Il retourne à l'étable, il doit surveiller le vêlage. Mon Dieu, ne nous abandonnez pas! Bonté de la vie, Abélard, aide-nous! Je caresse mon petit ange en lui chantant une berceuse de Brahms pendant que mes larmes coulent sur elle :

"Bonne nuit, cher trésor, dans tes langes dors, repose, joyeuse en rêvant des cieux... "

Je berce ma chère petite, mais son père n'est pas là pour l'aimer.

Une heure plus tard, Homère me revient triomphant.

«Espéranza a vêlé, une belle génisse jersey titubait à sa sortie du sac. En c'moment, elle tète à pleine gueule. Le lait gicle de partout. Une belle bête racée d'couleur cannelle aux yeux noirs et doux enrichit notre troupeau. Nous aurons du lait en quantité. »

❉

En fin de mars, le dégel avait sali la cour à l'entrée de la maison et la pluie devenait blanche... du blanc partout. La nature s'était faite pure pour ton baptême, ma petite chérie, et la joie carillonnait en nous avec les cloches de l'église, la mort s'éloignait de moi et la vie se prolongeait avec ta venue. Aube, une autre partie de moi, tu embellissais notre monde ; ta tendresse nous faisait oublier nos détresses intolérables. Bourgeon de soleil qui s'épanouira à notre arbre de vie, tu embaumeras nos mémoires

Ombres et lumières, tu étais ma lumière dans mes ombres.

Face au ciel en flammes, ton frère et moi étions comme le phénix qui renaissait de ses cendres. Tous les deux, nous t'avons présentée à l'univers. Ce jour-là, les fleurs de la tapisserie de la cuisine ne m'attristaient plus, même le plafond lézardé de l'étage, comme mon cœur jadis, ne m'apparaissait plus le parent pauvre qu'on oublie : on réparerait ses plaies.

À l'horizon, une boule de feu glissait derrière les collines bleu de Prusse pendant que, chef de famille, ma nouvelle réalité me rendait puissante. À trois, nous allions écrire une page nouvelle au livre de nos naissances. Dans son ailleurs, Abélard nous regardait, il continuait d'être avec nous. Plus je recréais ce que l'absence avait usé, plus je m'en nourrissais, plus ma douleur s'estompait.

La joie nous habitait à nouveau ; elle chassait le froid de la séparation ; le regard plus paisible d'Homère brillait, son allure était plus déliée, plus assurée, ses paroles fortes plus douces et plus calmes ; nous chantions l'hymne à la vie, nous regardions le monde d'un œil neuf et propre. Lentement, je me débarrassais de l'épaisse fumée de mes peurs et de mes attentes.

Sans cela, comment voir avec justesse ceux que je regarde ? »

31

Grisou, quelle bête racée ! Un policier gris fer avec des cernes blanchâtres autour de ses yeux pointus et de son museau allongé.

La poudrerie avait encore bloqué les chemins. Même si c'était le printemps. La neige était dure. La farine et l'huile à lampe diminuaient à vue d'œil. J'ai attelé mon chien au traîneau pour aller au village. Au moment où je m'apprêtais à le museler, il m'a mordu la main. Presque rien, mais je devais le corriger. Cristi de cristi : qu'il sache que je suis son maître. Je lui ai donné une petite tape en lui montrant ma plaie. Il a lâché tout un « yack ». Pourtant, je m'étais retenu pour ne pas lui donner toute une raclée. Étrange, ce comportement de mon ami courageux, généreux et fidèle. Un cheval miniature presque.

Au retour du village, dès sa muselière enlevée, Grisou m'a sauté dessus. Un vrai loup enragé.

Je garde en mémoire le pathétique de cette épreuve. Il me secoue comme une vieille savate. Je capote ben raide. Mes appels au secours attirent maman qui sort de la maison en vitesse. « Grisou ! Assez, Grisou. Arrête que je te dis ! Homère, protège ta gorge. Grisou, assez ! Assez ! » Les cris de terreur de maman sortent du creux de ses entrailles et leurs échos se répètent dans les collines. Comme par miracle, Grisou me lâche. Il se cache dans la cuisine d'été, attenante à la maison. Tout de suite maman traverse le banc de neige, en souliers, pour fermer la porte. Elle perd la voix à force d'avoir trop crié. Elle me retrouve tout « écrapouti ». Ensanglanté. Elle m'aide à me relever. J'entre en chambranlant. Tout de suite, maman désinfecte mes plaies, même si Aube pleure très fort. J'ai des marques de crocs dans le dos, sur les bras et sur les cuisses. Je lis l'angoisse dans les yeux de ma chère maman. La peur de me perdre la chavire complètement. Grisou a-t-il la rage ? La tempête ne cesse pas. Les bancs de neige s'accumulent sur la route glacée. On voit ni ciel ni terre. Même à cheval, le docteur Julien ne se risquerait pas. Maman passe la nuit à prier. À surveiller mon sommeil. Dès l'ouverture des routes, on irait voir le docteur.

Le lendemain, au réveil, mes plaies étaient sensibles, mais rien de plus. J'étais sauvé. Grisou n'avait sûrement pas la rage. Je me suis levé en titubant comme un vieillard, avec une face de mi-carême. Maman a arrêté un passant pour qu'il prévienne mes grands-parents. Le plus rapidement possible, ils sont venus à notre secours. Grand-maman Azilda est entrée la première, les bras chargés de victuailles pour remplir notre garde-manger. Grand-papa Georges l'a suivie en tenant son brûleur à gaz, car l'eau était gelée à l'étable. Il réglerait notre problème. « Une vraie bénédiction pour nous de pouvoir compter sur votre amour, je fais vraiment partie de votre famille. Quel réconfort ! » a proclamé maman en les embrassant.

Grand-papa Georges a fait le train. Il a réglé le problème de l'eau. Cristi de cristi, je ne me serais pas vu déblayer un chemin piéton jusqu'au ruisseau. Casser la glace. Me geler les mains et les cuisses en transportant des siots d'eau glacée. Remplir des canisses de lait vides. Atteler le vieux Den pour les transporter jusqu'à l'étable ? Là, j'aurais maudit l'hiver pour de bon.

Après le récit de mon histoire avec Grisou, grand-père et moi avions mieux isolé l'entrée d'eau avec de la paille et des planches. À notre retour à la maison, il a sorti tous ses arguments. Il fallait nous débarrasser de mon chien que j'aimais tellement. J'ai eu beau le défendre : je lui en demandais trop. Je ne lui disais peut-être pas assez souvent qu'il était un bon chien. Trois personnes intelligentes et aimantes m'ont prouvé qu'il devenait une menace pour nos vies. Mon cœur battait à me rompre la poitrine quand j'ai vu mon ami partir avec grand-papa. Un vide douloureux se creusait davantage en moi. Je savais ce qui l'attendait, même s'ils m'ont épargné le spectacle de la fusillade.

J'ai aimé Grisou encore plus que Fidèle, même s'il est un compagnon idéal pour moi. Souvent, je lui dis : « Bon chien, tu es un bon chien. » Il est propre, affectueux, obéissant. Il ne jappe pas sans raison. Sa présence est réconfortante. Tout le monde l'aime, même Gisèle qui préfère les chats.

J'ai joué au bridge avec elle et deux vieux sages du village. Ensuite, nous avons marché près de la Saint-François. La poésie de la campagne l'habite. Elle a gardé le sens d'émerveillement d'un enfant. Elle transforme en plaisir les petits impondérables de la vie. Je me sens bien avec elle. Sa bonne humeur est un cadeau. Elle secoue ma torpeur qui revient de temps en temps. Elle est devenue une très bonne amie. Dommage que je sois plus vieux qu'elle !

32

Enfin était arrivé le vrai printemps ! Les chemins de gravier étaient en ruine. Pas seulement des nids-de-poule, mais des ventres-de-bœuf. Un peu partout. Face au saule pleureur de notre cour, il y en avait un énorme. Les voitures et les autos s'y enlisaient. Ça se voit sur cette photo.

Les années passées, papa sortait gratuitement les voitures du gouffre. Avec le gros Den. Moi, j'avais décidé de charger pour mes services. Les sous nous manquaient. On n'allait pas tirer le diable par la queue toute notre vie. Ça commençait drette-là. Quand l'oncle Lucien a subi le même sort, je ne me suis pas gêné. Les baguettes en l'air, il s'est pompé.

— 50 sous pour ç, ç, ça ! Le sa, sa, salaire d'une heure pou, pou, pour un employé de Philippe.

— Ben, cristi d'cristi, c'est qu'il le paie pas assez cher. Puis, cet argent-là, c'est pour votre sœur.

Vraiment, je ne le portais pas dans mon cœur, cet oncle-là. Il avait fait trop de peine à mes parents. Même si maman me donnait l'exemple du pardon, ça ne m'était pas possible avec lui. La vie m'apprenait à ne pas mettre ma langue dans ma poche.

J'étais à l'école quand j'ai aperçu maman au potager en train d'atteler le vieux Den à la charrue. Je n'ai même pas demandé la permission à la maîtres-se de sortir. En criant ciseau, j'étais près d'elle avec toute mon autorité de nouveau chef de famille.

— Maman, vous êtes incorrigible. Grand-papa va s'en charger en fin de semaine, il me l'a dit.

— Oui, mais il ne faut pas ambitionner sur le pain béni.

Tante Jeanne nous avait donné des semences. Maman avait planté les graines de tomates dans des casseroles de terre le 19 mars, jour de la fête de saint Joseph. Par la suite, elle avait transplanté les plants. Elle les avait déposés sur le bord des fenêtres. Les plus ensoleillées. C'était alors le temps de les mettre en terre, ainsi que nos dernières patates déjà ger-mées dans la cave. Le samedi venu, oncle Arthur avait labouré. Engraissé la terre avec du vieux fumier de moutons. Préparé les plates-bandes. Maman et moi, on avait semé. Même certaines fleurs qui chassent les insectes. Paraît-il. Grand-papa avait acheté les deux derniers bœufs sauvés des voleurs et nos neuf pe-tits gorets pour les engraisser. Il nous en donnerait un quand il ferait boucherie. Nous pourrions survivre jusqu'à la saison nouvelle. Avec mes grands-parents paternels, l'air était léger et chaud. Leur cœur gé-néreux nous apportait la sécurité.

Les derniers jours de l'été, les Chopin du village s'étaient réunis autour de notre potager. Je revois encore l'oncle Lucien. Il s'est arrosé de parfum bon marché. Il regarde maman d'un air mielleux.

— Ça ti, ti, ti du bon sens pour une cré, cré, créa-ture de travailler autant !

Les cheveux en bataille, tout comme le cœur, j'avance vers lui en couvant des mots pour griffer sa face à claques.

— Vous seriez le bienvenu si vous vouliez l'aider. On est chanceux de pouvoir compter sur les membres de la famille de papa. Eux, ils s'occupent de nous.

Aube dort dans la barouette que je lui ai fabriquée. Maman et moi remplissons des cuves de tomates, pendant que l'oncle en croque à pleines dents. Il grimace en demandant à maman s'il peut déverser une cuve de tomates dans sa camionnette.

— Cristi d'cristi! maman, on va pas lui donner! Tante Jeanne vient d'nous apporter des boîtes de métal pour les mettre en conserves avec une certisseuse. Elle va nous les vendre à son magasin. Je dis à l'oncle : « Vous pourrez en acheter. Nous autres, on a besoin de revenus pour vivre. »

Maman rougit mais, comme j'ai dit ce qu'elle pense, elle se tait.

— Tu re re ressembles à ton père. Tu vas fi fi finir comme lui.

L'oncle part en sacrant. Je l'aurais crucifié. Je tourne ma langue dans ma bouche pour ne pas ajouter : je préférerais les voir pourrir sur-le-champ au lieu de vous les donner. Je pense : qu'il aille au diable! Je transporte les cuves à la cuisine d'été. Nous cannons des jours entiers avant la rentrée des classes. Plus tard, je m'explique à maman :

— J'ai été impoli avec votre frère parce que nous avons droit au respect.

Elle me répond :

— Même s'il est riche, il fait peut-être de l'insécurité. C'est l'aîné, il a vécu des moments difficiles dans sa petite enfance. Ton grand-père Chopin a travaillé très fort pour s'en sortir avant d'organiser la première scierie au village et sa manufacture de bois à Montréal. Ne jugeons pas Lucien, c'est bien triste pour lui.

— Triste pour lui? Surtout triste pour les autres. Il est vraiment misérable. Moi, je le trouve mesquin. Avare même. L'avez-vous vu déposer sa mâché de gomme dans une petite boîte d'aspirines vide avant de manger ses tomates?

❀

Une autre image se profile devant mes yeux. Tremblante, maman serre Aube sur son cœur, les sueurs pissent sur sa face bronzée. Elle tousse beaucoup. Sa bronchite va-t-elle recommencer? À travailler trop fort, elle va attraper son coup de mort.

— Maman, on va pas entreprendre un autre hiver ici. J'ai pas envie de te perdre, moi.

— Je suis contente de te l'entendre dire: ton grand-père Georges m'a proposé un marché. Comme ton oncle Arthur va se marier, il aimerait s'installer ici. Si j'acceptais de lui vendre nos terres et les animaux, il obtiendrait le crédit agricole et il nous paierait tout de suite. Les Beaubourg construiraient gratuitement notre future maison, un atelier pour toi et un poulailler sur l'espace réservé pour nous, au bout de notre terre aboutissant au village ; nous garderions les volailles et les lapins, nous serions presque à la campagne. À la bricade des Beaubourg, il reste suffisamment de briques pour une maison et dans la grange beaucoup de bois de toutes sortes accumulé par ton père en vue de son grand projet. Nous pourrions vivre décemment et notre patrimoine resterait dans la famille. En plus, quand la briquerie reprendra sa production, je recevrai les revenus dus à ton père, comme actionnaire.

— Félicitations, maman! Tu sembles avoir négocié sans qu'il y ait de perdant.

Je prends Aube dans mes bras. Je la chatouille en répétant le jeu de papa:

Danse à trois temps

« Ventre-de-son, estomac-de-plomb,
gorge-de-pigeon, menton-fourchu,
bouche-d'argent, nez-cancan,
joue rôtie, joue bouillie,
oreille-de-paille, oreille-de-foin,
p'tit-œil, gros-œil,
sourcillon, sourcillette,
pis, pan-pan la-baguette sur le cabochon. »

Je l'embrasse. Elle m'embrasse. On rit aux éclats pendant que, soutenue par moi, elle galope sur le cheval de bois fabriqué par papa.

33

Cristi que c'était *rough and tough* pour moi de quitter notre domaine ! Il le fallait pour ne pas crever à l'ouvrage. Cette scène du passé vécue là se mêle à d'autres. Se bouscule dans ma tête avec les piaillements des oiseaux en route vers les pays chauds. Je fais le brave, mais... Comme maman j'ai le cœur en compote. J'attache mon regard sur notre coin de paradis. Il me paraît si beau. Si riche notre maison sortie des mains crevassées de papa, ennoblie par celles de maman. Mon œil se promène de ce nid chaud caressé par les branches fines du vieux saule pleureur à la montagne qui explose à l'automne. De la montagne à la source qui cascade en moi, j'avance jusqu'au village. Je voudrais empiler toute cette beauté dans nos bagages. Emmagasiner les 1 000 effluves de ma campagne au plus profond de mon cœur. Pour toujours.

Tout n'est que vie et mort. Tout pousse, grandit et meurt.

De chaque côté du timon, nos deux percherons sont attelés à la grande charrette à foin. Celle à quatre grosses roues. Recouverts de couvertures, nos meubles sont placés en rangées superposées. Dépassant les brancards, ils sont ficelés à la charge. Tête et bras nus dans le vent, un sifflet à la bouche, je marche à côté. Je surveille. Je me questionne. Quel sera mon avenir après ma huitième année à l'école des garçons du village? Je fixe le ciel de mes yeux résignés. Mes lèvres marmonnent : d'abord, remplacer papa auprès de ma petite sœur et de maman. Déménager doit être encore plus difficile pour elle.

❉

« Quand j'ai signé le contrat de vente, je venais de conclure un pacte de mort avec mon orgueil blessé. Je perdais l'illusion de revoir l'amour de ma vie. Ses chansons flottaient dans l'air respiré une dernière fois et les cumulo-nimbus couvraient mes pensées d'un drap mortuaire. La vérité, eh bien oui, il me fallait l'admettre : vendre ce petit bien plus riche que les millions de Philippe avait une odeur de cadavre pour moi. Dépouillés, mes rêves se fracassaient dans mon esprit comme de la vieille vaisselle entassée dans une boîte qu'on aurait échappé lors d'un déménagement.

❉

Comment oublier l'heure de partir? Je fais une dernière prière à la croix du chemin. Mon cœur bat la chamade, j'ai des spasmes à l'estomac ; mes sanglots réveillent Aube endormie dans la brouette. Déchirant d'abandonner nos terres tourmentées pour survivre ; les murs édifiés par Abélard transpirent encore de ses sueurs ; nos bâtiments de la ferme, nos animaux tellement aimés. Bonté de la vie ! quitter tout cela dépasse l'entendement. Face à la boule de feu qui descend derrière la grande côte couleur d'ambre, je serre ma petite sur mon cœur brisé et je lui dis : "Regarde, Aube, il fera beau demain."

Envisager mes nouvelles responsabilités ; emplir mes yeux des beautés admirées dans cet espace avec Abélard ; me gaver des odeurs de ma campagne : ne garder en tête que les souvenirs heureux ; sauvegarder la mémoire glorieuse de mon amour de mari pour le bien de mes enfants et le mien !

Ce soir-là, le miroir défraîchi de ma commode déjà installée dans ma nouvelle chambre, questionnait l'histoire des ridules de ma figure hâlée. Le mot ridule rime avec ridicule. Cette femme abandonnée, cette mère au cœur émettant des vibrations d'amour pour tout son monde, cette journaliste aux projets difficiles à réaliser, qui était-elle ? Oui, c'était bien moi ! Le nier aurait été vraiment ridicule. Je me suis sentie fière de moi. »

34

Je revis mes 13 ans

J'entre dans notre nouveau chez nous !

Tout propre. Tout neuf. Avec des senteurs de bois encore fortes et de cire fraîchement appliquée. Bâtie sur un grand terrain, au bout de notre ancienne terre, notre maison est accueillante. Le solarium est éclairé presque toute la journée. Le parterre est déjà organisé. Heureusement que j'ai mon atelier et les outils de papa. Dans mes moments libres, je découperai les frises dans du pin jaune. Je les fixerai au toit des lucarnes et de la galerie avec Antoine. L'été prochain, il prendra ses vacances avec nous pour la première fois. Maman sera si heureuse. Notre maison se remplira des cris et des rires de ma petite sœur.

Seul dans ma chambre, je n'arrive pas à dormir. Je devine que maman fait de l'insomnie. Nous sommes parachutés dans une autre vie. Les chants de notre forêt s'éloignent malgré moi. Mais pas la bonne odeur de notre terre à bois. Elle s'échappe de nos murs tout neufs. Elle m'enivre. Le sommeil finit par me glisser au cœur des songes. Papa trace des sillons en chantant : « Héloïse, je t'aime. » Au réveil, je décide de ne pas traîner mes pleurs ici.

Des bruits du matin résonnent dans le village. Si différents de ceux de ma campagne, sauf le coq qui réveille son harem de poules blanches dans notre cour. En arrière de la maison. Des bruits de bois qu'on fend. En avant, des enfants se chamaillent. Des bouteilles de lait du laitier qui se cognent. Des aboiements. Des prières. La cloche de l'église.

Je retrouve maman à la cuisine, plus forte qu'avant. Elle pique ma dignité : « N'aie jamais honte de ton père, son amour pour nous l'a entraîné dans la mort. Point final ! »

❖

Mon arrivée au village continue de se dérouler dans ma tête dure. Je dois composer avec les gens de tous les âges. Ma course à l'école est humiliante. Des calomnies grincent autour de moi. Je suis le garçon abandonné par son père. Je cherche où regarder. Des visages fermés comme des huîtres me dévisagent effrontément. Cristi que je me vois petit dans mon grand corps d'adolescent. Méprisé par des gamins fortunés et certains Anglais du village. Le sang de papa bouille dans mes veines. Bien planté et un peu rebelle comme lui, je ne m'effacerai pas pendant les récréations. Cristi de cristi, ils ont besoin de se tenir le corps raide et les oreilles molles. Ils ne vont pas détrôner mon père. Il continuera d'être mon héros. Je sens encore sa tendresse, la chaleur de son être. Il m'a porté sur ses épaules. Il m'a bercé par ses paroles. Je connais sa force, sa patience, sa constance : je l'ai accompagné à l'ouvrage. Tous les jours vécus à ses côtés, j'ai profité de son grand cœur. Même si on me taraude de questions aux allusions désobligeantes le concernant, la tête haute, je leur réponds : il est mort. Point final.

Me sentir victime, non merci ! Aller vers les gens. J'aide les élèves qui éprouvent des difficultés à l'école. Je joue à la balle avec eux. Attirer le respect ! Après quelques semaines, des adultes me saluent comme si j'étais un homme. Un homme fier de ses parents. Fier de lui. Ma belle petite sœur me comble de ses finesses. Je regarde longuement sa tête rousse et frisée, ses joues rousselées. Je relève son menton tout rond. Ses yeux brillent comme des billes. Je la berce en chantant avec amour, avec besoin. Avec cet immense besoin de tendresse pour cette enfant voluptueuse qui compte sur moi. Besoin qu'elle me suive partout. Qu'elle m'aime! Qu'elle me baigne de sa paix. Elle passe ses petits doigts chauds dans ma tignasse, sur mon cou, sur ma bouche. Je les embrasse avec un frisson de bonheur. Je presse sur moi son petit corps puis, à bout de bras, je la lance en l'air comme une plume au vent. Dégringolent sur moi ses éclats de rire qui pansent mes plaies.

Elle se développe à toute vitesse. C'est formidable d'avoir une enfant à choyer comme si j'étais son père. De nouveau, maman sourit à la vie. Nous avons des conversations enrichissantes à la suite de nos lectures et des évènements vécus. Jour après jour. En silence, nous sommes comme hypnotisés face aux magnifiques couchers de soleil pendant qu'Aube s'endort dans nos bras. Parfois, le piano s'ouvre, mais jamais la boîte de violon. Un jour, je le retire en tremblant. Mon beau Prince gambade. Les crins cassés de l'archet et le bloc d'arcanson ne seront jamais plus utilisés, sinon palpés avec nostalgie comme une relique du temps heureux où nous vivions ensemble.

❋

« Il pleuvait sur le toit neuf de notre maison et sur la vitre de ma chambre. Une pluie grise et froide d'automne tombait inlassablement comme une délivrance des chagrins de l'hiver passé. Déversement des

déceptions, de l'ennui, des tristes-
ses accumulées. Je l'entendais trop
bien cette pluie l'an dernier. Cette
musique lancinante s'accrochait à
mes oreilles pour espérer le retour
d'Abélard. Ce jour-là, elle me suppliait d'accepter cette épreuve.

Cette pluie se changerait en neige
une autre fois. Le givre fondrait aux
fenêtres et ma petite fille serait
en extase devant les gros flocons
qui couvriraient le sol. Il était
temps de filer la laine de nos moutons cardée avant mon départ de la
campagne.

J'entreprenais ma nouvelle vie
avec courage. Le pays s'est construit avec des femmes fortes. J'ap-
préhendais beaucoup moins mes jours
et mes nuits à dormir seule. Lentement, j'assumais ma solitude même si
les battements de mon cœur me pro-
pulsaient souvent le visage d'Abélard et celui d'Antoine. Comme nous,
mes plantes s'adaptaient sur l'allège
des fenêtres du solarium. Je m'aban-
donnais à de nouvelles rêveries :
Aube était au centre avec sa vitali-
té qui bouillonnait.

Je devais réorganiser ma vie : de
nouveau, je touchais l'orgue à la
grand-messe du dimanche et aux cé-
lébrations d'évènements heureux et
malheureux ; je faisais les modi-
fications aux vêtements des clients

de Jeanne ; j'exécutais ses contrats de photographie pour les évènements officiels, et j'écrivais de petits reportages accompagnés de mes photos dans les journaux locaux. Jeanne gardait Aube pendant qu'Homère m'accompagnait. Il était mon homme de confiance, mais je ne voulais pas qu'il joue le rôle du petit mari.

❋

Plus j'étais discrète, plus certaines grenouilles de bénitier du village stimulées par Fernande me dévisageaient. J'entendais des pointes mesquines dans mon dos : "Que va devenir cette veuve à l'herbe ?" Comme si j'étais un animal. "Pourquoi Abélard n'est-il pas revenu? Fille de riche et instruite, le dominait-elle, le privait-elle de sexe : elle n'a que trois enfants. Qui peut deviner les secrets de l'alcôve ?"

Hier, quand j'ai croisé Fernande, elle s'est arrêtée ; elle m'a jeté son œil malin sous ses paupières tombantes et elle m'a apostrophée sans vergogne :

— Tu peux pus faire ta fraîche maintenant. T'as pas su garder ton mari.

— Madame, que vous êtes cruelle ! s'est exclamé Homère. Comment pouvez-vous juger en mal sans connaître ce qui est arrivé à papa ?

— Homère, je t'en prie, laisse tomber. Répondre aux injures, c'est les engraisser.

Il l'a fusillée de ses yeux perçants. De retour à la maison, il m'a dit :

— Maman, cette vieille fille-là est effrontée comme un bœuf maigre. Avez-vous vu son accoutrement bariolé? On dirait une crotte de poule. Sa coiffure cuivrée aux repousses grises est élaborée comme c'est pas possible. En tous cas, personne peut l'ignorer.

— Homère, envoie-lui du pardon au lieu de rire d'elle. Elle doit souffrir énormément pour penser du mal de tout le monde.

À vrai dire, sa coiffure ressemblait à celle de Marie-Antoinette. J'ai saisi davantage le drame intérieur de mon ancienne compagne de couvent. Je représente tout ce qu'elle a probablement désiré et qu'elle n'a jamais obtenu. Ce n'est pas surprenant qu'elle se réjouisse de mon épreuve. Elle n'a jamais entendu ce mot d'Abélard ou d'un garçon de son âge qui lui aurait dit: "Je t'aime." Ce mot, elle l'a seulement imaginé comme une semence sans terreau pour qu'il germe. Ce mot jamais prononcé pour elle déchire sans cesse l'enveloppe fragile de son âme qui s'assèche probablement. Ce mot qui aurait illuminé sa figure laide,

la rendant souriante et accueillante. Ce mot rêvé qui donne des ailes :
le bonheur de se sentir aimée par un
amoureux. Elle aussi a un cœur qui
a besoin d'être apprécié, un corps
qui veut connaître l'extase. Malheu-
reusement, son apparence ingrate
et son esprit négatif repoussent au
lieu d'attirer. Quelle souffrance !

❁

Au magasin, mon propre frère m'a
lancé des mots pires qu'une gifle en
pleine figure :

— Ton mari a la, la, la double
nationalité. Il a peu, peu, peut-
être rejoint ses frères à Bri, Bri,
Bristol. Qui peut savoir? Il s'est
peut être a, a, accoté avec une A,
A, Américaine?

— On juge les autres d'après soi,
n'est-ce pas, Lucien? Tu ne vas même
pas à la cheville de mon mari. Il a
toujours été intègre et fidèle.

Il m'avait piquée au maigre.
Je suis partie avec Aube; inutile
d'argumenter. Prévert avait raison :
"Le meilleur moyen de ne pas avancer est de poursuivre la même idée."
Rouge de colère, Jeanne l'a saisi
par le bras.

— Ça parle au diable ! Tu vas
m'arrêter ça tout de suite, Lucien !
Tu ferais mieux de calmer les racontars du village au lieu de les
alimenter. Si c'est ta façon de con-

soler notre sœur, fiche le camp de mon magasin.

❀

Un deuxième Noël sans mon mari ! Malgré une crise d'ennui lors du *Minuit chrétien*, le temps des fêtes s'est passé assez bien. Homère me protégeait, Jeanne et les Beaubourg aussi ; ma petite dernière nous comblait de joie. Finalement, nous étions chanceux malgré notre malchance. Penser à tous ceux qui pleuraient leurs disparus ; aux veuves de guerre, sans le sous, aux enfants orphelins ; aux femmes dominées dans ce siècle d'hommes et à tous les démunis qui avaient survécu par miracle, cela nous aidait à accepter notre sort.

Un jour, comme je sortais du magasin de Jeanne, le docteur Julien m'a regardée avec compassion et il m'a dit : "Madame Héloïse, comment allez-vous ? Pauvre vous, comme ce devait être difficile de quitter votre maison où vous avez vécu un si grand amour. Connaissant votre mari, jamais il ne vous aurait abandonnée. Faites attention à vous !"

Le mot "pauvre" avait pour moi une toute autre connotation, mais j'ai senti sa sincérité. La présence de mon grand amour a ressuscité et j'ai écouté ses paroles : "Pas si pauvre que ça, ma bien-aimée, tu es riche de cœur et de courage... Lâche pas ! Doute pas de ceux qui t'veulent du bien. "Dans ma tête, il chantait : "O sole mio... à toi, ma vie, à toi mes jours... "

❋

Le soleil du printemps éclairait notre nouvelle demeure et nos cœurs. Au diable les dires des gens et l'insensibilité de mes frères ! J'apprenais à me faire dos de canard sous la rafale de mesquineries et de méchancetés. Jamais Jeanne ne me décevait ; pas une seconde d'ennui, d'agacement avec elle.

Antoine continuait ses études en théologie à Rome. Il avait toujours été un assoiffé prêt à tremper son nez dans tous les espaces au parfum de culture et je lui écrivais souvent.

Aube colorait mes petits matins. Nous avions connu des midis pâles où tout nous semblait perdu. La force nous venait d'elle ou d'un autre âge pour réinventer des adages. Avec toi, ma chérie, je transformais mes fleurs de givre en bouquets de soleil. Apprendre à vivre sans ton père ; me nourrir de mes souvenirs heureux au lieu de m'interroger sans trouver de réponse.

Alors, je me suis rappelé ce que signifiait Abélard. Ce n'était pas un simple nom, un souvenir. C'était un être entier, réel. Un être dont j'ai connu la chaleur pour avoir dormi dans ses bras. Un mari fidèle et un père généreux. Un homme fort, solide et doux, fidèle à ses principes, quoi qu'en disent le curé, le maire, mes frères. Un être d'amour.

Développer le sens du plaisir dans ce que je choisissais de faire : cuisiner pour la famille, rendre la maison accueillante, rire et chanter avec vous, mes trésors ; vous laisser votre espace et prendre conscience des belles et bonnes choses de ma nouvelle vie : celles à accomplir attendaient mon regard.

Ainsi, j'accédais à la paix, à la joie. »

35

Au début de la crise, tante Jeanne avait convaincu l'oncle Philippe d'ouvrir une boulangerie. Après la grand-messe dominicale, j'aidais à la distribution gratuite des pains aux plus démunis de la paroisse. J'étais si heureux de remettre mon salaire à maman pour les petits achats du dimanche. La seule vue de la boulangerie fait encore frétiller mes papilles gustatives. Cristi que ça sent bon le pain chaud! Bon comme les femmes Chopin que j'aimais tant!

Tout était blanc dans ce lieu de la survivance. Blancs, les murs peints à la chaux. Blanches, les poussières de la fleur qui dansaient partout. Se collaient aux fenêtres et au plancher. Tout blanc, les mains et le tablier enfarinés du boulanger. Un bon vivant rougeaud et rieur qui me permettait de sortir les pains du four avec une grande palette difficile à manipuler. Il s'affairait autour du four. Le bardassait. Le nourrissait. L'apprivoisait comme une bête qui gronde dans sa cage. Le nettoyait. Le préparait pour le lendemain. Son existence semblait liée au four. Sa destinée soudée à celles des pauvres de la paroisse. La distribution de la manne terminée, tante Jeanne nous donnait les prétendus surplus. Elle aimait voir Aube se bourrer la fraise de pain chaud beurré. Ma petite sœur boudait un peu si je ne l'amenais pas à la boulangerie. Je me raisonnais pour ne pas plier à son petit chantage.

Qu'il est loin ce temps de la survivance! Loin pour moi, mais encore présent pour combien de familles de nos jours? Lever haut notre chapeau au club des petits déjeuners et aux fondations d'aide à l'enfance. Particulièrement, à celle de la famille Chagnon.

❊

Oncle Philippe avait annoncé sa visite. J'avais la chienne à la pensée de le rencontrer pour la première fois, mais je n'étais pas là quand il est venu. Riche, il avait accumulé des stocks pendant la Crise. Le travail étant rare, ses employés se contentaient de peu pour ne pas crever de faim. Lors de la reprise, au moment de la Deuxième Guerre mondiale, il revendit ses réserves à gros prix. Par contre, il soutenait des organismes de charité.

À ce moment-là, les gens étaient si pauvres qu'un vieillard m'avait dit: « Les chiens sont si affamés qu'ils jappent après la lune. Ils la prennent pour une galette de sarrasin. »

❊

« Philippe avait vérifié sur place le fonctionnement de la boulangerie. Avec Jeanne, il n'y avait pas de fraude et tous les démunis recevaient leur quote-part.

Avec ses allures d'homme vertueux, Lucien avait suggéré à Philippe de ne pas venir manger chez nous: "Ce, ce, ce serait leur enlever le, le, le pain de la bouche. La rencontrer serait l'hu, l'hu, l'humilier. Elle doit bien savoir que tu, tu, tu avais raison. Abélard l'a, a, a, abandonnée." Comment Lucien pouvait-il penser ainsi? La pitié, sentiment à n'offrir à personne, lui convenait. J'aime toujours Philippe, même s'il m'a profondément blessée. J'aurais tellement aimé lui présenter mes enfants, je suis si fière d'eux et notre petite Aube avait une certaine ressemblance avec sa fillette Rose. Il devait souffrir énormément depuis la mort de sa femme. Après mon départ définitif, à la fin de mes études, Antoinette avait simulé la guérison avant de fuguer et de se lancer dans le fleuve, du haut du pont. Alors, j'avais ressenti une peine troublante. Quelle misère humaine! Quelle violence envers soi-même!

Si on lit l'histoire des dieux inventés par les hommes, un constat s'impose : nous sommes animés par des forces positives et négatives, toujours en lutte. Quant à moi, je cherche à utiliser positivement cette énergie. L'amour devrait vaincre la haine. Quand je pardonne, je me sens libérée, plus autonome affectivement. Avec le temps, j'ai réalisé aussi qu'il est inutile de lutter contre les lois de la nature et plusieurs états de fait.

❖

À ce moment-là, ma chère petite Aube, tu avais neuf mois et ton otite a été dramatique pour tous. Le docteur Julien craignait une méningite et, bien malgré moi, nous t'avons

hospitalisée. C'était tellement difficile de me séparer de toi, mon
amour. Les bébés voient plusieurs
mères dans les femmes qui s'occupent
d'eux, ils n'identifient pas la vraie
mais, à ton âge, tu disais "maman".
Ce devait être terrible de te retrouver malade à l'étranger, séparée
brusquement de nous deux alors que
tu avais davantage besoin de sécurité. Je craignais que tu vives un
sentiment d'abandon qui aurait pu te
marquer pour la vie. À mes craintes,
le médecin soutenait que tu pourrais
en mourir ou perdre la raison. Il
fallait te garder sous observation.

Minute après minute, je m'inquiétais. Seule, j'étouffais en pleurant.
Je tenais à épargner Homère qui
pestait contre le destin : "C'est in-
humain ce qu'ils font vivre à ma petite
sœur. Assez les séparations !" Nous
avions mal à ton mal ! comme disait
Victor Hugo à son amie. Nous allions
te voir tous les soirs ; tu pleurais
tellement ! Impuissants derrière cette
satanée vitre qui nous séparait de
toi, si petite, les deux mains agrip-
pées aux barreaux de ta couchette,
la figure défaite par tes cris de
désespoir, je refoulais mes larmes
qui roulaient sur mes joues malgré
moi et ton frère pestait contre le
système. Je t'envoyais des becs de
la main, te faisais des *Bye ! Bye !*,
mais tu pleurais de plus en plus

fort en tendant les bras vers nous. Les infirmières désiraient que nous cessions nos visites car, en notre présence, tu pleurais davantage. Personne n'allait, sans nécessité extrême, couper le lien avec mon bébé. C'était tellement cruel à ce moment-là. Si nous avions pu, comme on le fait maintenant, te serrer dans nos bras, te donner à manger, te chanter des chansons douces pour t'endormir... mais non ! La mort dans l'âme, nous repartions et tes cris continuaient de supplier mes oreilles de te sortir de là.

Tu devais passer une semaine à l'hôpital mais, le quatrième jour, j'ai promis au docteur Julien de te surveiller jour et nuit et que si ta température montait, de filer à l'hôpital avec Jeanne. Tu souffrais d'un mal physique, mais ton mal d'ennui n'était-il pas pire encore ? Nous sommes allés te chercher avec toute la tendresse qui nous a toujours habités, espérant que tu ne sois pas affectée par cette séparation bien involontaire. Homère et moi t'avons entourée comme jamais en remerciant tous les saints.

Quelques mois plus tard, tu as fait tes premiers pas toute seule ; nous étions tellement émus.

— Dommage que son père ne voie pas ça !

— Maman, pourquoi vous faire du mal ?

— Maintenant, penser à ton père ne me fait que du bien.

Ton image est toujours présente en moi, ma petite fille d'amour. Tu portes la robe blanche à frisons roses et des souliers assortis reçus de Jeanne. Tu ressembles à la poupée aux cheveux châtains tournant au roux avec mèches blondes reçue en cadeau de Noël. Ton toupet frise sur ton front large. Ton nez mince un peu retroussé et tes lèvres gourmandes nous donnent l'envie d'embrasser ta petite bette toujours rieuse. Tu marches en te tenant aux chaises de la cuisine, puis tu t'en éloignes en glissant un pied en direction du cheval de bois. Tu avances l'autre pied en chancelant. Derrière toi, ton frère te protège de ses grands bras tout près de tes épaules, sans les toucher.

— Avance, ma petite sœur, t'es capable.

Je te tends les bras, tu glisses un pas, puis tu te figes sur place comme une poupée mécanique à bout de ressort.

— Viens ma chérie. Viens galoper sur le cheval fabriqué par ton papa.

Hochements saccadés de la tête en signe de non. Nous retenons nos rires devant ton refus si catégorique. La figure tendue, les bras en croix comme une trapéziste sur la corde raide. Dans un équilibre instable, tu fais un pas, puis un autre, nous t'applaudissons en silence ; tu répètes ton exploit et tu te jettes dans mes bras. Victoire ! Je te félicite, je tourne avec toi qui t'esclaffes de rire. Homère t'embrasse, te serre sur lui.

Les premiers pas de mes enfants m'ont toujours servi de leçons. Avancer seule moi aussi, même en titubant ; me projeter dans le futur sans ruminer le passé ! Les rires d'Aube asséchaient nos larmes et proclamaient la vie.

Comme jadis, la maison sera pleine de cris et de courses dans l'escalier. Remplis d'un nouvel espoir et de tendresse, mes bras seront moins fatigués ; les souffles du repos seront tonifiés par ceux de notre amour pour toi, ma petite chérie.

Tôt le lendemain matin, j'avais tiré le rideau de toile de ma chambre et de nouveau, je m'étais sentie enracinée dans ma campagne qui se profilait derrière la maison. À l'horizon, le soleil plombait derrière la chaîne de montagnes ; l'espoir s'infiltrait en moi et, lentement, ma

tête se libérait des fantômes et des
cauchemars de mes nuits depuis le
départ d'Abélard.

❉

À l'été, Aube s'était aventurée au
jardin, dans une course folle vers
les roses et elle était tombée en
appelant Homère. Vite, il avait couru vers elle : "Becquer bobo." Et les
pleurs avaient cessé aussitôt. De
ses petits doigts agiles, elle lui
avait donné des becs en pincettes en
serrant fort les joues de son frère
heureux comme un père.

Les pommettes saillantes parse-
mées de rousselures, les longs cils
noirs de notre petite rousse tournaient comme des rayons autour de
ses grands yeux bleu ciel. Homère
admirait son nez fin, son menton décidé, sa peau douce comme le velours
d'une pêche et ses lèvres invitant
aux baisers. Quand sa presque fille
s'esclaffait de rire, ses fossettes
se creusaient davantage. Pour nous,
elle était la plus belle enfant du
monde.

Ma chère Aube a gardé ce mélange
de douceur, de subtilité des premières lueurs du jour et cette force
du soleil de midi.

❉

Le temps avait glissé derrière
nous.

Le bon soleil de septembre réchauffait tout mon être et des oiseaux chantaient avant leur départ pour les pays chauds. Le miracle de l'amour m'avait donné le courage d'accepter le non-retour d'Abélard. Jour après jour, des projets s'élaboraient pour la femme, la mère, la sœur, la voisine que je suis.

Deux années à survivre sans mon grand amour mais, avec ma petite, la joie flottait chez nous comme les cumulus dans un grand ciel sans nuages. Cette enfant se levait lumineuse : accolades et baisers !

— As-tu fait de beaux rêves, ma chérie ?

— Oh oui, maman ! Tu m'lançais dans le ciel.

Lancer un enfant dans le ciel, dans la lumière de l'amour ; réapprendre le merveilleux de la vie avec elle ; ne plus me créer un enfer en ruminant le passé !

La tête pleine de pensées heureuses, ma petite chantonnait sans cesse. Elle calait sa tête fleurie au creux de mon cou. À l'automne, ses grappes de rires et ses couronnes de feuilles d'érable s'harmonisaient en complémentaires avec les conifères de la montagne en face de nous. De plus en plus, je devenais saison d'automne et mes enfants éclairaient les ombres de mon esprit. Assumer ma nouvelle vie me procurait une fierté réconfortante. Parfois, l'image d'Abélard réapparaissait et se mêlait au décor. Sa tendresse m'habitait toujours, mes yeux brillaient et je le priais de m'aider à transformer notre échec en victoire. Je me laissais bercer par nos anciennes mélodies toujours vivantes dans l'espace sacré de mes jardins intérieurs. Son rire envahissait notre nouvelle demeure et ma plaie d'amour se cicatrisait. Son esprit batailleur m'inspirait dans mes efforts pour la cause des femmes inhibées, dominées et parfois battues. Thérèse Casgrain m'inspirait énormément. Je ne suis pas contre les hommes, au contraire : les différences sont enrichissantes et aident les couples à grandir s'ils se respectent. »

36

Ma huitième année terminée, j'avais décidé de suivre les traces de papa en aidant mon grand-père Georges à construire une chapelle. Cristi de cristi, à défaut d'être ébéniste, je deviendrais un excellent ouvrier. Plus tard, je fabriquerais des meubles signés Beaubourg. Déjà, je savais utiliser la scie à onglet et je connaissais deux techniques d'assemblage : les queues d'aronde et la croix de Saint-André. Je sciais et j'assemblais les moulures dans tous les angles de façon à peu près parfaite. J'étais fier de moi : j'avais fait du bel ouvrage, comme disait papa. Après deux années à travailler avec grand-papa Beaubourg, je lui devenais indispensable. Il commençait à être magané de la charrette.

Lors de l'inauguration de ce lieu sacré, habillé en beau, bercé par la musique dévotieuse de Back, je me disais : « Si c'est ça le ciel, j'aimerais y avoir une place. » Je flottais dans une lumière nouvelle ; j'aurais aimé que ça dure longtemps, contrairement aux sermons du dimanche qui me dérangeaient : l'enfer, les péchés, les interdictions de danser. Entendre parler d'amour à la messe était mon vœu. Pas souvent exaucé.

Grâce à la reprise économique, l'ouvrage ne manquait pas, mais je maudissais la guerre. Comment cela allait-il finir ? Un jour, je serais appelé. Je réagirais comment ?

Maman aussi s'inquiétait. Solide et forte, elle était le pilier de notre famille. Une vraie cariatide qui soutenait le temple. Elle vivait une histoire de femme qui suscite du courage. Entre elle et le souvenir de papa, ce n'était plus des ruines qui persistaient, mais le souvenir vivant de leur amour indéfectible. Aucune place pour le doute. Elle me laissait vivre mes expériences. Même si elle pensait différemment. Pour grandir intérieurement. Son amour se conjuguait avec le vocable confiance.

Le docteur Julien l'admirait beaucoup et, souvent, il lui apportait des livres. Notre bibliothèque en était pleine. Je lui en ai fabriqué une autre. *Le mur*, *Terre des hommes* et *L'étranger* ont encore leur place. Pour éviter que les mauvaises langues se fassent aller, son ami, le docteur, l'a amenée à Montréal avec tante Jeanne pour assister à la pièce de théâtre La reine morte.

Malgré mes craintes de la guerre, ma relation avec ma petite sœur me comblait. Dès sa petite enfance, Aube se traçait un gros programme pour la journée : dessiner, danser, écouter mes histoires, cuisiner avec maman, faire des bouquets. Toujours on chantait ensemble. Elle me suivait partout. Comment oublier ses trois ans ? Rayonnante, elle court vers moi serrant par le cou deux taches jaunes, reçues en cadeau. « Non, non, Aube ! » Trop tard ! Deux canetons s'écroulent sur le gazon. Deux en moins sur notre table l'hiver prochain.

Ce dimanche, à la grand-messe, tante Jeanne et son mari sont assis sur le banc devant nous. Tout à coup, mon petit trésor me glisse à l'oreille :

— Regarde, l'oncle Napoléon a un trou sur la tête.

— Non ma chérie, il a perdu ses cheveux.

Et, voyant son chapeau sur le banc, elle ajoute :

— C'est-y pour boucher son trou?

Je ris dans ma barbe et je pense : « La petite bougres-
se a peut-être vu juste ; ça expliquerait le manque de
jugement de l'oncle. Lui manquerait-il un bardeau? »
Ma chère petite sœur a été un vrai cadeau du ciel pour
moi. Nous nous aimons toujours tellement. Comment oublier ses manifestations de reconnaissance
chaque fois que je m'en occupais? Elle se précipite
sur moi, me couvre de baisers affectueux. Cela nous
fait rire. Elle passe ses doigts dans mon toupet. Elle
contourne ma figure un peu barbue :

— Ça pique, mais c'est pas grave, me dit-elle en
ricanant.

Elle baisse les paupières. Ses longs cils tournés
soulignent l'éclat de ses yeux et le rose de ses joues.
Elle se colle sur mon cœur :

— Il cogne moins vite que le mien.

— C'est normal chez un enfant.

Je l'entoure de mes bras d'artisan. Je la serre tendrement.

— Tu m'écrases, lance-t-elle d'un ton moqueur,
comme si elle voulait que je recommence.

— Oublie pas que je suis un homme fort.

Je la chatouille partout. Je la lance en l'air. Elle
flotte sur les ailes de l'avion que je suis devenu. Je la
dépose et je la couvre de mon œil de bonté. D'amour
fraternel ou paternel. Je l'ignore.

Ce soir, 1 000 feux brillent au fond du potager.
Je laisse mon regard errer. Mes narines se gâter des
odeurs du foin coupé. Mon cœur se griser des sensations merveilleuses éprouvées dans mon enfance.
Au creux du silence, un homme se renouvelle. Me
revient la découverte des mouches à feux par Aube,

ici même, au fond de la cour arrière. J'avais écrasé le petit derrière de l'une d'elle en la déposant dans sa main. Elle était si émerveillée de voir cette lumière phosphorescente qu'elle courut la montrer à maman.

En revivant des évènements heureux de ma vie, je me sens si bien. Il y en aura d'autres. La lumière des lucioles femelles attirent les mâles. Qu'est-ce qui m'attire chez Gisèle et m'éloigne de Dolorès, cette nouvelle venue au village?

« Voir partir notre cher Homère à longueur de journée a été très difficile pour Aube et moi. Je me devais de respecter son choix en me considérant privilégiée d'avoir un fils aussi aimant en ce temps de grande tourmente. Quand cette guerre de l'Allemagne déclarée aux autres pays finirait-elle et quand mon fils serait-il appelé pour l'enrôlement? Ça me terrorisait. Heureusement, Aube, mon rayon de soleil, me réjouissait de ses finesses et je me répétais qu'il valait mieux profiter du moment présent.

Après son dodo de l'après-midi, ma cuisine se transformait en garderie, et cela, jusqu'à son entrée à l'école. Les jeunes enfants des voisins assistaient aux séances de dessin, de bricolage et à l'apprentissage de comptines. Ma petite fille s'ouvrait aux autres, mais elle jouait à côté d'eux. Elle s'amusait avec les petites boîtes que lui gardait Jeanne ;

les unes se transformaient en lits pour ses poupées miniatures malades qu'elle soignait ; d'autres en armoires de rangement. Sans cesse elle donnait des ordres à ses petites amies. Quand l'une d'elles l'a appelée "la boss de bécosse", elle lui a répondu : "Va péter dans les fleurs." Elle devait apprendre à modifier son comportement : la violence verbale est aussi un boomerang qui rebondit sur la personne qui l'a lancé.

Parfois, la chicane prenait et Aube se retrouvait seule à faire du boudin. Si je lui refusais une permission, mon rayon de soleil se changeait en averse de pluie et je lui disais : "Si tu restes dans cet espace de tristesse, c'est ton choix, mais ta petite manipulation ne me fera pas changer d'idée. Quand tu auras réfléchi, viens me retrouver, on a beaucoup de choses à faire ensemble." L'instant d'après, elle m'embrassait, riait aux éclats à l'idée de préparer le repas. Elle donnait ses suggestions, car elle avait le bec fin. Si on allait visiter Jeanne, elle sautait de joie ; elle l'appelait "grand-maman".

Extraordinaire pour Homère et moi de côtoyer l'enfance ! La pensée magique d'Aube nous rafraîchissait, mais quand elle a transformé un morceau de papier en sous-marin, puis en avion de guerre, nous nous sommes questionnés. Percevait-elle nos inquiétudes, même si nous évitions d'en parler devant elle?

Dès ses deux ans, pendant qu'Aurore dessinait de sa petite main souple comme le vol d'une libellule, son débordement verbal m'éclairait sur la façon dont cette enfant voluptueuse percevait sa petite vie. J'apprenais peut-être davantage d'elle qu'elle de moi : sa spontanéité, sa franchise, son sens de l'émerveillement, son enthousiasme étaient un exemple toujours renouvelé pour mon fils et moi.

❋

Il fallait participer à l'effort de guerre au Québec. La récupération des huiles était obligatoire. On subissait le rationnement sur l'essence, le sucre, le beurre et l'alcool. On défendait de trancher le pain dans les boulangeries et on imposait des restrictions sur les impressions du papier d'emballage. Depuis l'automne 1942, la mode pour la femme avait été décrétée par les fonctionnaires fédéraux : elle serait sans apparat en exigeant moins de main-d'œuvre afin de la diriger vers les usines de guerre qui avaient la priorité sur le recrutement. Une mode féminine imposée à des femmes par des hommes avait attiré la dénonciation de Madeleine Parent dans *Cité libre*.

Avec l'adoption du plébiscite en 1943, la Conscription avait été votée, car l'enrôlement volontaire des jeunes hommes ne suffisait pas malgré la consigne de ne pas les engager afin de les motiver à s'enrôler. Les déserteurs étaient pourchassés. On incitait les femmes et les hommes inaptes à la guerre à entrer sur le marché du travail. Celui des femmes dans les usines avait donc augmenté.

Dans la revue *Relations*, les Jésuites avaient dénoncé les problèmes engendrés par l'émancipation des femmes dont les conséquences sur la vie familiale et la religion étaient désastreuses, selon eux.

❦

Nous étions en guerre : trois navires avaient été coulés dans la rivière Gaspé ainsi que le traversier *Caribou* par un sous-marin allemand.

La grande nouvelle de la libération de Paris nous avait comblés de joie, mais l'écrasement des troupes d'un millier de Canadiens à Dieppe, dont plusieurs francophones, nous avait fait douter que cette guerre finisse rapidement. Nos soldats survivants avaient été emprisonnés par les Allemands.

Malgré ces temps si pénibles, j'avais la chance de garder ma petite avec moi, car je prenais à la maison les appels pour le docteur Julien. Levée à l'aurore, je retrouvais mon enthousiasme à l'égard de l'avenir des Québécois car, non seulement l'école était obligatoire, mais l'avenir des femmes était prometteur : Thérèse Casgrain nous avait obtenu le droit de vote. Ma petite Aube aurait la chance de s'affirmer davantage toute sa vie.

Le nombre d'électeurs avait plus que doublé, mais plusieurs femmes avaient voté selon les convictions de leur mari. À ce moment-là, elles étaient conditionnées à leur rôle de reine du foyer ; plusieurs approuvaient même le salaire des hommes plus élevé que le leur pour un travail et un rendement égal. Des jeunes filles privilégiées ayant accès aux études, le faisaient en vue de plaire à leur futur mari pour qu'il soit fier d'elles. Peu d'entre elles optaient pour une carrière professionnelle. Combien de femmes préfèrent encore un homme un peu macho ?

À ce moment-là, je portais une jupe fourreau coupée aux genoux, un chemisier et un chapeau vagabond ; j'aimais bien une tenue simple, mais élégante. La guerre avait fait découvrir l'importance des femmes : la moitié du monde.

❀

Pour les quatre ans de ma chère Aube, je lui avais donné une poupée de porcelaine obtenue au prix du gros par Jeanne. On aurait dit une vraie fillette de bourgeois. En plus, ses yeux se fermaient, ses membres étaient articulés et elle disait "Maman". Homère lui avait fabriqué une commode, un petit lit et une berceuse pour sa poupée. Aube riait comme un cœur, nous embrassait à n'en plus finir et nous faisait des minouches.

Ah, les mains douces de notre petit trésor !

Les jours suivants, malgré la guerre, j'ai ressenti une grande joie à l'asseoir sur mes genoux pour coudre les draps de son petit lit et des jaquettes pour sa poupée. Elle tenait le tissu qui allait passer sous l'aiguille pendant que je pédalais pour le coudre. Avec elle, j'apprenais davantage le sens du jeu et du plaisir, tellement déformé par les restes du jansénisme.

En fin de semaine, Homère revenait à la maison, et les regards de mes deux enfants se croisaient avec la même joie de se retrouver. Aube le suivait à la trace et cela pendant toute sa petite enfance : au poulailler, à l'atelier, au potager. Le soir, il la bordait, lui racontait des histoires et lui chantait des chansons douces pour l'endormir dans son petit lit blanc et rose :

"Ferme tes jolis yeux

car les heures sont brèves

au pays merveilleux

au beau pays du rêve..."

❀

L'année suivante, Homère et moi avons été renversés par la catastrophe humaine de la bombe atomique larguée sur Hiroshima par les Américains. Secouée de la tête aux pieds, je souffrais avec eux. Pourquoi tant de violence ? Quelles seraient les séquelles de l'énergie atomique sur les survivants ? Mes problèmes passés me paraissaient minimes comparativement à ce désastre. L'homme ne changerait-il jamais ? La guerre occupait toute la place des conversations entre mon ami Julien, mon fils et moi. Depuis le début, nous avions besoin de comprendre ; je devais lutter pour ne pas me sentir étouffée par les horreurs décrites dans les quotidiens et à la radio. Qui empêcherait les autres nations d'en faire autant ? Quand ce boomerang allait-il ricocher sur l'Amérique ? La terre nous le pardonnerait-elle ? Elle a une mémoire.

Par contre, ma vie harmonieuse m'aidait à tolérer l'inacceptable. Il en était ainsi, je crois, pour mon fils si aimant pour moi et sa petite sœur.

❖

Souvent, Homère faisait des randonnées enchanteresses en forêt avec sa presque fille. Me revient l'épisode de leur retour, à ses six ans.

— Maman, saviez-vous que les arbres y sont les poumons de la Terre ? Sans eux, on aurait d'la misère à respirer !

Aube sort ses craies de cire et elle dessine un arbre. D'une main ferme, elle trace le tronc puis, au faîte, des demi-cercles d'un geste continu.

— La tête de mon arbre va jusqu'au ciel.

Dans chacune des courbes pendent des feuilles vertes et des fleurs roses. Son babillage la stimule à continuer.

— Un arbre, ça respire, ça boit la pluie… je pense que ça pleure aussi.

— Ma chérie, pourquoi penses-tu qu'il pleure ?

— Quand des hommes les coupent pour rien.

Incroyables, les enfants ! Les écouter et protéger ce qu'ils savent déjà, Elle s'arrête, le coude sur la table, la joue appuyée sur sa main ;

elle ajoute : "Comment y font pour se tenir debout quand il y a une tempête ?"

Dans un livre de botanique, je lui montre les longues racines qui travaillent fort pour puiser leur nourriture dans le sol.

— Il y a une autre raison de respecter la vie des arbres. Sais-tu pourquoi, ma chérie ? Les racines retiennent la terre pour qu'il n'y ait pas d'éboulis, surtout près des cours d'eau.

Elle dessine de longues lignes au pied de son arbre, jusqu'au bas de la feuille en disant :

— Elles vont jusqu'au cœur de la terre. Y va être très fort, mon arbre. Y va venir si gros que les bûcherons auront pas envie de l'couper.

Elle était de plus en plus inspirante. Avoir la tête dans le ciel et les pieds bien ancrés au sol, quelle leçon pour moi !

❇

Comme toujours, j'écrivais souvent à Antoine. À sept ans, Aube lui gribouillait un petit mot et, souvent, Jeanne nous conduisait en auto au collège où il enseignait. Disons-le, ma sœur aussi s'ennuyait de lui et il était si heureux de voir grandir sa petite sœur. Comme ce doit être difficile de sacrifier sa paternité : il aime tellement les enfants.

Par contre, il l'exerce à sa manière auprès de ses élèves. Son supérieur avait hésité à lui confier une classe, se demandant s'il aurait suffisamment d'autorité. Pas très grand, il paraît encore plus maigre dans sa soutane noire. Antoine lui a prouvé que le respect ne se mesure pas à la taille d'un homme. Ses élèves n'étaient pas dominés par la peur, mais motivés par la joie d'apprendre et d'être fiers d'eux.

Par la suite, même si on lui confiait des élèves difficiles, le tour était joué en peu de temps et le personnel enseignant cherchait à connaître sa méthode. Il suivait les traces de son mentor. Même si ce dernier était laid à fabriquer des remèdes, il suscitait l'admiration de ses élèves. Au début de l'année scolaire, le vieux maître leur disait : "Je sais que je ne suis pas beau à voir mais, lors de mes explications, il faut me regarder et bien écouter si vous voulez réussir votre année." À la récréation, un garçonnet de son groupe lui dit : "Vous êtes ben let un p'tit peu, mais pas si tant ben let que ça." Amusant, mais révélateur.

La raison de la persévérance d'Antoine en communauté s'expliquerait-elle par son amour de ses élèves et son dévouement envers eux? Cela ne l'empêche pas de s'intéresser à notre petite vie. Je lui parle de la beauté de la nature chez nous. Les conifères éparpillés dans la montagne en feu offrent une palette de couleurs féeriques ; les bébés hirondelles devenus adultes semblent excités à l'idée de partir vers les pays chauds, comme le fera Aube dans quelques années !

Profiter de la vie, profiter des beaux jours, entourée de mes amours ! »

❊

Hiroshima, une catastrophe humanitaire terrible. Dans *Sciences et vie*, je viens de lire le journal du docteur Michihico Hachiya, directeur de l'hôpital du ministère des PTT : 60 ans dans l'enfer d'Hiroshima. Il avait consigné dans des carnets tout ce qu'il avait vu ce jour du 6 août 1945 et les jours suivants, avec une idée en tête : « C'est à trembler de peur, la bombe atomique. Environ 60 000 morts ! La propagande du Japon faisait croire aux habitants que les Américains les massacreraient et les mangeraient. Des vieillards et des femmes s'étaient jetés avec leurs enfants du haut des falaises pour échapper à ce mauvais sort. » Selon lui, il est possible que cette bombe ait épargné davantage de vies. Autant aux États-Unis qu'au Japon, si la guerre avait continué. Inimaginable la cruauté des guerres pour conquérir le pouvoir. Les capitaux ! Hitler nous faisait peur. Les problèmes des Juifs étaient terribles et le Japon était devenu son allié. Le cœur me lève encore. Le drame de la bombe atomique avait bouleversé aussi ma petite sœur qui ignorait presque tout de la maudite guerre.

❀

À ce moment-là, une bombe avait éclaté en moi : mon coup de foudre pour ma future femme, Paule. Quel grand cœur dans une si frêle maison ! Un cœur sensible et généreux. Une bombe ne s'oublie pas. Je souris avec amitié à la femme de mes rêves. Paule est de plus en plus magnifique. Tout en elle m'envoûte. La frange épaisse de ses cils forme des rayons lumineux autour de ses yeux verts qui désirent et se refusent en même temps. Tout son être respire la féminité. Une sensualité de déesse. Son sourire accroché à ses lèvres pulpeuses et ses gestes lents tout en rondeur m'émerveillent. Sa personnalité me frappe en pleine poitrine. Mon jeune cœur s'emballe comme un fou. J'ai la gorge sèche. Je transpire. Je n'ose pas m'abandonner à l'euphorie qui me gagne. J'entends cogner mon cœur sous mes côtes. Une sorte de tremblement dans tout mon corps. Un choc électrique. J'imaginais le sien battre avec le mien. Fortement. Comme le tambour de ralliement pour un évènement heureux. L'amour me brûle. Avec des amis, nous décidons de quitter la fête d'anniversaire de la fondation du village. Faire un feu d'épaves près de la rivière serait bien mieux. Elle s'abandonne à la confiance. Nous sommes si proches l'un de l'autre quand je la couvre doucement d'un châle.

Elle est belle et fragile comme une femme de porcelaine. Le soleil plombe et ses cheveux roux flambent avec moi. Je l'inonde de compliments. Elle me compare au *David* de Michel-Ange : « Ton profil est le même : arcade sourcilière et sourcils prononcés, yeux profonds et inquisiteurs ; le nez un peu arqué. » J'ajoute : « Des lèvres faites pour t'embrasser. »

Elle s'éloigne de moi avec l'inquiétude inscrite sur sa figure. Attendre ! Ce n'est pas gagné avec elle. Mon Dieu, je suis vraiment amoureux. Mes yeux rivés aux siens. Le souffle précipité. Pourquoi suis-je si bouleversé devant cette jeune femme si fragile ? L'idée m'effleure un instant d'enrouler mes bras autour de sa taille fine. De la serrer fort sur ma poitrine. De sentir la sienne se soulever. Saisir sa bouche. Trouver sa langue, son cou, ses seins. Sentir mon sexe se durcir. Assez rêvé ! Mon canot d'écorce chavire.

Une déclaration couve dans mon esprit mais seul mon regard lui prononce les mots d'amour étouffés au fond de mon gosier. Reprendre mon souffle ! Garder sa confiance !

Aucun vent n'agite les feuilles chaudes. Aucun nuage en vue quand elle retourne chez elle avec son amie Aline. Mon cœur bondit de nouveau en la voyant se déplacer avec souplesse dans la paix de ce grand jour. Le cœur noué de désirs, je la quitte à regret. Je devrai l'apprivoiser. Lentement. Je demeure immobile dans les chants de la brunante. Une lumière bronzée s'étend sur la rivière et miroite sur les ondulations de l'eau calme.

Ma pensée vagabonde sans cesse vers Paule. Mes yeux ne voient qu'elle. Même en rêve. Mes oreilles n'entendent que sa voix à longueur de journée. Je suis imprégné de son parfum. J'espère vivre avec elle.

J'invente toutes sortes de prétextes pour la revoir. Je l'invite souvent au théâtre avec son amie Aline : *Au pied de la pente douce*, de Roger Lemelin, et *Bonheur d'occasion*, de Gabrielle Roy, qui révèlent un univers de commis, d'employés, d'ouvriers sans travail.

Selon maman, les curés « se désâment » vis-à-vis de la crise du logement, du chômage, de la contestation radicale de la jeunesse dans la famille éclatée en raison des horizons professionnels divers de ses membres. Les institutions sont en crise, la nécessité d'une réforme s'impose. Pour moi, celle de vivre avec ma chère Paule est évidente.

❁

Le temps est écho. La pluie s'annonce pour bientôt. Ça y est : il vente, les vitres tremblent. Gisèle entre en vitesse, un peu mouillée. Son parapluie a viré à l'envers. Elle assèche ses cheveux qui frisent davantage. Elle est lumineuse dans cette fin de jour. Je lui infuse un bon thé chaud que nous buvons lentement. Elle me rapporte le roman de Madeleine Gagnon, *Je m'appelle Bosnia*, et *Pierre de patience*, d'Atiq Rahimi. Elle a apprécié en connaître davantage sur la guerre de Bosnie et le sort des femmes en Afghanistan. Les yeux gourmands de lire, elle choisit le recueil *Les cents plus beaux poèmes québécois*, de Pierre Graveline, lancé au Salon du livre de Montréal 2007. Elle doit retourner à Montréal dans quelques jours, nous nous reverrons souvent à la Place des Arts. Même si les années ont dessiné des graphismes sur sa figure, Gisèle a l'énergie d'une jeunesse. C'est un exemple à suivre.

Les départs ont toujours creusé un vide à l'intérieur de moi. Indéfrichable. Demain, Mme Gisèle filera vers Montréal avec l'eau de ma rivière qui grossira le ventre du grand fleuve.

37

Dans ce troisième album, maman a glissé des photos de plusieurs anniversaires d'Aube jusqu'à la fin de sa neuvième année. Elles sont très précieuses pour moi. Déjà en troisième année, à sept ans! Ses nattes épaisses tombent de chaque côté de sa figure ovale ornée d'un large sourire. Elle grandit en sagesse et en beauté. Sac au dos, elle nous fait Bye! Bye! Elle n'aurait pas manqué une seule journée d'école pour tout l'or du monde. Son petit air espiègle et ses yeux pleins de rêves me questionnaient. Que deviendra-t-elle plus tard? Une écrivaine comme maman? Étudiera-t-elle à l'École des beaux-arts de Montréal? Embrassera-t-elle une des trois carrières offertes aux jeunes filles de l'époque? Secrétaire. Infirmière. Professeure...

Pour son anniversaire, en cachette, je lui avais fabriqué une table et quatre petites chaises aux poteaux tournés. Maman lui avait offert un ensemble de vaisselle miniature bleu, en cristal pressé. Tante Jeanne, une petite batterie de cuisine en métal commandé dans le catalogue d'Eaton. Le docteur Julien, un livre: *la Belle au bois dormant*. Aube sautait de joie. Elle avait de la parlote avec tout le monde. Davantage ce jour-là. Elle n'en finissait plus de nous dire sa reconnaissance. En coup de vent, elle a invité ses amies pour le goûter: du chocolat au lait et des galettes à la vanille cuisinées avec maman. Cette recette est celle de grand-maman Azilda. Elle goûte bon comme elle.

❁

Déjà à huit ans, Aube n'aimait pas qu'on l'empêche de participer à certaines tâches parce qu'elle était une fille. Elle savait se défendre par la parole. Sans être trop agressive. En quatrième année, elle avait déjà un goût prononcé pour l'étude et sa pensée s'articulait de plus en plus.

À ce moment-là, je n'avais pas encore oublié mon rêve d'étudier à l'École du meuble de Montréal où enseignait Borduas. Cette même année, en 1948, il publiait son *Refus global*. J'étais assez d'accord avec lui. « Du règne de la peur soustrayante, nous passons à celui de l'angoisse », avait-il écrit dans son manifeste. Employé du ministère de l'Instruction publique, ses propos lui avaient attiré le congédiement.

Cette même année, le Théâtre du rideau vert fut fondé par la comédienne Yvette Brind'Amour et Mme Mercédez Palamino. Nous devons beaucoup à cette dernière qui a fait fonctionner ce théâtre à bout de bras. C'était le grand luxe pour maman et moi de nous y rendre avec le docteur Julien.

❁

Ma belle petite sœur a 11 ans.

Les rayons chauds du printemps dorent sa peau. Ça me fait du bien de revoir sa binette sur cette photo. Elle est presque une adolescente. Nous faisons une randonnée près de la rivière. Je ressens le même bonheur d'autrefois quand, enfant, papa m'y accompagnait. La chaleur réchauffe mes racines. Éveillent en moi les mêmes sensations de bien-être. Comme on est bien tous les deux près de l'eau ! Ce paysage vert et propre est peuplé de vies et de chants différents. Il est rempli de mystères et de grandeur. Ma vie cadre si bien avec ce milieu. Je retrouve calme et équilibre. Tous les deux, nous ramassons des épaves échouées sur la berge de la Saint-François. Je l'entends encore :

— Homère, prête-moi ton couteau de poche. Je vois un grand oiseau dans ce bois poli par la vague.

— Ma belle, c'est dangereux de t'couper.

— Alors, montre-moi comment faire.

Elle m'a souvent vu sculpter. Elle saisit vite comment tenir l'instrument de façon à ce qu'il ne soit jamais dirigé vers son autre main. Excitée comme un chiot, elle précise les caractères visualisés. Enthousiaste, elle veut apporter les épaves qui lui suggèrent toutes sortes d'oiseaux et d'animaux fantastiques.

— Homère, c'est-y pareil pour toi ? C'est comme s'ils me suppliaient de les sortir de là.

La tête ébouriffée comme une botte de foin, elle rit aux éclats en montrant son chef-d'œuvre à maman qui semble étonnée de sa création. Elle s'exclame :

— Vous avez hérité du sens artistique de votre père.

Je pense à Antoine. Jamais il ne connaîtra autant la tendresse de sa sœur. D'un enfant à lui. Personne ne mettra sa petite main remplie d'amour sur son cœur quand il le sent déchiré. Il est seul. A-t-il froid sous son épaisse soutane noire. Il est fort. Je lui souhaite de sublimer sans trop souffrir.

❀

Malgré les problèmes sociaux, notre famille vivait paisiblement. Au début du cours secondaire d'Aube, j'avais transformé en maisonnette le cabanon servant de dépôt pour les outils du jardin. Je tenais à reproduire en miniature notre maison avec ses lucarnes, ses frises en bordure du toit, sa galerie aux poteaux tournés. Elle m'aidait. Me donnait les clous et les outils. Ensuite, elle a peinturé avec moi. Mais pas les détails. Avec maman, elle a cousu les rideaux pour les fenêtres. Elle était la seule à posséder la clé de son château. Elle y organisait des fêtes d'amies. Un grand verre de jus de pomme en main, maman et moi étions invités à trinquer avec elles. Offrir autant de joie à une enfant me donnait l'impression de recevoir d'elle une très grande récompense. Sa maisonnette était son lieu de réflexion, l'endroit où elle tenait ses réunions tout au long de son cours secondaire. Son refuge pour lire et étudier dès la chaleur revenue et tard à l'automne. Maman lui avait donné une petite radio. Depuis lors, elle écoutait les nouvelles et elle lisait des articles du *Devoir*. Elle s'intéressait à nos conversations sur l'affranchissement économique du Québec. Elle nous questionnait. Parfois, elle ajoutait son petit grain de sel.

Plus tard, Aube a fait transporter sa maisonnette dans sa cour, à Montréal.

❦

La grève d'Asbestos nous avait tous révoltés contre le gouvernement Duplessis. Il apparaissait non plus comme un arbitre, mais comme un allié de l'employeur. J'étais touché de près : le père de Paule avait craché le sang à force de creuser sa tombe à la mine depuis sa jeunesse. Les poumons pollués par l'amiantose, il venait de mourir de la tuberculose. Pierre Elliot Trudeau et Gérard Pelletier s'étaient rendus à Asbestos. Ils ne s'étaient pas laissé intimider par les gardiens de la mine et la menace de fermeture. Le Devoir s'était prononcé en faveur des grévistes. Plusieurs ont été emprisonnés, dont Madeleine Parent, journaliste de *Cité libre*.

Certains membres du clergé ont appuyé les revendications des chômeurs. Mgr Joseph Charbonneau, président de la commission épiscopale des questions sociales, avait lancé un cri d'alarme en faveur du monde ouvrier dans son sermon dominical. Il voyait la classe ouvrière « victime d'une conspiration de la part des compagnies pour l'écraser… »

« D'où l'obligation pour les ouvriers, comme pour les patrons d'ailleurs, de s'unir afin d'exercer leurs droits et leurs devoirs », avait déclaré la Confédération des travailleurs catholiques du Canada. Plus tard, la grève du textile de Louiseville n'a pas été plus facile. Une réforme s'imposait. Dans *Histoire du Québec*, Marc Durand affirme :

« L'omniprésence de l'Église dans les écoles et dans les syndicats est ouvertement critiquée ; la non-ingérence de l'État dans presque tous les domaines est de moins en moins acceptée : assistance sociale, éducation, emploi, exploitation par les étrangers des ressources naturelles. »

Année après année, ma vie se passait dans des histoires d'amour incroyables. Trois femmes m'aimaient : ma douce maman, ma chère petite sœur et ma belle Paule. Avec elle, j'allais voir des films à faire réfléchir : *Un homme et son péché*, *Séraphin*, *Un curé de campagne*. En 1951, *Le rossignol et les cloches* avaient nourri le nationalisme en moi. J'ai aimé le jeu des acteurs, les paysages, les lieux de chez nous. L'année précédente, nous avions eu notre drapeau, le fleurdelisé, une affirmation du fait français au Québec. Duplessis s'était un peu racheté à mes yeux.

❧

« Depuis quelques années, le docteur Julien m'avait confié sa comptabilité, et ce salaire m'aidait.

Se développait une grande amitié entre Julien, Aube et moi. Il écoutait ma petite, lui donnait de l'importance.

Nous buvions une tasse de thé en racontant des pans de nos vies. Cinq ans auparavant, il avait perdu sa femme dans un accident ; il l'avait aimée autant que j'avais aimé Abélard. Nous échangions nos livres nouvellement achetés ; il m'en donnait en cadeau : *La quête du jour* ; *Journal d'un curé de campagne* ; *Le Survenant*, de Germaine Guévremont en 1958 ; *Agaguk*, d'Yves Thériault et *Un simple soldat*, de Marcel Dubé. Ma bibliothèque débordait. Homère m'en a fabriqué une troisième.

Après la guerre, on cherchait à retirer les femmes du marché du travail, les mêmes qu'on avait sollicitées pour participer à l'effort de guerre. Ayant goûté à l'autonomie, plusieurs voyaient naître en elles le désir d'être respectées. Fini d'être reléguées aux tâches familiales et d'être souvent battues par leur ivrogne de mari. Quittant les quatre murs de leur maison, plusieurs avaient élargi leurs horizons ; elles saisissaient qu'elles étaient des citoyennes à part entière dans ce monde d'hommes à rebâtir ; elles voulaient lutter pour prendre leur place.

Elles avaient raccourci leurs robes, laissant voir leurs mollets. Même Jeanne déménageait dans sa garde-robe la mode de Montréal aux idées élargies d'après-guerre.

Avec Duplessis, le gouvernement a implanté des Instituts familiaux pour ramener les femmes au foyer. Ils étaient dirigés par des religieuses, non par des mères de famille d'expérience. Il a nommé Mgr Albert Tessier pour les chapeauter. Julien et moi, nous en prenions conscience, mais il nous semblait que peu de gens réalisaient leur stratagème.

Mon ami partage mes idées concernant les femmes ; je vois dans les deux sexes des êtres humains différents, mais en mesure de se compléter. L'évolution se fait à coups de pendule ; un jour nous atteindrons peut-être le juste milieu.

C'est toujours agréable de causer avec lui de nos lectures, de nos enfants, de sa profession, de mes articles à publier dans les journaux régionaux concernant le sort des femmes. Face aux problèmes du sexe dit faible, je suis très bouleversée et j'écris souvent. *La Tribune* m'a demandé un texte poétique sur le dilemme des femmes. Je compose une sorte de supplique adressée à une déesse des temps préhistoriques, espérant toucher les lecteurs et les lectrices ?

"Nous avons modelé des colombes d'argile

qui s'animent et s'envolent vers toi déesse Lune.

Écoute les messages de toutes les femmes aux étés prématurés

qui inventent la survie au quotidien ;

de tous les anges sauveteurs

de ceux qui se noient dans les flots de leurs tourments ;

de toutes les femmes esquintées de puiser l'eau dans des seaux

toujours vides aux fontaines des amours taries ;

de toutes les femmes pour qui le mot malheur

devrait s'écrire au féminin."

Avant de poster mon article, je veux connaître l'opinion de Julien. Il me félicite, mais il se demande si les gens saisiront le sens profond de ma pensée. Je prends le risque de l'envoyer et il est accepté. De plus en plus, je prends confiance en moi.

En présence de Julien, je ne ressens pas cette impression d'être mise à nue, exposée à tous les cancans, à la merci des hommes en chasse de femelles disponibles pour assouvir leurs frustrations et leurs fantasmes dans la clandestinité, sous des apparences de personnages de bonne réputation. Julien, lui, me respecte.

Que m'importent les airs narquois des villageois, les sarcasmes de Lucien et les allusions grivoises de Napoléon. Avant les gelées, le vent dansait au-dessus de la rivière. Il les a charriés loin derrière moi et la giboulée les a enterrés pour de bon.

Blancheur, pureté fraîche et lourde de souvenances me gardent heureuse jusqu'à la venue du printemps. J'utilise mes énergies pour soutenir les femmes en difficulté. Ma petite fille adorée ne doit absolument pas souffrir des inégalités sociales présentes.

Pourquoi ce besoin d'écrire m'at-il tenaillée toute ma vie? En guise de thérapie, pour débroussailler mes idées ébouriffées, pour m'objectiver? Les émotions demeurent dans l'abstrait mais, si on les exprime, elles se concrétisent. La parole est un objet dans lequel je peux m'objectiver. Élargirait-elle ma pensée et ma compassion pour les gens côtoyés et moi-même?

Pourquoi écrire? Serait-ce dans l'espoir de faire changer des choses ; d'être porte-parole pour ceux et celles qui n'ont pas de voix? Les mots sont les portes des mémoires ; les choses derrière mes mots, voilà l'important pour moi. Ce sont mes traces qui, avec mes actes, vivront dans votre mémoire, espérant que vous reteniez le meilleur en moi pour votre plus grand bien.

Écrire pour ne pas mourir complètement? »

❖

Chez nous, le dimanche, c'était la fête. Je redeviens enfant.

Après la sieste, papa et maman lisent. Leurs mains crevassées se reposent. Tournent, tournent les pages. Le cœur heureux dans les yeux et sur la bouche. Dans l'espoir de connaître ce bonheur-là, je les imite. La sœur de maman, tante Jeanne, me donne des livres à moi aussi. Je jubile. La texture des feuilles me chatouillent les doigts. Le livre sent la pâte à papier du moulin de Kingsey Falls visité avec papa. Je sors les personnages fabuleux du livre. Je vis avec eux. Je compatis à leurs difficultés. Je leur invente des destins. L'histoire avance : trois enfants ont été volés. Les parents vont-ils les retrouver?… À plus tard la réponse. C'est l'heure de soigner mes poules et mes lapins. Les images de mes contes sont si belles que je veux dessiner moi aussi.

❖

« À la fin de ses études secondaires au couvent, les bouderies d'Aube étaient loin derrière elle ; la relation entre nous deux était au beau fixe. J'ai voulu revenir sur ce trait de caractère déplaisant de jadis ; une manipulation, un besoin de contrôle. Ça me revient clairement.

— Ma chérie, si tu avais identifié la cause de tes bouderies, tu aurais quitté plus vite cet espace de malaise en toi, même si ça ne durait pas longtemps. De toute façon, mes refus étaient justifiés et tu ne me faisais pas changer d'idée, mais c'était désagréable pour tous. Qu'en penses-tu?

— Maman, s'il vous plaît, ne fouillez pas dans mes pensées.

Alors, je comprends son besoin d'autonomie dans son cheminement. Je la félicite.

— Bravo! Tu as mis des mots sur ton émotion. Tu ne t'es pas refermée dans ta coquille en boudant. Mieux encore, tu t'es exprimée poliment, je suis très fière de toi.

Alors, j'ai davantage compris le lâcher prise. Ne pas gaspiller mes énergies inutilement et risquer de blesser : on aide ceux qui veulent être aidés, s'ils en ont besoin.

❁

Elle est encore là, dans mes souvenirs : allongée sur son lit, divinement engourdie, inconsciente de son charme. Déjà le soleil grimpe dans le ciel, les persiennes jaunes dessinent des chemins de lumière sur son corps de grande fille ; elle se lève lentement, face à la fenêtre, sa jaquette de mousseline estompe son galbe de femme déjà prononcé. "Ma chérie, tu es belle comme la Belle au bois dormant." D'un geste continu, elle attache ses cheveux sur sa nuque et des boucles tombent sur ses épaules rondes. Dans sa robe de chambre fleurie, elle ressemble à une gerbe de campanules et sa jeunesse sent les fleurs fraîchement cueillies.

Pendant ses études au couvent, elle s'était donné des outils de chef de file : soliste de la chorale, responsable des répétitions dans les pièces de théâtre, organisatrice des jeux et des sorties en groupe. Elle a développé l'estime de soi ; elle jouit d'un bon jugement et d'un caractère assez fort pour accepter le point de vue des autres s'il profite au groupe.

Ma belle grande fille a toujours été sociable. Devenue cheftaine pour les Guides, le scoutisme au féminin, elle dirigeait des camps de vacances sur les bords de la Saint-François. Son charisme, ses talents en chant et en théâtre exploités au couvent lui servaient. Beaux à voir, son entrain et sa belle humeur !

Ces quelques années dans ce mouvement l'avaient préparée à sa profession future d'infirmière. Elle a de l'empathie, de la compassion, de la force de caractère, un esprit de décision exprimé franchement mais avec tact. Elle a l'art de placer les bons mots sur ses émotions, de les contrôler et, surtout, elle sait écouter dans le support offert aux autres.

❈

Sociable, elle l'était aussi avec Julien.

Plus les années passaient, plus l'affection entre lui et moi se transformait en un sentiment profond. Ma petite chérie devenue grande soupçonnait-elle ce que nous vivions? La veille de sa graduation au couvent, elle s'était levée en pleurant avec un gros mal d'oreille ; sa température montait, j'ai appelé Julien.

— Ma chère Héloïse, je passerai très bientôt.

Comment oublier sa visite?

Toujours aussi raffiné, tenue impeccable, il m'embrasse en galant homme devant Aube ; il examine son oreille et lui donne les médicaments indiqués – nous n'avions pas de pharmacie au village.

Un peu plus tard, ma grande fille se calme et retourne au couvent.

Qu'allait-il se passer entre Julien et moi? Ma conscience oscillait entre le sacrifice et le bonheur. Je restais là, immobile, le cœur battant dans les chants du midi, la gorge serrée, les genoux tremblants et les mains moites.

Ce jour-là est inoubliable.

Nous marchons tous les deux en bordure de la rivière, nous accordons nos souffles et nous sentons le calme des sources; le silence accompagne nos pas sur le tapis d'humus, la moindre parole serait tombée comme un caillou dans l'eau limpide; de part et d'autre nous avons besoin de rester un moment en nous-mêmes à respirer les averses de lumière à travers le feuillage des grands érables.

Le dos de sa main douce et chaude sur ma joue glisse sur mon épaule frileuse. La retirer ou répondre à cet appel? Je me laisse aller vers lui. La caresse de son bras enlaçant ma taille me rapproche de lui, ses mots éloquents et tendres réchauffent mon cœur solitaire. Mes seins touchent sa chemise blanche et mes mamelons se gonflent; il le sent sûrement. Pourquoi me refuser, pourquoi est-ce si mal d'aimer, pourquoi demeurer fidèle à un disparu?

— Puis-je vous embrasser?

— Oui, Julien.

Le désir est là, plus fort que jamais. Ma tête bourdonne : j'entends Abélard, il me rassure et Jeanne me sermonne : "Attention à ta réputation jusqu'ici irréprochable." M. le curé clame : "Succomber au péché de la chair, c'est ouvrir toutes grandes les portes de l'enfer." Vaut-il la peine de risquer autant pour des moments de jouissance ?

Il est si proche de moi, me serre dans ses bras. Nos lèvres s'unissent et nos corps désirent davantage. Je fléchis sous ses caresses, mais la peur du péché m'arrête. Je n'ai pas le droit.

— Julien, je t'aime tellement ! Jamais je n'aurais pensé aimer un autre homme, mais ça m'est refusé par l'Église. C'est injuste et cruel.

— Mon amour, tu ne peux pas m'empêcher de t'aimer. Pourquoi souffrir en silence tous les deux ?

— La mort d'Abélard n'est pas prouvée, impossible de vivre ensemble sans être rejetés par l'Église et les bons catholiques. Avec lui, j'ai vécu en marge des bien-pensants. J'aurai donc passé la majorité de ma vie en bouleversant la coutume, en enfreignant les lois. Opter pour la liberté comporte toujours un prix.

— Héloïse, est-ce du courage ou de la peur de renoncer à ce bonheur possible avec toi que j'aime depuis longtemps ?

— Julien, j'ai besoin de temps.

— Moi aussi, je me suis longtemps questionné. À force de travailler pour aider mes malades, j'espérais que mon dévouement m'enlèverait mon sentiment de culpabilité d'aimer une femme non libre. Je souhaitais t'oublier, mais impossible. Ce n'est pas une amourette ou une seule passion physique qui m'habite. Tu es mon grand amour, mon seul amour, mon rêve, ma femme. À mon avis, l'Église exagère. Pourquoi se plier à un précepte injustifiable ? Il faut écouter sa conscience, mais quand on voit le curé se payer du bon temps avec certaines paroissiennes lors de parties de pêche, ce n'est rien pour nous inviter au sacrifice. C'est son affaire mais, présentement, notre amour ne regarde que nous. Oublions également les mauvaises langues qui inventent déjà le pire entre nous deux.

❖

Seule, je continuais à me questionner : pourquoi n'aurions pas le droit de vivre un bonheur tranquille ensemble ?

Seule dans mon lit, mes nuits étaient de plus en plus tourmentées : j'imaginais nos deux corps se chercher, s'enlacer, s'imbriquer comme des queues d'aronde, se consumer. Mon sexe était marqué au fer rouge d'interdits indélébiles : une torture! Je subissais l'exclusion des couples séparés.

J'aimais tellement me blottir sur sa poitrine noble et aimante, rêver, espérer, croire à une vie possible avec lui. C'est sur cette poitrine d'homme bon, intelligent et généreux que je me suis laissée apprivoiser à l'amour une autre fois. Il donne chaleur et lumière à ma vie de solitaire.

Comment m'en éloigner? Comment me résigner avec mon cœur qui se révolte? »

❧

Chère maman, elle ne m'a jamais parlé de son amour pour le docteur Julien. Je les croyais seulement amis. Je comprends. Dans le temps, c'était tellement tabou d'aimer un autre homme si la preuve de la mort du mari n'était pas établie.

Quant à moi, il me reste l'art, le bénévolat et, pour le moment, l'amitié de Gisèle. J'ai sorti mes gouges. Même si mes doigts sont noueux comme des racines de gingembre. Quand je crée un meuble ou une sculpture, le temps m'échappe. Mes pensées se mêlent aux volumes. Je ressens un bien-être indescriptible. J'accueille toutes les voix qui se cachent dans mes œuvres. Je les invite à se reposer au creux de moi, là où se trouvent tendresse, bonté et amour appris avec les femmes de ma vie. Elles éveillent en moi des plages éblouissantes. Depuis que j'ai recommencé à sculpter, mes yeux me semblent plus bleus. Pleins de

ciel. Ils ont retrouvé leur lumière indulgente, amu-
sée, amoureuse. Je revis avec les forces engrangées
dans ma petite enfance et ma jeunesse. Je peux me
voir sans trop de peur et de reproches. J'oublie que
j'avance vers la mort.

38

L'amitié de Gisèle me ramène à mon grand amour pour ma chère Paule. Après quelques mois de fréquentations, animé par un immense amour, j'avais demandé Paule en mariage pour le meilleur et pour le pire. Nous étions deux jeunesses vertes. Deux promesses d'avenir. Je voulais la chérir, la guérir de sa toux. Il lui fallait du repos, une nourriture saine et un foyer confortable.

Me reviennent sans cesse les instants de pur bonheur de cette journée éblouissante et douce. Je découvrais les mots du désir sans avoir à les prononcer. J'entendais les siens dans le lac pers de son regard. Mes yeux caressaient son visage aux traits fins, ses cheveux roux ondulants. Son teint de pêche émaillé de rousseurs. Sa voix si douce traînant un peu. Ses lèvres roses et pulpeuses m'invitant à l'embrasser. Ses gestes qui dansaient en courbes gracieuses. Tout en elle m'envoûtait de plus en plus.

Lors des premiers moments de notre nuit de noces, mes élans s'étaient limités à la tendresse conservée au plus profond de moi. Je la sentais réticente. Nous avons donc causé de nos projets : en premier, la guérir de sa toux. Elle me donna sa confiance. Je la caressai tendrement, sans rien brusquer. Lentement, mes mains soulignaient la beauté de ses merveilleuses rondeurs. Humer ses senteurs ! Effleurer la douceur de sa peau. Lové contre elle endormie dans la paix du soir, je vivais dans l'amitié les mystères de l'amour pendant que la lune nous souriait à travers le rideau.

Soudain, comme sortie d'un cauchemar, elle bafouille : « Non… Non… Monsieur… j'veux pas. » Assise toute droite, comme abasourdie, elle se réveille en lâchant un long cri désespéré : « Non, on on on… » Je l'enlace tendrement : « N'aie pas peur, mon amour, j'suis là. » Rien ne me détournerait d'elle. Je suis parvenu à lui arracher son secret.

Paule travaillait dans une riche demeure de Richmond. Le maître avait la clé de sa chambre. Une chambre, faut le dire vite. Le propriétaire était entré en vitesse. « Monsieur, vous ne pouvez pas venir ici », s'était écriée Paule. « Eh ! La petite habitante. Je suis chez nous. Je vais te déniaiser, moi. Tu as l'air d'une vraie sauvageonne. »

— Homère, j'ai tellement honte de ce qui m'est arrivé ensuite…

— Faut pas avoir honte. Tu n'es pas responsable. C'est un satyre.

— Quand il a baissé son pantalon, j'ai été estomaquée. On aurait dit le sexe d'un jeune taureau. J'ai crié : « Allez-vous-en ! Vous n'avez pas le droit d'faire ça. Ne me touchez pas ! ». J'ai cherché à me sauver. Il m'a attrapée par le chignon du cou. Je criais comme si j'étais poursuivie par une bête féroce. J'ai passé proche de perdre connaissance, puis j'ai crié, crié à m'arracher les poumons : « Non, non, vous avez pas le droit. J'veux pas. J'suis votre servante, pas une putain ! » « Arrête de crier, p'tite christ, de toute façon, les enfants sont au collège et ma femme en réunion avec son groupe de bénévoles. Personne va t'entendre. »

Ma chère Paule s'est mise à pleurer. Pleurer. Une écluse sur sa belle figure. Défaite. Elle a caché sa tête dans son oreiller. Je lui ai dit : « Pleure, je pleure avec toi. J'accueille tes confidences comme une marque de confiance. D'amour pour moi. » Elle a relevé la tête en sanglotant. Après quelque temps, je l'ai suppliée de continuer de se vider de ce cauchemar. Il avait volé sa jeunesse.

— Quand il m'a clouée au lit, qu'il s'est jeté sur moi, j'avais sa grosse face pleine de poils collée à la mienne. Un vrai lion que j'te dis. Un lion et moi, une biche captive dans ses griffes. Je gigotais, lui donnais des coups de pieds sur les jambes ; griffais ses flancs. J'ai prié : « Délivrez-moi, Seigneur ! » Rien à faire : il m'a pénétrée, m'a fait tellement mal. Le sang coulait sur les vieux draps rapiécés. Les ressorts de mon grabat grinçaient à répétition.

Homère, tu peux pas savoir comme j'étais malheureuse. J'me demande si tu pourras continuer de m'aimer encore.

— T'aimer encore ? Encore plus, ma chérie. Tu es le trésor de ma vie. Ce que j'ai de plus précieux au monde. J'ai tellement de peine que tu aies vécu ce drame-là. Souffrir autant à cause d'un cochon pareil. Ça devrait jamais arriver.

Je la serrais fort sur ma poitrine pour la rassurer Je la cajolais. Lui répétais mes mots d'amour. Je vivais son mal. Un dard en plein cœur !

Ma révolte et le besoin de la venger de cet homme odieux me cuisait les tripes. J'aurais voulu le démolir. L'actionner. Placarder la ville d'affiches avec sa face ignoble dessus et, en gros caractères, écrire : ATTENTION ! CET HOMME EST UN VIOLEUR. Inutile, il vivait ailleurs. On ne savait où. Et Paule a ajouté :

— Tu peux pas savoir, Homère, comme j'ai honte et j'ai de la misère à pas me sentir coupable. Coupable après tant d'années. Ça m'a poursuivie toute ma vie. Comment tu fais pour continuer de m'aimer?

— Parce que je t'aime sans condition. Personne ne me séparera de toi. Ta plaie est encore ouverte. Ensemble, on va te guérir. Crois-moi!

— C'est comme une grosse blessure pleine de sang sur laquelle on jette du sel, du vinaigre. Si tu l'avais vu. Un gros verrat. Il a relevé sa culotte pendant qu'un rire narquois s'échappait de ses lèvres débordantes de chair. Il m'a dit: « Tu vas finir par aimer ça. » Je voulais vomir. Ses dents étaient aussi longues que celles d'un carnassier. J'étais terrorisée. Toute seule. J'ai pris mon courage à deux mains pour lui crier: « J'vais le dire à votre femme et à mes parents. »

— Fais jamais ça, ma petite maudite. De toute façon, personne va te croire. Tu vas passer pour une putain. Je dirai que c'est toi qui t'es offerte à moi et que j'ai refusé.

Seule dans sa chambre. Seule! Personne n'entendait ces plaintes d'animal blessé. Seule avec sa douleur au ventre. Sa peur de ce monstre. Sa peur du péché mortel qu'elle n'avait pas voulu commettre. Seule avec la peur qu'il recommence. Seule dans la ville. Loin des siens. À qui se confier? Seule avec son désespoir. Elle se disait: « Il faut que j'me lève. La grande dame va être en colère si elle me trouve au lit. » Elle avait la tête en feu. Elle ne pouvait pas refouler ses larmes.

Elle s'est levée. Étourdie. Elle est descendue en titubant. Puis, tremblante de la tête aux pieds. Elle a sonné au presbytère. Pâle comme une morte. La honte inscrite sur sa figure. Un silence froid lui a répondu. M. le curé, cambré vers l'arrière, l'a fusillée de ses yeux accusateurs. Trop belle pour être pure, se disait-il sûrement. Méprisant. Ce bloc de glace l'a sermonnée injustement :

— Tu es responsable. Quelle horreur ! Avoir corrompu ton patron, un homme irréprochable.

— Je n'ai rien fait pour le provoquer. Je suis pauvre, mal habillée. Je n'ose même pas le regarder.

— Tu es un objet de tentations pour lui. Tu dois…

Elle s'est enfuie en sanglotant. Sans attendre l'absolution. Le cœur voulait lui sortir de la poitrine. Ses larmes sillonnaient ses joues rougies par le désespoir. Elle souhaitait mourir. Que faire ? Impossible de se confier à ses parents, ils la blâmeraient à leur tour. Quitter son travail ? Mais aller où ? Elle déambulait dans les rues de Richmond. Comme une somnambule. Complètement désespérée. Marcher. Marcher dans la ville sans voir qui elle rencontrait. Errer comme une enfant perdue.

Tout à coup, elle s'est retrouvée en face de l'hôtel. Un éclair lui a traversé l'esprit : « Me confier à Aline, mon amie d'enfance. Elle est serveuse, ici, au restaurant. » Aucune autre issue ne se présentait à elle. Aline lui a donné de précieux conseils.

Elle a décidé de retourner dans cette famille avec la frousse aux tripes. La grande dame l'a traitée de paresseuse.

— Aller traîner dans les rues au lieu de faire son travail. C'est le reste des écus.

Pour une fois, elle a répliqué :

— Si vous saviez ce qui m'est arrivée, vous changeriez de ton. Mais j'vous l'dirai pas. Pensez ce que vous voulez et fichez-moi la paix.

Sa rencontre avec son amie Aline la rendait plus forte. Quand le maître est entré pour le souper, il l'a tassée dans un coin de la cuisine en la prévenant qu'il allait recommencer. Même si elle en avait encore peur, elle s'est affirmée pour de bon. Elle allait bloquer la porte de sa chambre avec sa commode. Le jour, le maître ne devait pas revenir à la maison en l'absence de sa femme. Désormais, elle ferait la même chose avec toutes les portes extérieures. Depuis qu'elle avait affronté la dame, Paule tremblait moins devant le mari également. Un pan de mur. Elle lui a dit :

— Si vous cherchez à les défoncer, j'appelle tout de suite la police. Fini votre réputation de monsieur si honorable. »

Une haine féroce contre ce violeur explose en moi. Je voudrais lui casser la gueule. Lui prouver sa bassesse. Sa faiblesse. Ses abus. Lui couper les gosses à ce salaud. Engueuler ce sans-cœur de curé maintenant disparu de la ville. Je contemple en ma femme cette adolescente souillée qui se cache encore la figure de honte. Après tant d'années. Elle se replie sur ses genoux. Étouffe ses sanglots. Comme si elle était coupable des horreurs qu'elle a subies. Outragée, elle risque de subir en silence les regards des personnes pieuses. Les laisser salir sa réputation et se taire. Personne ne la croirait. Je la serre sur mon cœur qui bat comme un tambour de guerre.

❖

Maman m'a raisonné un peu : « La violence n'amène pas les coupables au repentir. Homère, garde tes énergies pour guérir les plaies profondes de ta chère femme. » Je n'étais pas encore prêt à lui envoyer du pardon à ce salaud. Révolté. L'impuissance me tourmentait. J'étais attaqué en la personne de ma femme stigmatisée par le viol de cet homme ignoble. Un homme admiré par la société. Cristi de société !

Pendant les premières semaines de notre vie commune, j'ai apprivoisé ma chère Paule comme un oiseau blessé. Dans toute chose, même dans l'attente, il y a de l'amour si on sait le découvrir. Ma tendresse a remplacé la violence de cette brute. J'ai d'abord touché son âme. Lentement, j'ai exploré les lieux de son corps. Sans l'effaroucher par une lumière crue ! Peu à peu, dans le frémissement d'un nouveau monde, emporté par la gravité de l'amour, elle a entraîné mes gestes vers son sexe. L'orchidée où s'accomplissent des moments d'extase.

J'ai aimé Paule comme ça ne m'a jamais plus été possible d'aimer. Nous étions deux complices dans presque tout mais, sur certains points, nous étions aux antipodes. Elle était timide et peureuse ; moi, confiant et audacieux sans être téméraire.

❈

« Quand Paule est entrée dans la vie d'Homère, la joie habitait mon fils. On aurait dit un autre homme.

J'aimais beaucoup cette jeune femme réservée, douée d'une grande sensibilité et de cette forme d'intelligence qui permet aux gens d'avoir du tact. Si empathique, elle nous reflétait une belle image de nous. Son nom lui convenait bien : Paule, épaule, un nom tout en douceur, un nom de tendresse comme elle ! Mais je soupçonnais un drame intérieur chez elle.

❈

Leur grand bonheur me confrontait quand même.

Pourquoi me refuser à Julien? Suivre la voie du cœur ou celle des apparences? Pourquoi ne pas unir les pulsations de nos cœurs qui nous permettraient d'être davantage en harmonie avec celles de la terre et d'autres plus universelles encore? Les bonnes vibrations du cœur créent des chemins de lumière dans l'univers. Avec lui, j'aurais l'impression d'exister vraiment, de grandir. Les amants doivent accepter les coups durs et se taire. Aucune raison plausible en mesure de s'expliquer et aucune défense possible. C'est la rançon de leur amour face à la société dirigée par l'Église de notre temps. La grande déchirure de nos cœurs allait-elle guérir? À moi d'en décider.

❈

Le beau temps était revenu pour de bon, la sève giclait des érables ; les bourgeons éclataient de sensualité ; les asperges s'étiraient à vue d'œil et les tulipes se pavanaient dans la rocaille. Des fenêtres ouvertes, les fragrances de lilas embaumaient mon solarium ainsi que les grappes de muguet sur ma table de cuisine ; des oiseaux chantaient sous ma peau et un nid tout chaud se bâtissait dans mon cœur pour Julien. Le réveil de mes sens ressemblait à une grande fête.

Avec les intellectuels québécois, je vivais "ma" Révolution tranquille, l'âme et le cœur réchauffés par mes amours discrètes avec Julien. Les dires des gens nous concernant et les remontrances de M. le curé ne m'importaient plus. Je vivais en paix. Ma conscience devenait-elle élastique? J'étais mon propre gourou, je ne trompais pas mon mari: il était décédé, j'en étais certaine.

J'aurais aimé confier mon secret aux enfants, mais j'hésitais. Pour Antoine, détrôner sa mère du piédestal qu'il m'avait fabriqué l'aurait-il troublé? Homère se doutait-il de mon amour pour Julien? Nous étions aussi discrets l'un que l'autre au sujet de notre vie sentimentale. Même devenu adulte, un enfant a-t-il les épaules assez fortes pour entendre les questionnements de ses parents? Est-ce trop difficile pour lui de les voir souffrir?

Sans peur et sans reproche, j'ai choisi d'aimer Julien. Un tel choix ne s'oublie pas. Nous marchons près de la rivière, le vent s'élève, mon chapeau de paille fiche le camp. Toujours aussi flatteur sans être obséquieux, Julien me dit:

— Ma chérie, tu ressembles au tableau de Monet.

— Sans les coquelicots, lui répondis-je.

Et je le remercie en rougissant un peu, puis il commence à paraphraser :

— Tu parais plus jeune que moi, même si tu es mon aînée de cinq ans. Tu es si fraîche avec ton grand cœur qui palpite au creux de ton décolleté.

D'après lui, les reflets du soleil cuisant me redonnent ma jeunesse et je dégage une chaleur apaisante. Il ajoute :

— Je me sens si bien avec toi, ma douce Héloïse.

Avec son bouquet de compliments, il enlace ma taille. Ses mains douces montent jusqu'à mes seins ; grisé par mon odeur de campagne, il continue de poétiser :

— Ah, ma douce, toujours déterminée mais jamais dure, je vois dans ton regard l'espoir de vivre ensemble un grand amour.

Alors, le vent me souffle des phrases d'Abélard : "Le vent aime les histoires d'amour qui durent si le couple se sent libre. Le vent aime les histoires de croyances fortes qui donnent la liberté." Alors, je pense : "Bonté de la vie, où donc Abélard décrochait-il tout cela ? Serait-il toujours entre nous deux ?" Je comprends que certaines âmes faibles se laissent enrégimenter dans des croyances dogmatiques qui sèment la terreur en eux et dans le monde.

Des buissons, une odeur de fougères monte jusqu'à nous, les mûres sont plus que mûres, les sources de la montagne cascadent dans nos rires, les trembles ne tremblent plus, les hirondelles volent haut en dessinant dans le ciel de larges courbures avant de revenir frôler le sol près de nous. Après de courtes escalades, dans un nouvel envol, elles prennent des directions imprévues comme nous, baignées dans les eaux de la rivière. À ce moment-là, je me vois en état de grâce charnelle et spirituelle. Avec lui, je magnifie le culte du corps : une émotion proche de la mystique que cette illumination sexuelle devant la beauté resplendissante de l'Autre, une invitation, la clé du désir. Avec lui, je goûte encore une fois à la sexualité, elle fait partie des mystères de l'âme, une de ses musiques ?

Nous vivons une relation de pures merveilles, l'âme en paix. Il m'apprend une autre manière de voler.

De la lumière partout dans ma vie ; de la chaleur sur mon corps, du soleil sur mon passé pour évaporer les eaux stagnantes du rejet et de l'abandon. Du soleil à engranger dans mon âme pour ne pas retomber dans la culpabilité.

J'étais si heureuse, mais triste en même temps : partout, des familles étaient en deuil. Malgré les efforts de Julien, plusieurs patients malades de la tuberculose mouraient. Paule avait perdu son père, emporté par cette terrible maladie. Elle était inconsolable et de plus en plus malade ; Homère s'inquiétait beaucoup pour elle qui n'arrivait pas à guérir son rhume. »

❋

J'ai fini par convaincre ma chère Paule de se libérer au complet des problèmes vécus quand elle était bonne dans la famille dite exemplaire de Richmond. Elle a égrainé ses autres confidences comme un chapelet de malheurs. Chacun des épisodes était coupé par une toux qui m'inquiétait.

Plus tard, le maître de la maison, prétextant être malade, ne s'était pas présenté à son bureau et avait voulu recommencer, alors que Paule faisait le ménage dans une des chambres d'enfants. Cette fois, elle l'a menacé fermement.

— Je suis enceinte de vous.

— Quoi ? Tu es enceinte. Qui me dit que c'est de moi ?

— De qui voudriez-vous qu'il soit ? Je ne quitte jamais la maison ! Vous êtes vraiment lâche ! Vous m'en avez trop fait. C'est fini.

— Tu en a parlé à ton amie hein ? T'as besoin de lui dire que tu as menti, sans cela...

— Sans cela quoi ? Je l'ai même dit à M. le curé.

— Baptême de tabernacle ! Tu vas me payer ça, ma maudite salope !

— Comment ? Vous voulez me tuer ? J'm'en fiche : vous avez volé ma vie. Deux meurtres avec mon bébé, votre fils.

— Il faut te faire avorter.

— Me faire avorter ? Jamais ! C'est pas permis. Mon amie et moi, on peut la démolir, votre belle réputation. Elle rencontre plein de monde au restaurant de l'hôtel. Pour le moment, elle garde mon secret mais pas pour longtemps. J'ai vieilli. À force de m'faire chicaner par votre femme, j'me suis endurcie. J'commence à m'déniaiser comme vous pouvez voir. J'exige le paiement de tous mes comptes ; sinon, j'vous dénoncerai. J'ai fini de trembler devant vous. J'suis pas toute seule maintenant.

Il griffonna un bout de papier en sacrant comme un démon. Un chien enragé d'avoir perdu son os.

De peur de se faire subtiliser l'attestation du maître, Paule l'avait glissée dans une enveloppe cachetée et l'avait confiée aussitôt à son amie Aline, une fille discrète et de confiance.

Le monsieur à la réputation intouchable a cherché à retrouver sa condamnation écrite. Impossible ! Se voyant menacé, il a placé sa victime comme bonne dans un hôpital privé à Montréal jusqu'à son accouchement. Il paierait tous les frais encourus. La propriétaire était sage-femme et tout se passerait bien. Après quelques mois, la sage-femme a conseillé à l'adolescente de donner son enfant à l'adoption. Même si elle envisageait mal de se retrouver sans le sou avec un bébé, elle a refusé catégoriquement. Aline lui avait promis de l'héberger. Tout au long de sa grossesse, Paule avait aimé ce petit être fragile et non responsable. Comment pourrait-elle s'en séparer ?

Quel accouchement! Moins pire qu'à l'Hôpital de la Miséricorde où, paraît-il, les mères célibataires devaient payer pour leur péché. La vieille connaissait son métier mais, ce soir-là, la nouvelle maman a remarqué un œil fou dans sa figure brouillée. À 14 ans, l'expérience d'accoucher a été traumatisante pour Paule. Elle m'a tout raconté.

— Malgré les brumes de l'éther, j'ai vu mon bébé. Il était tout rond, et tout rose, il dormait les poings serrés. Il était beau comme le p'tit Jésus dans la crèche. Je l'ai embrassé en pleurant de joie. La vieille me l'a enlevé brusquement.

— Tu dois dormir maintenant.

Le lendemain matin, Paule eut peur de basculer dans la folie. Son bébé serait mort-né? J'entends encore ma chère femme:

— Les larmes m'aveuglaient, j'pleurais sur lui et sur moi, je l'embrassais avec tout l'amour que j'aurais voulu lui donner pendant sa vie entière. Il était blanc comme de la craie et si froid. Il ne ressemblait pas au bébé entrevu la veille. Étaient-ce les conséquences de la mort? La propriétaire m'a raisonnée sévèrement, me disant:

— C'est préférable pour toi qu'il soit mort.

Elle le lui avait enlevé malgré elle. L'avait déposé au froid en attendant que Paule le conduise à son dernier refuge. La mort dans l'âme et dans le cercueil blanc, Paule s'est rendue au cmetière en taxi avec Aline pour déposer son petit trésor mort-né dans son dernier berceau. « Je lui ai souhaité un beau séjour au ciel et je lui ai demandé de prier pour moi. Était-ce le châtiment de Dieu pour le péché que j'avais pas voulu commettre? »

Aline avait amené Paule chez elle l'encourageant de son mieux. Le lendemain, elle l'avait présentée au propriétaire de l'hôtel qui cherchait une autre serveuse. Elle fut engagée. Elle a logé chez son amie.

❄

Plus les mois passaient, plus la toux de Paule m'inquiétait, plus les souvenirs de son séjour à l'hôpital se précisaient dans sa tête. Nous avons décidé d'aller à Montréal pour confronter la vieille :

— J'ai entendu les premiers cris d'mon bébé, dit Paule.

Et j'ai ajouté :

— Alors, c'est impossible qu'il soit mort-né. Vous avez échangé son bébé pour celui de la grosse madame riche de la chambre voisine. Elle a accouché la même nuit que ma femme.

La vieille se rebiffait. Alors Paule a ajouté, fermement :

— Pourquoi a-t-elle pleuré une partie d'la nuit, après son accouchement ? On pleure pas si longtemps de joie d'avoir mis son bébé au monde.

La vieille nous a traités de tous les noms. Elle nous a menacés de téléphoner à la police. J'ai rouspété :

— Faites donc ça ! On aurait des témoins. Ça restera pas là.

Elle nous a jetés dehors. Comme des chiens galeux. On l'a quittée en la menaçant de la poursuivre. Au retour, Paule a toussé comme jamais. Il fallait économiser ses énergies pour la guérir. Nous avons consulté de nouveau le docteur Julien qui a dépisté une tuberculose avancée. En plus d'être très malade, ma chère Paule pensait devenir folle. Comment prouver que ses doutes étaient justifiés. Comment retrouver son enfant ?

Elle n'aurait jamais de réponse à sa question qui l'a poursuivie le reste de sa vie Il fallait d'abord sauver ma femme.

39

Cette belle jeune fille aux yeux bleus de sa mère, aux cheveux couleur d'avoine mûre de son père, je la reconnaîtrais parmi 100 autres. C'est ma belle Aube. Une jeunesse rêvant d'avenirs heureux. Cristi qu'j'étais fier d'elle! Comme toujours, d'ailleurs.

Elle terminait ses études d'infirmière à l'Hôpital Notre-Dame de Montréal. Son intérêt pour soulager les malades s'était manifesté dès son enfance. Elle soignait ses poupées.

Le cours classique l'aurait intéressée au plus haut point. En plus de la culture, il ouvrait la voie à la médecine. Elle aurait voulu être gynécologue pour aider les femmes. Mais l'argent nous manquait.

Lors de ma crise cardiaque, j'ai constaté qu'une infirmière peut aussi jouer un grand rôle auprès de ses patients. Gisèle, mon ange, m'avait donné des pistes concernant mon rétablissement physique et ma santé morale. Comme elle, Aube a un charisme incroyable. À leur contact, toutes les deux me rendent plus paisible. Plus content de vivre.

« Aube s'affolait et venait aussi souvent que ça lui était possible ; Antoine s'énervait : il m'avait recommandée aux prières de sa communauté. Je me sentais inutile, en-

353

combrante et je ne voulais surtout pas entraver la vie de ma famille.

De son côté, Homère avait retardé un gros contrat de construction pour m'assister davantage. Ces gens riches étaient également riches de cœur. Dieu merci, il y en a beaucoup plus qu'on pense.

Du repos ! C'était le slogan de ceux qui m'entouraient.

❖

Je vivais ma Révolution tranquille avec mon bon Julien. Borduas avait ouvert le bal avec son *Refus global* en 1948. En 1960, les intellectuels québécois étaient comme pris de frénésie et ils plaçaient le futur au-dessus de tout. Le thème de la nation québécoise imposait sa place, sans oublier nos ancêtres. Dans son poème *Octobre*, en 1963, Gaston Miron écrivait :

" … nous avons laissé humilier
l'intelligence des pères

nous avons laissé la lumière du
verbe s'avilir

jusqu'à la honte et au mépris de
soi dans nos frères "

Dans son poème *L'homme rapaillé*, il
écrivait :

"Longtemps je n'ai su mon nom et
qui j'étais que de l'extérieur.

(… Mon nom est pea soup… pepsi…
marmelade… frog… damned Canuck…

speak White... dish water... bastard... cheap... sheep.)

Mon nom... mon nom

En ceci, le poème n'est pas normal

L'humiliation de ma poésie est ici

Une humiliation ethnique."

Dans *Poèmes pour maintenant*, un écho à Gaston Miron, Jean-Guy Pilon écrit :

" Nous sommes frères dans l'humiliation

[...]

Dans la peur

Dans la détresse. "

C'est une véritable littérature de résistance qui émerge avec Yves Préfontaine (Pays sans parole, 1967), Gatien Lapointe (*Ode au Saint-Laurent*, 1961) ou Jacques Brault (*Mémoire*, 1964). Il s'exprime ainsi :

"Voici qu'un peuple apprend à se mettre debout."

En 1965, dans son poème *Rue Saint-Denis*, en parlant de l'homme des quartiers est de Montréal, Jacques Brault a affirmé que "cette terre à bâtir est aussi peuplée d'une race de bûcherons et de sacrifiés". À la suite de Félix Leclerc, Gilles Vigneault chantait *Mon pays* et Pierre Bourgault s'enflammait. Lors de la Révolution tranquille, rares étaient ceux qui acceptaient d'oublier l'histoire. La fidélité aux ancêtres était maintes fois proclamée. Le nationalisme était pénétré de la mémoire collective du peuple québécois dont les racines remontent aux temps de Papineau, de Garneau, de Crémazie et de René Lévesque.

L'arrivée massive des capitaux étrangers, encouragée par les politiciens, provoquait le rejet des nationalistes prônant la reconquête de l'industrie nécessaire et, en même temps, le rejet des traditionalistes caractérisés par un repli sur soi, un refus du matérialisme américain.

La nationalisation d'Hydro-Québec, prônée et réalisée par René Lévesque, quelle idée géniale pour augmenter le pouvoir économique des Québécois !

Toutes ces années d'éveil de la conscience sociale ont été dynamiques. Après avoir jeté un regard lucide sur la société de leur temps, les intellectuels québécois acceptaient d'envisager le devenir de leur nation avec espoir. Je lisais *Une saison dans la vie d'Émmanuel*, de Marie-Claire Blais, *L'avalée des avalés*, de Réjean Ducharme et les journeaux *Le Devoir*, *Parti pris*, *Cité libre*, ainsi que les polémiques au sujet du Québec au sein ou pas de la Confédération.

Le 24 juillet 1967, le "Vive le Québec libre !" de Charles de Gaulle tombait dans des oreilles préparées à l'idée d'indépendance.

J'espérais guérir vite de ma pneumonie pour visiter Terre des hommes, lors de l'Exposition universelle de Montréal. Je me suis toujours intéressée à ce qui se passait dans le monde. En 1967, le monde venait à nous. Quel bonheur ce serait de l'accueillir ! Mais la vie m'imposait un double sacrifice. Impossible de m'y rendre et d'assister à la graduation de ma grande fille comme infirmière à l'Hôpital Notre-Dame. Quelle tristesse pour moi !

Des cheveux d'argent se glissaient dans le noir d'ébène de ma chevelure. J'avais les yeux cernés et mon corps s'affaiblissait de jour en jour. Je regardais mes bras amaigris et mes joues creuses. Ma tête haute roulait de gauche à droite sur l'oreiller, accablée de fatigue et d'inquiétude, puis elle s'affaissait à la suite de mes quintes de toux. Mon espoir de guérir bientôt me quittait. J'étais humiliée d'accepter l'aide de Jeanne et d'Homère ; désolée de ne pas assister à la célébration de Noël, mais satisfaite du renoncement que je m'imposais sans regimber.

À force de souffrir, peut-être que le ciel me pardonnerait mon amour interdit pour Julien qui refusait cette idée d'interdit. Je suppliais Dieu de me guérir, mais je luttais pour ne pas me sentir punie par lui. Je voulais vivre une religion d'amour.

❀

Une autre fois encore, l'hiver s'étirait et, malgré les soins médicaux privilégiés de mon docteur, mon rhume ne me laissait pas ; une perte d'appétit inquiétait les miens. J'étais si fatiguée de tousser jour et nuit et j'avais l'impression que le cœur allait me sortir de la poitrine : les palpitations s'accéléraient follement. Je n'en pouvais plus, j'étais blanche comme la neige et j'avais les yeux cernés. Aube s'affolait et venait aussi souvent que cela lui était possible ; Antoine s'énervait : il m'avait recommandée aux prières de sa communauté. De son côté, Homère avait retardé un contrat de construction pour m'assister davantage. Je me sentais inutile, encombrante et je ne voulais surtout pas entraver la vie de ma famille.

Du repos ! C'était le slogan de ceux qui m'entouraient.

Comme une traînée de poudre, la nouvelle de ma bronchite doublée d'une pneumonie s'était vite répandue par Fernande, la gazette du village. Elle était revenue de son absence prolongée de la paroisse et elle logeait, avec sa fille, Dolorès, dans une des propriétés de Lucien. Qui est vraiment le père ? Elle a inventé une histoire à dormir debout à ce sujet. J'ai une petite idée, mais je veux chasser vite cette pensée négative. Qu'elle soit heureuse est à souhaiter : elle cessera peut-être de médire et de calomnier.

De bouche à oreille, ma maladie s'était métamorphosée en tuberculose, dite consomption ou encore peste blanche. On me regardait comme si j'étais une pestiférée ; pour certaines gens, cette maladie était perçue comme honteuse, causée par un manque de propreté. Pourtant, elle était contrôlée à ce moment-là. La peur et les préjugés proviennent de l'ignorance mais Jeanne se chargeait de rectifier ces faussetés.

Espérer dans la désespérance, serait-ce là le vrai courage ?

Ce n'était pas la première fois que mon esprit se levait devant l'impossible, et j'allais redonner vie à mon corps et à mes rêves.

Julien m'aidait à demeurer positive ; la pensée est créatrice, j'aurais la force de m'en sortir une autre fois. Je me parlais, il me parlait, nous nous parlions d'amour et d'une vie merveilleuse ensemble. Jadis, je pensais qu'aucun autre homme sur terre aussi fort, aussi généreux, aussi aimant qu'Abélard ne puisse exister. Je me trompais. Les manifestations d'amour de Julien sont différentes, mais tellement extraordinaires aussi.

Quand Jeanne ouvrait la porte pour me chouchouter, jour après jour, entraient avec elle les senteurs de lilas, les premiers chants d'oiseaux, ceux de l'amour. Un miracle s'accomplissait en tout ce qui vit et me redonnait confiance et courage. En souriant, elle changeait mes draps, tapotait mon oreiller, me lavait comme lorsque j'étais enfant, prenait ma température en me mentant sur le résultat et elle m'informait du temps qu'il faisait dehors. Au début, je me laissais faire mais, par la suite, même si je refusais son aide, elle ne l'acceptait pas. Se serait-elle sentie diminuée. Rondelette et potelée, elle traîne un poids démesuré qui l'ennuie sûrement : de gros seins branlants, un ventre jello impossible à camoufler même sous son grand tablier blanc. Elle titube en marchant, mais toujours sa bonne humeur m'est contagieuse ; ses rires s'égrainent en cascade pendant qu'elle roule comme une boule d'une pièce à l'autre, en ramassant les poussières, une vraie tornade blanche ! Même assise sur la berceuse fabriquée pour elle par Abélard, ses cuisses débordent un peu.

— Ma noire, arrête de maigrir, me répétait-elle. J'aimerais bien te donner de ma graisse.

— C'est bien la seule chose que tu ne m'as jamais sacrifiée.

Nous riions un bon coup, un médicament de plus pour moi. Son branle-bas terminé, mine de rien, elle feuillettait mon troisième album.

— Ma bonne Jeanne, grand merci pour toutes ces belles photos !

— Admets, Héloïse, que tu les améliores par tes écrits. J'aurais peut-être dû me limiter, tu te reposerais davantage. Pour l'amour du bon Dieu, ma noire, pourquoi vivre dans le passé ? Seul le présent compte si tu veux te rétablir.

— Jeanne, écoute-moi. J'écris pour garder le moral. J'ai pleuré tous mes pleurs, j'ai besoin de rire toutes mes fêtes, savourer la résine de mes saisons

— Rien n'empêche que si tu te reposais au soleil dans ton solarium, si tu respirais l'air pur. Si tu mangeais davantage...

Ah, les "si" de Jeanne ! ... Je savais ses remarques dictées par son amour inconditionnel pour moi ; elle me sauvait à sa façon et moi, à la mienne. Pendant ma convalescence, quelques minutes par jour, j'écrivais plus ou moins une page. En organisant mes photos, je faisais du ménage en moi.

J'écrivais pour me sentir en vie, pour oublier ma maladie. De toute façon, même si on ne travaille pas, on est fatigué. Mais quand on travaille, on sait pourquoi on l'est.

❀

L'hiver m'avait forcée à visiter ma maison intérieure. Le printemps 1967 est arrivé avec la fin de ma maladie. J'étais affaiblie, mais en mesure de me débrouiller. Jeanne a espacé ses visites et Homère a repris son travail. Avant de partir, il a déposé mon géranium dans le solarium. Comme cette plante, je me gave du soleil printanier. Un regain de vie fleurit en moi et peu m'importent les taches de vieillesse qui couvrent mes mains d'artisane.

❀

Aube vient de me téléphoner : Dominique pourra se libérer de l'hôpital en juin. Quelle joie de les recevoir chez nous pour leur mariage ! Ma grande fille est enceinte et comme ils s'aiment éperdument, ils veulent légaliser leur union. J'espère qu'elle ne vivra pas le rejet de la société comme autrefois. Impossible pour moi de les juger mal ; moi aussi, je déroge aux préceptes de l'Église ; la culpabilité m'habite toujours un peu même si je pense m'en être libérée. Respecter le choix d'Aube et de son futur mari. Aimer est un chemin périlleux, mais rempli de découvertes heureuses.

Dominique est un chic type, je leur souhaite tout le bonheur possible.

Intrigant qu'il porte le même nom de famille que nous ! Ses ancêtres, des Québécois, auraient-ils traversé aux États-Unis ? Pour améliorer leurs conditions de vie, y auraient-ils émigré lors de la Crise de 1929 ? C'est le cas d'Ovila installé à Bristol, au Connecticut.

Vaut mieux demeurer optimiste : nous avons un beau printemps avec ses giboulées à répétition. Je respire la pureté de l'air et cette saison me change. Ma pensée danse avec le vent sur la terre en gestation, terre de tendresse, onctueuse comme un nuage de coton, capitonnée pour mieux préparer l'arrivée des vies nouvelles. Toute cette blancheur habite mes rêves d'avenir pour mon futur petit-enfant. En janvier, Aube nous offrira un fruit nouveau qui s'épanouira à notre arbre de vie. Je sentirai les contractions de sa terre. Fleurit en moi une plage de choix pour l'enfant d'Aube et de Dominique. Ma vie se prolongera avec sa venue ; le sens du sacré continuera de s'inscrire en filigrane à nos fenêtres grandes ouvertes ; la lumière se prosternera devant une autre génération qui fera renaître l'espoir. Je chante la confiance au jour, le respect des braves, et j'ai la tête remplie de pensées heureuses pour ma descendance.

Je proclame encore l'amour. Alléluia ! »

La pneumonie de maman m'avait beaucoup préoccupé ; les comportements de Fernande revenue au village m'avaient révolté, mais je me refusais d'imaginer que sa fille, Dolorès, soit peut-être ma cousine. Elle avait tellement répandu de racontars que ça lui revenait comme un boomerang.

40

Toujours vivant en moi le mariage de ma chère sœur. Elle porte la robe de bal de maman sortie du coffre d'espérance. Sa couleur jaune blé n'a rien perdu de son éclat. Son ventre n'est pas encore rond. Le beau-frère est très chic. Il semble sans prétention.

Bras dessus, bras dessous, ils avancent dans la grande allée. Avec élégance. Une vraie princesse à côté de son prince charmant. Jeanne a vraiment su capter les moments les plus solennels de cette union. Leur bonheur illumine toutes les photos.

Étant le presque père d'Aube, je lui sers de témoin. Cristi de cristi, Dominique a besoin de faire attention à ma presque fille. J'y verrai. J'ai hâte de mieux connaître ce grand médecin américain qu'Aube a connu quelques années auparavant, lors de son internat à l'Hôpital Notre-Dame. Ils vivent ensemble, à Montréal, depuis quelques années. Je le trouve bel homme, mais une chose m'intrigue. Je n'arrive pas à retrouver pourquoi son visage me semble si familier.

❧

« Toujours émouvant, un mariage ! Surtout celui de sa petite dernière, sa grande fille, sa complice. Je suppliais Dieu de les aider à vivre en harmonie. J'aurais voulu réunir toutes les sensibilités de la terre pour que le bonheur habite leurs cœurs tous les jours de leur vie, malgré les difficultés à surmonter. Je leur souhaitais de grandir ensemble... de vieillir ensemble. Un petit être se déplie dans le ventre de ma fille pour la continuité de notre histoire. Il sera accueilli avec amour par notre famille. Je demande à Dieu de me donner la santé pour le choyer.

Julien m'a prévenue de ménager mon cœur, de lui épargner les émotions fortes. "Il ressemble à une dentelle malmenée", m'a-t-il dit. Je ne veux pas inquiéter inutilement mes chers enfants. Laisser faire la nature. Je veux utiliser le temps qui me reste sur terre à développer l'intelligence du cœur ; à être attentive aux voix de mon âme.

❀

Malgré mes bonnes résolutions, ma manie de m'interroger au sujet de ma famille ne m'a pas quittée. Ordinairement, je ne fouille pas dans les histoires des autres mais, présentement, c'est différent. La famille Beaubourg de Dominique serait-elle de notre lignée? Le fait qu'il porte le même nom de famille que nous et que son père s'appelle également Abélard est, pour le moins, une coïncidence intrigante. "Il n'y a pas qu'un chien qui s'appelle Pitou." C'est vrai. Mais le doute m'habite pour la première fois. Il me scie les entrailles. Le cœur me fait si mal que je vais appeler Julien. »

41

Je suis allé saluer maman avec Paule avant de la conduire au sanatorium. Un dimanche de pluie. Nous étions complètement chavirés. Quel drame pour nous deux ! Elle toussait et crachait le sang. Elle refusa que maman l'embrasse de peur de la contaminer. Maman nous a photographiés. Elle a saisi notre détresse. Je la porte dans mes bras jusqu'à l'auto. Même les pervenches de sa robe semblent fanées. J'ai encore le cœur en compote. Un tel amour ne s'oublie pas comme on brosse un tableau.

Après la guerre, la tuberculose faisait des ravages partout. Ma chère femme avait perdu son père et son amie Aline de la tuberculose. Paule était atteinte de cette maladie terrible. Elle fermait les yeux comme pour oublier les regards posés sur elle avant son entrée à l'hôpital. Une pestiférée ! Je la suppliais d'oublier les paroles mesquines qui rebondissaient dans son cerveau fiévreux. Garder ses forces pour guérir. J'avais annulé mes contrats de construction pour la visiter tous les jours. Je lui apportais des fruits et des amandes. Une fatigue immense l'envahissait. Si je caressais son épaule, elle sursautait. Elle rivait ses paupières à mon visage inquiet. « Ne te préoccupe pas de moi. » Quelques gouttes de sueur perlaient sur ses tempes. Je l'encourageais, ma main posée avec amour sur son front pour sonder son mal. Elle me répondait par un sourire difficile. Je savais qu'elle aurait aimé se fondre à moi. Impossible de la serrer dans mes bras, de l'embrasser. Elle trouvait la force de refuser catégoriquement. « Si tu m'aimes, protège-toi. » Je suivais les consignes de prudence du temps : jaquette, masque, gants. Ses prunelles belles comme l'eau pure ne brillaient plus comme avant. Une fatigue immense tombait sur elle. Nos projets de jeunes mariés faisaient surface. Nous accablaient.

Malgré tous les soins imaginables, malgré mon attachement à cette femme extraordinaire, la maladie l'a emportée. Sans lumière, sans avenir, je me sentais aveugle dans une nuit noire. J'avais perdu mon amour. Nous n'avions pas eu le temps d'avoir d'enfants. Voilà pourquoi je me sens seul parfois.

❋

Pendant des années, je la retrouvais partout. Dans un air chanté ensemble. Au milieu d'un bon repas. Au cinéma, lors d'un film d'amour. Au moment des nouvelles qui annonçaient un viol. Lors d'une rencontre de famille. Face au coucher de soleil. Lors d'une baignade dans la Saint-François.

Un jour, j'ai voulu descendre le rouet du grenier pour me rapprocher d'elle. Lors de ma promenade journalière, j'ai croisé Junior, le fils de mon oncle Arthur. Il s'est installé sur notre ancienne terre collée à la cour arrière de notre maison du village.

— Beau bonjour, mon oncle Homère ! Comment allez-vous ?

— Mieux, merci, mon neveu ! Et vous autres ?

— Che nous, ça marche à planche, grâce à votre générosité.

Je lui demande de m'aider à descendre des antiquités du grenier quand il aura le temps.

— Drette-là, si vous voulez. J'suis toujours d'équerre d'vous rendre service.

J'attaque les marches de l'escalier. Lentement. J'enlève les fils d'araignée. Des chauves souris s'affolent autour de moi. Près du hublot, j'entrevois le rouet.

Avec Junior, nous l'installons au solarium. Comme une mécanique vivante, il me déroule un beau souvenir de Paule. Je l'observe : elle est si habile en suivant les trucs de maman. Les effluves de laine bien lavée rôdent près de nous. La lumière danse sur son visage pâle. Son œil bleu de ciel d'équinoxe et ses lèvres généreuses m'accueillent amoureusement. Le dos droit sans raideur, elle file la laine de nos moutons en chantant.

« Quand nous chanterons le temps des cerises

Et gai rossignol et merle moqueur

Seront tous en fête

Les belles auront la folie en tête

[…]

Le crescendo de sa voix suit le rythme de la grande roue de bois. Pédalait. Pédale le petit pied dans ses bottines boutonnées. Pédale et pédale sans s'arrêter. Roulent les touffes de laine bien cardée. Roulent, blanches comme des os, dans ses mains de fée. Gestes en courbes aux longs doigts de celle qui aurait désiré être musicienne. Pour un instant, ne pédale plus le petit pied de fille de fermier pauvre. Si pauvre !

Decrescendo en finale, la laine s'est affinée.

… Et les amoureux du soleil au cœur

[…]

Danse à trois temps

Roule, roule la laine dans les mains de la petite bonne des bourgeois qui ont volé sa jeunesse. Pédale, pédale. Le pied ferme. Roule, roule entre ses doigts le petit paquet de laine. Se tord par la rotation de la grande roue jusqu'à la poulie. De ses mains douces, le fil bien tendu s'enroule sur la bobine.

« Mais il est bien court le temps des cerises

Où l'on s'en va deux cueillir en rêvant

Des pendants d'oreilles

Cerises d'amour aux robes pareilles

Tombant sous la feuille en gouttes de sang. »

Elle travaille fort pour retrouver le geste de l'aïeul. « Nous serons bien au chaud l'hiver prochain. » Pendant des heures, elle recommence à nourrir la bête qui mâche lentement avant de cracher un filet continu. L'écheveau grossit sur le dévidoir, derrière elle. Comme un ventre de femme en attente. Sa figure s'illumine, ses lèvres faites pour aimer fredonnent :

« Mais il est bien court le temps des cerises

Pendants de corail qu'on cueille en rêvant"

[…]

Amoureux devenu vieux, je chante encore :

"J'aimerai toujours le temps des cerises

C'est de ce temps-là que je garde au cœur

Une plaie ouverte

Et Dame Fortune en m'étant offerte

Ne pourra jamais fermer ma douleur

J'aimerai toujours le temps des cerises

Et le souvenir que je garde au cœur. »

Le souvenir de ma femme que je garde au cœur : Paule, ma chère Paule. Ma douce, rousse et pâle. Elle était si belle et si bonne ! Nous avions allumé un grand feu et nous l'attisions pour nous garder bien au chaud. Après son départ, j'ai eu si froid.

❀

En rêve, ses mains chaudes et veloutées enchâssaient mon visage, elles caressaient tout mon corps et nous faisions l'amour. Elle me disait : « Tu es l'homme fort, capable de me protéger des morsures de la vie. » Le choc du réveil rendait mon deuil encore plus douloureux. Paule a été mon premier et mon seul grand amour. Plus tard, son souvenir sculptait l'espace de notre maison en adoucissant les coins anguleux. La musique de sa voix douce et lente vibrait doucement en moi. Me donnait de l'air. Des séparations, ma mère en avait connu plus d'une elle aussi. J'ai mieux compris sa souffrance au départ de Paule. Elle était en mesure de deviner la mienne. Elle m'a beaucoup aidé à grandir dans cette dure épreuve, mais elle ne me cassait pas les oreilles en me parlant de la volonté du bon Dieu.

❀

Aujourd'hui, il fait une brume à couper au couteau mais, en moi, tout s'éclaircit. Nous avons été tellement heureux ensemble, Paule et moi. Si peu longtemps ! Paule vit encore dans ma mémoire et elle me dit de m'ouvrir de nouveau à la vie.

Ce soir, avec son souvenir, j'ai flotté dans la splendeur des étoiles et je me suis senti léger. Un filet de lumière s'est infiltré en moi et j'ai fredonné : « Quand je te prends dans mes bras [...] que je te dis tout bas [...] Et ça me fait quelque chose… »

Je constate que mon travail du bois fait selon les règles de l'art m'a aidé à survivre.

Ma lecture me ferait-elle du bien à ce point-là ? Assez d'émotions !

Fidèle, c'est l'heure de dormir.

❁

« Pire que la débâcle sur la Saint-François, j'étais complètement chavirée en apprenant la fin prochaine de Paule. Comme d'habitude je me suis montrée optimiste. Suis-je hypocrite ou aimante pour camoufler si bien ma peine ? J'étais là, en face d'eux, presque agenouillée pour accueillir leur douleur.

Ployés sous le poids de leur rêve avorté, ils avançaient lentement vers l'auto qui conduirait Paule au mouroir. Cette forme d'un bleu délavé se détachait sur un horizon cramoisi, chargé d'énigmes.

Comment oublier ?

Pire que la foudre ; plus lourd que la terre quand elle tremble et s'écroule ; plus tranchant qu'une lame de feu qui vous réduit en charpie ; plus froid que le mépris de celui qui vous tourne le dos, vous glace, vous stupéfie, pétrifie les ombres en vous, vous happe, vous emprisonne dans une nuit où grouille la malédiction ; plus chambardant qu'un raz-de-marée chez Homère : la mort de sa femme bien-aimée !

❄

Ma main tremble sur la pointe qui griffe le papier quand je pense à sa révolte lorsqu'il expose la dépouille de Paule dans la chambre de leurs amours pour "la veillée au corps", pendant deux jours et deux nuits – au village, il n'y a pas encore de salon mortuaire.

Entourée de fleurs et d'incantations, amaigrie, Paule sourit dans son cercueil. Des gens de bonne volonté circulent en face d'elle et les propos de certains m'agacent vraiment : "Mes sympathies, Homère, tu ne méritais pas de la perdre", "C'est la volonté du bon Dieu", "Bon courage !", "Mourir si jeune... Quelle belle femme ! Un vrai gaspillage...", "Si propre, comment a-t-elle pu attraper la consomption ?"... Ces flux et reflux de phrases toutes faites me fracassent les oreilles et je m'interroge. Comment la sympathie peut-elle rendre certaines gens aussi maladroites, aussi volubiles ? Pourtant, en face d'un silence éternel, on sent mieux les regards que les paroles.

La maison est pleine de monde, un vent aux odeurs d'épaves installe ses pleureuses dans les persiennes. Homère saisit ma pleine compassion, même si les mots se font rares entre mes lèvres. Depuis hier, tant de mots s'abattent sur lui ; des mots lancés en l'air comme les plumes d'oiseaux déchiquetés, mots de la couleur des charognards qui voltigent au-dessus de la montagne encore enneigée ; mots imprégnés d'odeurs de croque-mort, formés de courbettes ; fantômes propres à hanter la mémoire, tous ces mots chargés d'odeurs nauséabondes, tissés d'épouvante. Ces mots s'incrusteront-ils dans l'esprit de mon cher Homère ? Tout m'apparaît trop réel pour être vrai ; des détails trop précis sous une lentille grossissante. J'ai l'impression de vivre une scène surréaliste.

Toute la famille est réunie pour soutenir notre cher Homère. Aube est inconsolable de voir son frère, presque père, si éprouvé. Comme lorsqu'elle était enfant, elle le suit à la trace. Jeanne aussi est aux petits soins avec lui. Antoine a le cœur sur la main pour le consoler. Si au moins Homère pouvait crier, dire son immense chagrin. Pourquoi un homme ne peut-il pas pleurer ?

— Homère, va dormir un peu. Tu dois refaire tes forces. Des moments difficiles t'attendent. Antoine s'occupera des gens.

— T'as raison, maman, merci !

En attendant le lunch de minuit, certains hommes, présents de corps seulement, prennent en sourdine un petit coup à même le goulot du flask camouflé au fond de leur poche. Ils parlent trop fort d'eux, de leurs maladies, même de leurs affaires et de leurs maîtresses ; un crescendo de rots et de rires suit en dissonance.

À toutes les heures, Antoine récite des prières qui semblent déranger certains curieux. Il invite l'âme de Paule à s'acheminer vers des sphères supérieures. "Elle circule peut-être encore autour de nous", ajoute-t-il.

Avant de monter à l'étage, en quête d'un peu de repos, j'entends des rumeurs de commérages s'échapper de la cuisine. Fernande est en train de dévoiler le secret de Paule. Mon entrée la change en statue de sel ; la bouche débordante de nourriture, elle se fige sur place avant de servir les sandwichs avec deux dames bienfaitrices.

Malgré les médisances, Paule pouvait dormir tranquille ! Nous la garderons pour toujours dans les plus beaux jardins de nos cœurs.

Malgré certains aspects négatifs, ce rite de la rencontre de la collectivité avec la famille en deuil aide à accepter le départ de la personne aimée avant de l'assumer seul. »

❀

Quelques mois après les funérailles de ma chère femme, la Fernande s'était amenée comme un cheveu sur la soupe après une longue absence du village. Elle était encore attriquée comme la chienne à

Jacques. Souvent, elle a l'air d'un arbre de Noël aux couleurs contrastantes rouges et vertes mais, cette fois, elle était passée au rose nanane et ses cheveux gris terne de la couleur de ses yeux avaient tourné au roux. Elle venait m'offrir sa compagnie, mais jaser avec cette punaise de sacristie ne m'intéressait pas. J'avais besoin de silence, seul chez nous ; à la fois aveugle et chambardé.

❈

Pour la première fois depuis son départ pour le juvénat, Antoine avait passé l'été avec nous. Puis, nous sommes partis en auto : il devait retourner à son collège. En route, nous avons décidé d'escalader le mont Orford. Il était alerte comme une gazelle ; moi, essoufflé, essoufflé de la vie tout simplement. Nous avons accordé nos pas. À la fin, nous étions très hauts, entourés de ciel. Les mains suppliantes d'Antoine touchaient presque les nuages. Il cherchait des mots de consolation. Sans succès, car sa parole était usée par trop de vie en communauté. Moi, je préférais me taire.

J'ai demandé à Antoine de me laisser seul. Comme un aigle, j'ai surplombé ma vie avec Paule en vue plongeante. Avec ma douleur et ma révolte bloquées au fond de ma gorge. Les bras en croix devant cette immensité, il n'y avait pas beaucoup de place pour la contemplation. Droit comme un arbre enraciné au sol aride, j'écoutais la voix de la montagne. Pendant combien de temps je suis demeuré là, immobile dans ma bulle ? Je l'ignore. Seul le vent brisait le silence d'église. Un travail intérieur se faisait en moi. Au début, ma révolte s'est rebiffée comme les petits conifères violentés par le vent au faîte du mont. À l'heure entre chien et loup, lentement je suis sorti des brumes de mon épreuve. J'ai pris un grand souffle.

C'était bon de respirer à pleine gueule. Puis, j'ai poussé un long cri à ébranler le sommet. Surpris de moi-même, je me suis esclaffé de rire. Antoine était revenu vers moi. L'écho a répercuté nos rires aux quatre coins des Cantons-de-l'Est, je crois, comme une sorte de délivrance. Antoine m'a tapé doucement sur l'épaule. M'a fait un clin d'œil. Il a tenté de planter des graines de courage dans ma tête dure. Avec une seule phrase : « C'est le présent qui compte, maintenant. »

Lentement, le vent a dispersé les nuées noires de mon esprit, mais il m'a fallu beaucoup de temps pour comprendre que le bonheur est dans ce simple mot : le présent. Un bonheur rendu possible dans tous les petits riens.

❀

Aujourd'hui, je me dis : « Cristi de cristi, rendre grâce à la vie qui me reste pour aimer ceux qui me restent ! » Ma boîte à penser me renvoie ce que maman avait écrit après la naissance d'Aube : « Cesser de craindre et d'espérer, de me laisser entraîner dans l'imaginaire où on rencontre la peur, l'impuissance et le chagrin. Les vents du ciel roulent des rêves d'étoiles. »

Étendu sur mon lit, je ferais mieux de rêver aux étoiles.

42

Installée près de l'Hôpital Notre-Dame avec son mari, Aube tenait à mieux connaître celle qui serait la grand-mère de son enfant. De passage à Montréal, j'étais présent lors de la visite de Mme Marie-Hélène chez ma sœur et mon beau-frère. À mon arrivée, elle leur remettait une layette complète pour leur bébé. Les deux jeunes parents étaient émerveillés devant tous ces petits vêtements réalisés par ses mains de fée avec tant d'amour. Lorsque j'ai entrevu la mère de Dominique de dos, je me suis dit : « Wow ! Quelle femme élégante ! » Son tailleur soulignait la finesse de sa taille. Sa chevelure brune, abondante et frisée, m'éblouissait mais, quand j'ai croisé sa figure, j'ai compris pourquoi elle la cachait en partie. Vraiment, la nature ne l'avait pas gâtée.

Fille unique, Mme Marie-Hélène avait hérité des biens de son père à sa mort, il y a plus d'un quart de siècle. Elle n'avait pas tardé à tout vendre et à s'installer dans une maison victorienne à St-Alban où elle avait élevé seule son fils, Dominique. Il lui manquait beaucoup. Comme il fallait une maison pour ce couple et leur bébé, de préférence près de la sienne, elle était disposée à leur en faire cadeau pour la naissance de son descendant. Son souhait se réaliserait-il ? Rien de certain.

Nous étions tous intrigués par les coïncidences qui s'enchaînaient autour du père de Dominique. Après le repas du soir, allongée au salon, Aube a dévié habilement la conversation. D'où venait-il ? Quel était son travail ? De quoi était-il décédé ?

Mme Marie-Hélène semblait très bouleversée. Elle fumait comme une cheminée. Elle s'est engagée dans un long monologue d'une seule frippe.

❋

« À l'automne, papa avait rencontré un Québécois bilingue qui cherchait les noms des chantiers près des lignes du Vermont. Mon père était très malade et comme il n'avait qu'un jeune homme sans expérience à son service, il a proposé à ce bûcheron de l'engager à gros prix. Nourri, logé, l'étranger a accepté.

— Dominique, l'histoire de ton père est bien triste.

Dès sa première journée de travail au chantier, l'apprenti de papa a mal dirigé l'arbre qu'il avait bûché à la hache. Une des grosses branches a frappé ton père et sa tête est tombée sur une roche. Papa le pensait mort. Il l'a transporté à l'hôpital de St. Alban. Il avait une fracture du crâne et il est resté dans le coma pendant plus de trois mois. Papa se sentait responsable et, moi, j'avais beaucoup de compassion pour ce nouveau venu dans notre vie. Je m'étais juré de le sortir de son inconscience : tous les jours, j'allais le voir, je lui disais : "Réveillez-vous. Vous êtes encore jeune." Et j'pensais : "Beau comme un dieu. Il y a sûrement du monde qui vous aime, qui vous attend." Je lui demandais : "Connaissez-vous…" en lui énumérant des tas de noms de personnes publiques, des villes et des villages des alentours. Rien à faire. Le lendemain, je retournais, je lui lavais la figure, je le peignais, je lui faisais des massages. Quelques semaines plus tard, je l'ai embrassé en me disant : "Ça évoquera peut-être des moments heureux." Dans cet état d'inconscience, il n'avait aucun moyen de communiquer avec le monde extérieur. Je devais lui laisser du temps. Sa plaie était guérie mais, dans sa tête, ça devait être le vide.

À la longue, j'ai réalisé que je l'aimais et ma détermination à le sauver a été sans limites. Je n'étais pas là quand il a dit ses premiers mots. "Où... est-ce... que j'suis?" Il paraît qu'il a brusquement levé le bras droit, l'a rabattu sur sa figure comme pour se protéger. Quand je l'ai retrouvé, ses lèvres étaient crispées, il avait le regard fixe. Quelles seraient les séquelles de son long coma? Il avait parlé: "Victoire!" Mais c'était une goutte d'espoir dans une mer d'incertitudes. Il n'arrivait pas à se souvenir de son nom. Je le lui ai répété, mais il restait bouche bée, comme abasourdi. Il ne semblait pas se reconnaître quand il s'est regardé dans le miroir. En colère, il a dressé le poing comme pour le fracasser. "Non, non, faut pas!" que je lui ai dit.

Il avait des difficultés de concentration. Parfois, subito presto, il cognait des clous et sa mémoire à court terme était assez souvent déficiente. Tout son passé était absent. Comme ça devait être difficile pour lui de vivre aussi perdu! À l'hôpital, on m'a prévenue: "Il faudra du temps, beaucoup de temps."

Dans son portefeuille, il n'y avait pas d'adresse, le courrier accumulé dans son baluchon n'était pas libellé. Comment rejoindre les siens?

À sa sortie, je l'ai installé chez nous. Entre-temps, mon père décédait ; j'héritais de son avoir et de sa terre. Je me ramassais seule avec un étranger que j'aimais et, comme j'étais vieille fille pas tellement belle, n'ayant jamais attiré les hommes, il m'a pris une envie folle de faire l'amour avec lui. Je me déculpabilisais : ça va peut-être réveiller sa mémoire. Il se souvenait très bien du comment faire mais, de la femme, non. Par la suite, il a refusé de recommencer: "J'ai peut-être une autre femme…" qu'il me dit d'une voix hachurée.

Excusez-moi, mes enfants, mais quand je me suis vue enceinte de toi, Dominique, je n'ai pas regretté cet instant de folie. J'aurais un enfant du seul homme que j'avais aimé. C'est alors que j'ai déménagé à St-Alban, car les filles célibataires étaient rejetées à ce moment-là.

Dominique, ton père vieillissait de jour en jour. Légèrement voûté, ses tempes grisonnaient de mois en mois. Il n'incarnait plus la force manifestée lors de son arrivée chez nous, mais une lassitude sans fin. Il n'avait pas d'appétit, il maigrissait à vue d'œil. Plus les mois passaient, plus il se plaignait du mal d'estomac. Notre docteur ne trouvait pas la cause. Un jour, il a fait une grosse hémorragie. Vite, l'ambulance l'a amené à l'hôpital. Un spécialiste l'a opéré, mais il l'a refermé aussitôt, car son cancer était trop avancé : des ganglions cancéreux partout !

Il est mort quelques jours plus tard en balbutiant "Héloïse" pour la première fois. J'ai vu s'éteindre les dernières étincelles d'un volcan dans ses yeux.

Quoi faire ? J'ai fait chanter un service et je l'ai fait enterrer. Qui prévenir ? Pas le temps de faire des recherches. Et où ? J'étais complètement paniquée. Je n'avais connu que les quatre murs de la maison de mon père. J'avais vécu seule avec un homme qui n'était pas mon mari et j'attendais un enfant illégitime de lui. Si papa avait été encore vivant, connaissant alors le nom de la femme d'Abélard, il aurait fait des démarches au Québec pour retrouver sa famille mais, moi, j'étais tellement à l'envers que je n'y ai même pas pensé.

Beaucoup plus tard, j'ai été tourmentée par des remords épouvantables. Où se trouvait sa famille ? Le cherchait-elle encore ? »

Au bout d'un moment de silence, Mme Marie-Hélène demanda :

— Aube, as-tu des photos de ton père ?

Face aux photos apportées par Aube, elle s'est exclamée :

— Mon Dieu, vous avez… le même père !

Aube s'est jetée dans les bras de Dominique en pleurant, et lui a interpellé sévèrement sa mère :

— Maman, réalisez-vous que notre bébé peut naître infirme ? On n'a même pas le droit de vivre ensemble comme époux !

D'un ton sec, j'ai ajouté :

— C'est clair comme de l'eau de roche !

J'ai changé de pièce pour tenter de comprendre. Était-elle menteuse, méchante, égoïste ou démunie ? Je devais épargner ma sœur et mon beau-frère qui étaient complètement chamboulés.

Tout au long du récit, nous étions assommés tous les trois. C'était comme déterrer un mort. Ce drame était terrible pour ce couple qui s'aimait tellement. Quelles seraient les séquelles de la consanguinité chez leur futur bébé ? C'est risqué de concevoir des enfants entre cousins, bien davantage entre demi-frère et demi-sœur.

❀

Le lendemain, Aube m'a téléphoné. Retirés dans leur chambre, ils étaient tombés sur leur lit comme si, à leur tour, un coup énorme venait de leur tomber sur la tête. Par la suite, Dominique a su calmer ma chère sœur. Quant à moi, je me suis arrangé tout seul. « Respecter, même si on ne comprend pas », disait maman. Je devais aider ma sœur et son mari dans leur épreuve. Enfin, je savais pourquoi papa n'était pas revenu. Jamais je n'avais douté de lui et j'en étais fort heureux. Il n'avait pas pris le large. Ça boucherait un coin à l'oncle Lucien et aux mangeurs de balustres du dimanche qui passent le reste de la semaine à manger leur prochain. Que dirait Antoine ? Lui aussi allait filer un mauvais coton mais, en même temps, ce sera pour lui aussi une libération.

Quel destin que le nôtre ! Tous trois, nous nous sommes creusé les méninges Comment annoncer à maman ce qui était arrivé à papa ? Antoine, Aube et moi avions décidé d'attendre qu'elle soit complètement remise de sa bronchite.

43

Ma sœur et son mari sont arrivés chez maman presque en même temps qu'Antoine et moi. Elle avait asticoté la maison et les arômes de la dinde auraient dû nous faire saliver. Préoccupé de sa réaction vis-à-vis de la disparition de papa, l'appétit nous manquait. Maman se reposait dans la chaise berçante fabriquée par papa. Après des embrassades aussi chaudes que l'hiver était frette, elle a voulu savoir si nous avions un lien de parenté avec les Beaubourg de St. Alban.

L'épreuve de ce dernier Noël avec ma chère maman est gravée dans mon cœur. Pour toujours. Avec maintes précautions, nous lui racontons ce qui était arrivé à papa. Elle se prend la tête à deux mains. Sans dire un seul mot. Je l'enlace avec amour. Elle est si pâle… Elle s'écroule sur la causeuse et Aube s'agenouille près d'elle :

— Maman ! Maman ! réveillez-vous ! Je vous en supplie.

Dominique prend son pouls, l'ausculte pendant que je téléphone au docteur Julien. Il entre à la fine épouvante. La pression de maman est très, très basse, 80 sur 40, et le pouls, à peine audible. Il lui fait une injection. Quelques minutes plus tard, elle ouvre les yeux :

— Je savais qu'Abélard… ne nous… avait pas abandon…nés.

— Nous aussi. Reposez-vous, maman, nous en parlerons plus tard, lui dis-je.

Le docteur Julien frôle le visage de celle qu'il aime en silence. Depuis longtemps. C'est maintenant évident. Pendant qu'il l'embrasse tendrement sur le front, une grosse larme roule sur sa joue :

— Héloïse, je t'aime tant !

— Moi aussi ! Maintenant,… on peut… le dire.

La tête de l'amour en personne tombe sur le côté. Le docteur est penché sur elle, en quête de pulsations qui ne viennent pas. Dominique et lui font un massage cardiaque. En vain ! Les yeux baissés, le docteur Julien attend un miracle. Il a sauvé tellement de patients. Il doit se dire : « Réveille-toi, reviens à la vie, mon amour. Nous serions si heureux ensemble. »

Il se lève lentement. Il nous laisse la place. Comme un soldat en retraite. Son dos est courbé. Sur sa figure se lit une souffrance à me brasser le cabastran. Je lui fais l'accolade. Ses lèvres tremblent. Dans son regard, je lis une douleur profonde qui n'a d'égal que la mienne. Elle dépasse les mots que nous ravalons tous les deux. Son cœur dépouillé, ses rêves doivent s'écrouler comme la giboulée sur les branches des grands arbres, malmenées par les bourrasques. Leurs fracas accompagnent nos cœurs brisés. Maman et lui ne pourront pas vivre ce bel amour qu'ils ont pourtant mérité.

À mon tour, je supplie maman de revivre. Je lui tiens la main. Une peine immense m'envahit avec la froideur qui gagne son corps. Je me sens glacé jusqu'à la moelle. Impossible de détacher mes yeux de maman inerte. J'entends ses anciennes paroles : « Courage, Homère ! » La même vulnérabilité ressentie au départ de Paule me torture. J'ai l'âme tailladée comme à son départ. Antoine prie en silence. Aube embrasse de nouveau maman. La conjure de se réveiller. Crie sa détresse : « Dites-moi que ce n'est pas vrai. »

Ensemble, nous pleurons maman. En réalité, c'est sur nous que nous nous apitoyons.

❀

Déjà, l'âme de notre chère mère s'échappe de son corps. Froid comme du marbre. C'est terrible, mais il nous faut l'admettre. Sans bouger. Le sifflet coupé. Près d'elle, nous tentons d'accompagner son âme vers des sphères supérieures puisqu'elle a décidé de partir. Nous y passons des heures.

Je tiens conseil avec moi-même. Si j'avais connu son état, je l'aurais soutenue davantage. Mère jusqu'à la fin, elle a voulu nous épargner. Hébété, j'ai le cœur dans la gorge. Je n'entends qu'un silence d'outre-tombe en regardant les collines qui ont les bleus plus que jamais.

J'aboutis dans la cuisine. Seul. Abasourdi. Ni mot ni prière pour traduire le vide de ma vie. Antoine, Aube et son mari me rejoignent. Tous les quatre à tourner en rond. Ni mot ni prière ne nous redonneraient maman qui nous manque tellement. Déjà ! Je leur prépare un breuvage chaud. Je leur suggère de se reposer au solarium pendant que je verrais aux arrangements funéraires.

Bien malgré moi, je dois respecter les dernières volontés de notre mère écrites dans son testament : être inhumée dans le lot familial des Chopin. Habitué d'être le chef de famille, je me préoccupe d'Aube qui pleure toujours comme une Madeleine dans les bras de Dominique. La figure contrefaite, Antoine les regarde avec une telle compassion. Je me sens tout croche, mais je fais le brave. Je leur suggère d'aller prendre un peu d'air. Le soleil plombe. Les glaçons pleurent avec nous, mais le vent du nordet souffle au large. Nous aérer l'esprit ! Nous revenons à l'intérieur. Aube est complètement chamboulée. Antoine s'approche d'elle :

— Ma petite sœur d'amour, fais attention à toi. J'ai pris une grande décision : bientôt, je vais avoir le temps de m'occuper de ma famille. Allez vous étendre sur un lit, à l'étage, pendant que je réchaufferai le repas avec Homère.

Dominique approuve :

— Viens t'allonger, ma sœur que j'aime tant. Deux épreuves de suite, c'est terrible pour toi, mais pense à notre bébé, lui murmure-t-il tendrement.

Un autre deuil vient de me tomber dessus, mais je dois être fort.

❋

La snowmobile de l'oncle Philippe !

La tempête du siècle a fermé les routes. La mienne à l'intérieur m'aveugle. Des flèches empoisonnées de rancœur me transpercent le cœur en apercevant celui qui a renié maman parce qu'elle avait préféré l'amour à l'argent. Un vrai collet monté appuyé sur son monstre noir stationné au bas de la montée. Face à l'église. Il est là, le multimillionnaire. Immense. Enfoncé dans son capot de chat sauvage si confortable. Et maman qui gèle dans son cercueil. Avec l'oncle Lucien, ils attendent le passage du cortège. Ils n'ont même pas assisté au service ! Une telle violence en moi me prend par surprise. Je pensais lui avoir pardonné, mais non !

Mon frère, ma sœur, Dominique et moi avançons à pas lents. En tête du cortège. Antoine refoule ses larmes. Aube sanglote aux bras de Dominique qui la soutient tendrement. Sur les joues de tante Jeanne roulent de grosses larmes sans qu'elle fasse le moindre geste pour les essuyer. L'oncle Napoléon ne la soutient pas. En chambranlant, elle avance comme un automate au bras du docteur Julien. La mine décrépite. Les yeux du docteur sont rivés au cercueil. Il perd un gros morceau, lui aussi.

Le glas lourd et sourd de la mort de maman tombe sur moi comme une tonne de briques à lancer aux oncles qui l'ont blessée, reniée. « Dougn! Dougn! Dougn! » Le glas résonne comme un tambour de guerre sur mon cœur qui bat trop vite. Trop fort. Au rythme de la furie de la tempête de neige. « Dougn! Dougn! Dougn! » Les bourrasques me fouettent la face. Je voudrais pleurer comme un veau. Cracher au visage des oncles. Les couvrir d'ecchymoses. « Dougn! Dougn! » Crier mon indignation au gros riche. Lui faire payer la peine qu'il a faite à maman pendant toutes ces années passées sans communiquer avec elle. Je ne lui pardonne pas de l'avoir abandonnée. La pauvreté n'est rien comparativement au rejet. Le ciel est bourré de nuages couleur d'encre. Le froid de la mort m'envahit.

Comme d'habitude, oncle Lucien s'accroche à son riche frère jusqu'au cimetière. Ils avancent lentement vers l'impressionnant monument. Un chef-d'œuvre en granit rose payé par mon grand-père Chopin. L'oncle Philippe est là près de la fosse. Les gerbes de fleurs qu'il a achetées à Montréal couvrent le monticule de terre encore gelée. C'est un peu moins macabre. Il lit les noms des disparus : « Mon père, Alphonse Chopin ; ma mère, Rhéa Forgesson ; Antoinette, ma femme ; ma chère petite fille Rose longtemps pleurée… Aujourd'hui, Héloïse. Pardonne-moi, ma sœur ! Bientôt, mon nom sera gravé à côté du tien. » La mort étampée sur la face, il a les traits tirés, une larme s'échappe de ses yeux gris. Antoine s'approche de lui :

« Même le Christ a pleuré. Pourquoi ne pas vous laisser aller ? Dans le moment, les larmes, c'est de l'amour, pas un signe de faiblesse, plutôt d'humanité. »

Courageuse, tante Jeanne jette une poignée de terre sur le couvercle du cercueil de sa presque fille. Ce bruit caverneux et insolite me glace jusqu'aux os. Paralysé d'effroi et de douleur je ne peux détacher mes yeux de la tombe. Bientôt, elle sera complètement ensevelie et tout le monde retournera à ses affaires. Ce sera l'oubli Le sol se refermera sur l'échancrure de mon cœur. Ma chère maman ! Après une dernière prière près de la tombe, nous la confions au soin des anges. J'imagine son âme s'élever vers le ciel et je lui dis de ne pas s'attarder. Elle en a fait assez pour nous.

De retour chez tante Jeanne, elle nous dit en sourdine : « Philippe souffre d'un cancer incurable. Il n'a que quelques mois à vivre. » Elle fait les présentations. Habitué de se dominer, Antoine serre la main de l'oncle. Une main terne. Décharnée. Couverte de fleurs de cimetière.

— Content de vous connaître, dit Antoine, un peu mal à l'aise.

En voyant Aube, oncle Philippe s'écrie :

— Héloïse en peinture ! Mon Dieu, mon Dieu !

Mais il pleure encore ! Il aurait donc du cœur ? Ses deux mains couvrent sa figure, ses doigts jaune indien sont brûlés par la cigarette. Le voilà qui serre mon amour de petite sœur longtemps sur lui. Regrette-t-il vraiment ses agissements ? Lentement, il s'avance vers moi. Je le toise de long en large. Droit comme une perche, il flotte dans son habit pourtant bien taillé. Sa peau colle sur les os de sa figure couleur de cendre et coupée en deux par un nez tranchant comme un couteau. Une figure aussi squelettique

que celle de l'oncle Napoléon est joufflue. Je fixe droit dans les yeux la richesse. Des yeux inquiets, tristes à arracher une larme. Des yeux de chien battu et sa voix grince en moi comme un bourdon mal accordé. Pour maman, je dois lui serrer la main. Cette main froide, comme morte. Sèchement, je lui dis :

— Vous arrivez trop tard.

Pendant le lunch, le motton me cloue le bec. Épuisée par les deux épreuves qui l'affligent, Aube tombe de fatigue, mais Dominique est super ; il la console avec tendresse.

❀

Dans sa soutane noire, Antoine attire les confessions. Il m'a raconté sa conversation avec Lucien : « J'ai pas, pas, pas été correct avec ta mère. J'étais peut-être jaloux de son bonheur. » Il se serait débattu toute sa vie avec une conscience tourmentée. Quant à l'oncle Philippe, il a cherché à expliquer ses raisons d'avoir abandonné notre mère : ses affaires et sa vie sociale l'accaparaient. La décision de maman de se marier avec papa l'avait amèrement déçu. Ses deuils le repliaient sur lui-même. « Avec la perte de mes êtres chers, je me suis plongé tantôt dans le travail, tantôt dans les plaisirs qu'on peut s'offrir à Montréal. Tu comprends, j'ai vu le Champ-de-Mars après neuf heures… »

Après le départ de maman, j'ai commencé à considérer ses frères comme des êtres humains. « Qui sont vraiment les gens, disait-elle ? Que de souffrances camouflées dans des comportements aussi bizarres et tordus ! »

Une fois le service de maman terminé, tante Jeanne nous a raconté qu'elle avait servi toute une semonce à l'oncle Philippe : « Mon frère, as-tu encore un cœur ? Tu aides les petites sœurs des pauvres à Montréal, tu as payé pour la boulangerie, tu pourrais peut-être penser aux orphelins d'Héloïse sur ton testament. Simple justice ! Elle a hérité de rien à la mort de papa. Aube et Dominique doivent mieux s'installer. Il y a longtemps qu'Homère rêve étudier l'ébénisterie à l'École du meuble de Montréal et de partir sa propre compagnie. Il a travaillé comme un déchaîné depuis son adolescence pour soutenir notre sœur et sa femme Paule, morte au sanatorium. Quant à Antoine, il a décidé de quitter sa communauté ; il ne partage pas les idées des provinciaux. Comme maître des novices, on lui reproche de leur faire perdre des candidats parce qu'il conseille aux futurs religieux amoureux des femmes, incapables d'observer le vœu de chasteté, de sortir de communauté. Un de ses novices était tellement troublé qu'il a voulu se jeter du troisième étage. Antoine veut continuer d'enseigner à Montréal mais, à quarante ans, il part à zéro avec un habit neuf et quelques dollars. Pense à ton affaire, Philippe ! Le coffre-fort ne suit pas le corbillard. Lucien et sa femme n'ont pas d'enfant. Ils sont vieux et pleins aux as. Quant à moi, je n'en ai pas pour longtemps à vivre. Mes deux garçons sont morts au combat. J'ai besoin de rien. »

On ignorait l'intervention de tante Jeanne auprès de l'oncle.

❊

On attendait rien du gros businessman. Moi, je m'en balançais de sa fortune. Ça ne me redonnerait pas ma mère ni mon père. Trop tard pour leur venir en aide ! Était-ce par orgueil ou à cause de ma peine ? Je ne me posais même pas la question.

❊

Après le départ de maman, j'ai vécu mon deuil en me remettant au travail. Comme à la suite de la mort de ma chère Paule. À la retraite, j'ai fait le tour du monde. Les grandes villes sont pleines de découvertes étourdissantes. Des choses pas toujours belles à voir ! Je me suis payé tous les plaisirs imaginables : les repas gastronomiques arrosés des meilleurs vins, les clubs de nuit comme le Café de l'Est, avec Alys Robi. Elle avait une présence incroyable, quelle bête de scène ! Les filles me poursuivaient. Je ne courais pas tellement fort pour les éviter. J'ai connu de belles femmes poudrées, en manque d'amour, d'autres qui désiraient se faire gâter, mais aucune d'elles ne m'a fait oublier ma très chère Paule.

J'avais soif de tout connaître : les musées, l'opéra, le théâtre, les boîtes à chansons, le golf (19e trou…). J'avais imaginé des voyages magnifiques sur les nuages de mon enfance. Je les ai réalisés avec mon frère Antoine. De la beauté partout. De la misère partout !

J'ai aussi pénétré dans les campagnes. À la recherche de je ne sais quoi, de je ne sais qui. De moi-même, peut-être ?

J'ai renoué avec la famille de papa et j'ai gâté Junior, le fils d'Arthur qui nous rend de petits services, avec plaisir.

❉

Mes vacances à notre maison de campagne se sont terminées avec la fin du troisième album de famille organisé par maman avec tellement d'amour.

Avant de partir pour Montréal, j'ai prié sur la tombe des Chopin. Comment refaire mes adieux à maman sans que mon cœur tremble ? Ensuite, je suis retourné à sa maison avec Fidèle. J'en ai fait le tour lentement, en ressentant ses bonnes vibrations. Un baume en moi.

Avant d'emballer les albums, j'ai relu le dernier texte de maman écrit pendant sa bronchite. C'est pour moi un leitmotiv pour le reste de ma vie.

❋

« Des êtres aimés sont disparus de nos vies et, bientôt, nous en accueillerons un autre : l'enfant d'Aube et de Dominique.

Ma fin approche : 68 ans ! Des chiffres tout ronds déambulant vers l'infini. Laisser la nature suivre son cours ! Je m'aime trop pour me désespérer à prolonger artificiellement ma vie et devenir un poids lourd pour vous. Je vous aime trop pour vous affliger de mon corps qui n'en pourrait plus de survivre malgré lui. Vous feriez l'impossible pour me soutenir mais, à la longue, épuisés, votre dévouement se transformerait peut-être en frustration de voir votre vie entravée.

Je n'ai plus à m'accrocher à l'espérance.

Hier était un aujourd'hui, demain en sera un autre.

Je sens le feu palpiter sur mes jours.

Viendra un aujourd'hui qui sera le dernier.

Ne vous désolez pas.

En moi, les étoiles humanisées changent mes vieilles larmes en saisons presque achevées.

Je berce tous les visages qui sondent mon image,

La tolérance, je la chante.

J'abandonne aux vents du ciel mes gerbes de chevances.

Je voudrais réunir toutes les sensibilités de la terre pour qu'elles chassent de vos vies le poids trop lourd du réel.

Dans une vision nouvelle, faire mes adieux à tous ceux qui ont choisi de s'aimer. »

❖

Très ému, j'ai mis la clé à la porte de la maison de maman en emportant l'histoire de nos naissances qui me suivra à Montréal et vivra dans la mémoire de notre lignée.

Me nourrir de mes souvenirs heureux m'aide à me sentir bien maintenant ; à vivre une relation harmonieuse avec les autres. Je retrouve la tendresse et la douceur enfouies au fond de moi : un repos pour mon vieux cœur.

En me donnant le nom d'Homère, celui de l'auteur de l'Iliade et de l'Odyssée, maman avait-elle soupçonné que je pourrais dire « Heureux qui comme Ulysse a fait un beau voyage » aujourd'hui ? Grâce aux textes de maman, j'aurai parcouru ma propre vie, celle de mes parents et de mes ancêtres qui ont travaillé à bâtir le Québec dont nous profitons maintenant et auxquels nous devons reconnaissance.

La première édition
du présent ouvrage
publié par
Les Éditions du Cram
a été achevée d'imprimer
au mois de mai
de l'an 2009
sur les presses
des Imprimeries
Transcontinental (Metrolitho)
à Sherbrooke (Québec)